Nikolai Leskow

Eine Teufelsaustreibung

und andere Geschichten

Übersetzt von Alexander Eliasberg

Nikolai Leskow: Eine Teufelsaustreibung und andere Geschichten

Übersetzt von Alexander Eliasberg.

Eine Teufelsaustreibung:
  Erstdruck in: Nowoje wremja, Petersburg, 1879, unter dem Titel »Roschdestwenski wetscher u ipochondrika« (Weihnachtsabend bei einem Hypochonder).
Das Tier:
  Erstdruck in der Weihnachtsbeilage der A.-Gatzuk-Zeitung, Moskau, 1883, unter dem Titel »Swer«.
Interessante Männer:
  Erstdruck: 1885.
Die Lady Macbeth des Mzensker Landkreises:
  Entstanden 1864. Erstdruck unter dem Titel »Ledi Makbet nasego uezda« in ›Épocha‹ Nr. 1, 1865.
Der stählerne Floh:
  Erstdruck in der Zeitung »Rus«, Moskau, 1881, unter dem Titel »Lewscha«. Hier in der Übersetzung von Karl Nötzel, 1921. Auch veröffentlicht unter dem Titel »Der Linkshänder«.

Neuausgabe mit einer Biographie des Autors
Herausgegeben von Karl-Maria Guth
Berlin 2017

Der Text folgt der Ausgabe von 1921 aus dem Musarion-Verlag, München.

Umschlaggestaltung von Thomas Schultz-Overhage unter Verwendung des Bildes: Andrei Ryabushkin, Moskauer Straße, 1890

Gesetzt aus der Minion Pro, 11 pt

Verlag: Henricus - Edition Deutsche Klassik GmbH
Mörchinger Str. 33, 14169 Berlin, info@henricus-verlag.de
Druck: Libri Plureos GmbH, Friedensallee 273, 22763 Hamburg

ISBN 978-3-7437-0367-4

Bibliografische Information der Deutschen Nationalbibliothek

Die Deutsche Nationalbibliothek verzeichnet diese Publikation in der Deutschen Nationalbibliografie; detaillierte bibliografische Daten sind im Internet über www.dnb.de abrufbar.

Inhalt

Eine Teufelsaustreibung 4
Das Tier 18
Interessante Männer 39
Die Lady Macbeth des Mzensker Landkreises 96
Der stählerne Floh 145
Biographie 181

Eine Teufelsaustreibung

1.

Diese heilige Handlung kann man nur in Moskau sehen, und das auch nur, wenn man besonderes Glück und besondere Protektion hat.

Dank einer glücklichen Verkettung von Umständen wohnte ich einmal der Teufelsaustreibung vom Anfang bis zum Ende bei und möchte sie nun den wahren Kennern und Liebhabern des Ernsten und Majestätischen im nationalen Stil beschreiben.

Einerseits gehöre ich zwar zum Adel, stehe aber andererseits dem »Volke« nahe; meine Mutter ist aus dem Kaufmannsstande. Sie stammte aus einer sehr reichen Familie, hatte aber gegen den Willen ihrer Eltern, aus Liebe zu meinem Vater geheiratet. Mein seliger Vater war im Umgang mit dem weiblichen Geschlecht besonders tüchtig und erreichte bei ihm alles, was er nur wollte. So gelang es ihm auch, meine Mutter zu ergattern; die Alten gaben ihm aber zum Lohn für seine Tüchtigkeit nichts außer der Garderobe, den Betten und der göttlichen Gnade, die das junge Ehepaar zugleich mit der Verzeihung und dem väterlichen Segen erhielt. Meine Eltern wohnten in Orjol; sie lebten in recht kümmerlichen Verhältnissen, hielten sich aber stolz und wollten die reichen mütterlichen Verwandten niemals um Unterstützung bitten; sie unterhielten mit ihnen sogar keinerlei Beziehungen. Als ich aber auf die Universität ziehen sollte, sagte mir Mamachen:

»Besuche, bitte, deinen Onkel Ilja Fedossejewitsch und grüße ihn von mir. Das ist keine Erniedrigung; seinen älteren Verwandten muß man alle Ehrfurcht erweisen; er ist aber mein Bruder, außerdem ein gottesfürchtiger Mann und hat in Moskau ein großes Gewicht ... Bei allen feierlichen Empfängen ist er immer dabei und steht mit der Schüssel mit Salz und Brot oder einem Heiligenbild vor allen andern ... Auch beim General-Gouverneur und dem Metropoliten wird er empfangen ... Er kann dich nur Gutes lehren.«

Ich glaubte um jene Zeit nicht an Gott, liebte aber meine Mutter. Also sagte ich mir einmal: Jetzt bin ich fast ein ganzes Jahr in Moskau und habe Mamachens Wunsch noch immer nicht erfüllt; nun will ich doch zum Onkel Ilja Fedossejewitsch gehen, Mamachens Grüße ausrichten und schauen, was er mich lehren kann.

Von Kind auf war ich gewohnt, ältere Leute mit Ehrfurcht zu behandeln, besonders aber solche, die mit dem Metropoliten und den Gouverneuren verkehrten.

Eines Tages bürstete ich mir die Kleider und begab mich zu Onkel Ilja Fedossejewitsch.

2.

Es war gegen sechs Uhr abends. Das Wetter war warm, mild und etwas trüb, mit einem Wort recht angenehm. Das Haus meines Onkels ist allen bekannt, es ist eines der ersten Häuser von Moskau. Ich war aber noch niemals darin gewesen und hatte den Onkel nicht einmal aus der Ferne gesehen.

Ich gehe aber recht selbstbewußt hin und sage mir: läßt er mich vor, so ist es gut, und läßt er mich nicht vor, so brauch' ich ihn nicht.

Ich komme in den Hof; vor der Einfahrt steht eine Equipage, die Pferde sind wie zwei Löwen, pechkohlrabenschwarz, mit langen Mähnen, und das Fell glänzt wie teurer Atlas.

Ich gehe die Treppe hinauf und sage: »So und so, ich bin Neffe und Student, meldet mich, bitte, Ilja Fedossejewitsch.« Und die Leute antworten mir:

»Ilja Fedossejewitsch kommen gleich selbst heraus, sie wollen gerade ausfahren.«

Es erscheint eine einfache, aber höchst majestätische Gestalt; in den Augen hat er einige Ähnlichkeit mit meiner Mutter, aber der Gesichtsausdruck ist doch ganz anders. Ein solider Mann, was man so nennt.

Ich stellte mich vor; er hörte mich schweigend an, reichte mir die Hand und sagte:

»Setz dich, wir wollen ausfahren.«

Ich wollte eigentlich nein sagen, brachte es aber doch nicht über die Lippen und setzte mich in den Wagen.

»Nach dem Park!« befahl er dem Kutscher.

Die Löwen rasten dahin, so daß das Hinterteil des Wagens nur so zitterte; als wir aber außerhalb der Stadt waren, fingen sie an, noch schneller zu rennen.

Wir sitzen im Wagen, sprechen kein Wort, und ich sehe nur, wie sich der Onkel seinen Zylinderhut immer tiefer in die Stirne drückt und wie sein Gesicht, wohl vor Langweile, immer griesgrämiger wird.

Er schaut immer nach den Seiten; einmal wirft er aber den Blick auf mich und sagt ganz unvermittelt:

»Es ist gar kein Leben!«

Ich wußte nicht, was darauf zu antworten und schwieg.

Und wir fahren immer weiter; ich denke mir: wo will er mich nur hinbringen? Und es scheint mir schon, daß ich in eine dumme Geschichte hineingeraten bin.

Der Onkel hatte aber wohl inzwischen irgendeinen Beschluß gefaßt und begann den Kutscher zu kommandieren:

»Rechts! Links! Zum ›Jar‹!«

Aus dem Restaurant stürzt die ganze Dienerschaft heraus, und alle verneigen sich vor ihm fast bis zur Erde. Der Onkel sitzt aber im Wagen, rührt sich nicht und läßt den Besitzer rufen. Man läuft sofort hin. Nun erscheint der Franzose und verbeugt sich mit großem Respekt. Der Onkel rührt sich noch immer nicht, klappert mit dem Elfenbeingriff seines Stockes gegen die Zähne und fragt:

»Wieviel Fremde habt ihr im Haus?«

»An die dreißig Personen in den Sälen«, antwortet der Franzose, »und drei Séparées sind besetzt.«

»Alle sollen hinaus!«

»Sehr gut.«

»Jetzt ist es sieben«, sagt Onkel nach einem Blick auf die Uhr, »um acht komm' ich wieder. Wird alles fertig sein?«

»Nein«, antwortet jener, »um acht wird es nicht gehen … Viele haben sich ihre Sachen vorausbestellt … Aber so gegen neun wird im ganzen Restaurant keine fremde Seele sein.«

»Gut.«

»Was soll ich vorbereiten?«

»Selbstverständlich einen Zigeunerchor.«

»Und noch was?«

»Ein Orchester.«

»Nur eines?«

»Nein, lieber zwei.«

»Soll ich den Rjabyka holen lassen?«

»Selbstverständlich.«

»Französische Damen?«
»Nein, die will ich nicht!«
»Weine?«
»Den ganzen Keller.«
»Speisen?«
»Die Karte!«
Man reicht ihm die Tageskarte.
Der Onkel wirft einen Blick auf die Karte, liest sie wohl gar nicht, klopft mit dem Stock auf das Papier und sagt:
»Dies alles für hundert Personen.«
Und er rollt die Karte zusammen und steckt sie sich in die Tasche.
Der Franzose ist erfreut, zugleich aber auch etwas verlegen.
»Für hundert Personen kann ich es unmöglich herrichten«, sagt er, »denn es sind auch sehr teure Sachen dabei, von denen ich nur fünf oder sechs Portionen im Hause habe.«
»Wie soll ich meine Gäste sortieren? Ein jeder soll alles haben, was er will. Verstanden?«
»Sehr wohl.«
»Sonst wird dir auch der Rjabyka nicht helfen, mein Lieber! Kutscher, pascholl!«
Wir ließen den Restaurateur mit seinen Lakaien stehen und fuhren davon.
Nun war es mir vollkommen klar, daß ich auf ein falsches Geleise geraten war. Ich versuchte, mich zu verabschieden, der Onkel hörte aber nicht auf mich. Er schien sehr besorgt. Wir fahren durch den Park, und er ruft bald den einen und bald den andern an.
»Um neun Uhr zum ›Jar‹!« sagt Onkel einem jeden kurz.
Die Leute, an die er sich wendet, sind lauter ehrwürdige Greise. Alle ziehen vor ihm den Hut und antworten ebenso kurz:
»Wir sind deine Gäste, Fedossejewitsch.«
Ich glaube, wir hatten auf diese Weise an die zwanzig Personen eingeladen. Als die Uhr neun schlug, fuhren wir wieder zum ›Jar‹. Ein ganzes Rudel Kellner stürzte uns entgegen, alle halfen dem Onkel aus dem Wagen, der Franzose selbst empfing ihn vor der Türe und klopfte ihm mit der Serviette den Staub von der Hose ab.
»Ist's geräumt?« fragt der Onkel.
»Ein General ist nur noch da«, sagt jener. »Er bittet sehr, noch eine Weile im Séparée bleiben zu dürfen.«

»Hinaus mit ihm!«

»Er ist wirklich sehr bald fertig.«

»Ich will nicht, er hat genug Zeit gehabt, soll er seine Sachen draußen auf dem Rasen zu Ende essen.«

Ich weiß nicht wie das geendet hätte, aber der General kam in diesem Augenblick mit seinen zwei Damen heraus, stieg in den Wagen und fuhr davon. Gleichzeitig begannen die Gäste zusammenzuströmen, die der Onkel im Parke eingeladen hatte.

3.

Das Restaurant war aufgeräumt, sauber und vollkommen leer. Nur in einem der Säle saß irgendein riesengroßer Kerl, der dem Onkel schweigend entgegenkam und ihm, ohne ein Wort zu sagen, sofort den Stock aus der Hand nahm, den er gleich irgendwohin versteckte.

Der Onkel gab ihm den Stock ohne Widerspruch und reichte ihm zugleich auch seine Brieftasche und sein Portemonnaie.

Dieser leicht ergraute, massive Riese war jener selbe Rjabyka, dessen Name in dem mir unverständlichen Auftrag des Onkels erwähnt worden war. Von Beruf war er eigentlich Schulmeister, hier versah er aber offenbar irgendein anderes Amt. Er schien hier ebenso notwendig wie die Zigeuner, wie das Orchester und wie das ganze Personal, das vollzählig erschienen war. Ich verstand nur nicht, welche Rolle der Schulmeister spielen sollte, aber das konnte ich bei meiner Unerfahrenheit auch noch gar nicht wissen.

Das hell erleuchtete Restaurant war in vollem Betrieb: die Musik dröhnte, die Zigeuner gingen auf und ab und blieben jeden Augenblick vor den Buffets stehen, und der Onkel besichtigte die Säle, den Wintergarten, die Grotten und die Galerien. Er wollte sich überzeugen, ob tatsächlich keine Fremden da waren; der Schulmeister wich nicht von seiner Seite. Als sie aber nach diesem Rundgang in den Hauptsaal, wo schon die ganze Gesellschaft versammelt war, zurückkehrten, konnte man zwischen ihnen einen großen Unterschied wahrnehmen: der Schulmeister war ebenso nüchtern, wie vor dem Rundgang, der Onkel aber gänzlich betrunken.

Ich weiß nicht, wieso das so schnell geschehen war; jedenfalls war er in bester Laune. Er übernahm das Präsidium, und die Geschichte ging los.

Alle Türen waren abgesperrt, und das Restaurant war von der ganzen Welt abgeschnitten. Zwischen uns und der übrigen Welt gähnte ein Abgrund: der Abgrund des ganzen ausgetrunkenen Weines, der verzehrten Speisen und, vor allen Dingen, der, ich will nicht sagen, häßlichen, aber wilden und tollen Ausgelassenheit, die ich kaum zu schildern vermag. Das kann man von mir auch gar nicht verlangen: als ich mich hier festgeklemmt und von der ganzen Welt abgeschnitten sah, verlor ich jeden Mut und hatte es sehr eilig, mich zu betrinken. Darum werde ich auch gar nicht beschreiben, wie diese Nacht verging. Meiner Feder ist es auch gar nicht gegeben, *alles* zu schildern; ich kann mich nur an zwei besonders bemerkenswerte Episoden der Schlacht und an das Finale erinnern, doch das *Unheimliche* steckte eben in ihnen.

4.

Man meldete einen gewissen Iwan Stepanowitsch. Wie es sich später herausstellte, war er ein angesehener Moskauer Fabrikant und Großkaufmann.

Eine peinliche Pause trat ein.

»Ich hab ja gesagt: niemand darf herein«, erwiderte der Onkel.

»Der Herr läßt inständigst bitten.«

»Soll er sich nur dorthin begeben, wo er bisher war.«

Der Kellner ging hinaus und meldete nach einer Weile sehr kleinlaut:

»Iwan Stepanowitsch läßt sehr bitten.«

»Nein, ich will nicht.«

Die anderen schlagen vor: »Soll er ein Strafgeld zahlen!«

»Nein, jagt ihn hinaus, ich will sein Strafgeld nicht.«

Der Kellner kommt zurück und meldet noch kleinlauter:

»Er ist bereit, jede Strafe zu zahlen. Er sagt, daß es für ihn bei seinem Alter sehr kränkend ist, von der Gesellschaft ausgeschlossen zu sein.«

Der Onkel erhob sich mit funkelnden Augen von seinem Platz; im gleichen Augenblick ragte aber schon zwischen ihm und dem Kellner

Rjabyka. Er stieß den Kellner mit der linken Hand wie ein Küken zurück und setzte mit der Rechten den Onkel wieder auf seinen Platz.

Unter den Gästen wurden Stimmen für Iwan Stepanowitsch laut: er solle hundert Rubel für die Musiker zahlen und hereinkommen.

»Er ist doch einer von den unsrigen, ein gottesfürchtiger Greis, – was soll er jetzt anfangen? Er wird vielleicht vor den Augen des ganzen Publikums Skandal machen. Man muß mit ihm ein Einsehen haben.«

Der Onkel ließ sich erweichen und sagte:

»Gut, es soll aber weder nach meinem, noch nach eurem, sondern nach Gottes Willen geschehen: Iwan Stepanowitsch darf herein, muß aber die große Pauke schlagen.«

Der Kellner ging hin und meldete wieder:

»Er möchte doch lieber eine Geldstrafe zahlen.«

»Zum Teufel! Wenn er nicht trommeln will, so soll er sich scheren, wohin er mag!«

Iwan Stepanowitsch hielt es aber doch nicht aus und ließ nach kurzer Zeit sagen, daß er bereit sei, die Pauke zu schlagen.

»Gut, soll er kommen.«

Ein großer Mann von ehrwürdigem Aussehen mit ernstem Gesicht, erloschenen Augen, gekrümmtem Rücken und zerzaustem und grün angelaufenem Bart tritt ein. Er will scherzen und die Gäste begrüßen, man weist ihn aber zurecht.

»Nachher, nachher«, schreit ihm der Onkel zu: »Jetzt sollst du die Pauke schlagen.«

»Die Pauke schlagen!« fallen die andern ein.

»Musik! Einen Marsch!«

Das Orchester stimmt einen dröhnenden Marsch an, der ehrwürdige Greis nimmt den hölzernen Schlegel und beginnt im Takt und auch nicht im Takt zu trommeln.

Ein Höllenlärm und ein Höllengeschrei. Alle sind zufrieden und schreien:

»Lauter!«

Iwan Stepanowitsch gibt sich noch mehr Mühe.

»Lauter! Lauter! Noch lauter!«

Der Greis trommelt mit aller Kraft, wie der Mohrenfürst bei Freiligrath. Schließlich erreicht er sein Ziel: man hört einen fürchterlichen Krach, das Trommelfell zerspringt, alle lachen, der Lärm wird ganz unerträglich, und Iwan Stepanowitsch muß den Musikern für die vernichtete Pauke fünfhundert Rubel zahlen.

Er zahlt, wischt sich den Schweiß aus der Stirne und setzt sich zu den andern. Während alle sein Wohl trinken, bemerkt er zu seinem Entsetzen unter den Anwesenden seinen Schwiegersohn.

Wieder erhebt sich ein Lachen und Lärmen, und das geht so, bis ich das Bewußtsein verliere. In den wenigen lichten Augenblicken, die ich noch habe, sehe ich die Zigeunerinnen tanzen und den Onkel, auf dem Stuhle sitzend, mit den Beinen zucken. Plötzlich taucht vor ihm jemand auf, aber im gleichen Augenblick ragt schon zwischen dem Onkel und dem andern Rjabyka. Der andere fliegt auf die Seite, der Onkel sitzt wieder auf seinem Platz, und vor ihm stecken in der Tischplatte zwei Gabeln. Nun verstehe ich Rjabykas Rolle.

Zum Fenster wehte der erste frische Hauch des Moskauer Morgens herein; ich kam wieder zum Bewußtsein, aber wohl nur, um an der Klarheit meiner Vernunft zu zweifeln. Ich sah eine wilde Schlacht und das Abholzen eines Waldes: ich hörte ein Dröhnen und Krachen und sah die riesengroßen exotischen Bäume schwanken und fallen. Hinter ihnen drängte sich ein Haufen seltsamer Gestalten mit braunen Gesichtern. An den Wurzeln der Palmen funkelten schreckliche Äxte; mein Onkel fällte die Bäume, auch der alte Iwan Stepanowitsch tat mit ... Eine mittelalterliche Vision! ...

Die Zigeunerinnen, die sich in der Grotte hinter den Bäumen versteckt hielten, sollten »gefangen genommen« werden; die Zigeuner verteidigten sie nicht und überließen sie ihrer eigenen Energie. Scherz und Ernst waren hier nicht mehr auseinanderzuhalten: durch die Luft flogen Teller, Stühle und Steine aus der Grotte; die Feinde drangen aber immer tiefer in den Wald ein, und am mutigsten zeigten sich Iwan Stepanowitsch und mein Onkel.

Die Festung wurde schließlich genommen: die Zigeunerinnen wurden ergriffen, umarmt und abgeküßt, und eine jede bekam einen Hundertrubelschein in das Mieder gesteckt. Damit war die Sache erledigt ...

Ja, auf einmal war alles still ... Alles war zu Ende. Es war keine Störung von außen, aber alle hatten genug. Wenn es vorher, wie mein Onkel gesagt hatte, »gar kein Leben« war, so fühlten wohl jetzt alle einen Überfluß an Leben.

Alle hatten genug und alle waren zufrieden. Vielleicht hatte auch die Bemerkung des Schulmeisters, daß es für ihn Zeit sei, in die

Schule zu gehen, einige Bedeutung. Jedenfalls war die Walpurgisnacht zu Ende, und »das Leben« trat wieder in seine Rechte.

Die Gäste verdufteten ohne Abschied einer nach dem andern; das Orchester und die Zigeuner waren längst verschwunden. Das Restaurant bot das Bild vollständiger Verwüstung: keine einzige Draperie, kein einziger Spiegel war ganz; selbst der große Kronleuchter lag zertrümmert am Boden, und die Kristallprismen zerbrachen unter den Füßen der Kellner, die sich vor Müdigkeit kaum auf den Beinen hielten. Der Onkel saß ganz allein mitten auf dem Sofa und trank Kwas. Ab und zu schwebten ihm wohl irgendwelche Erinnerungen durch den Sinn, und er zuckte mit den Beinen. Vor ihm stand Rjabyka, der in seine Schule eilte.

Man reichte ihnen die Rechnung. Es war eine kurze »Pauschalrechnung«.

Rjabyka studierte die Rechnung sehr aufmerksam und verlangte einen Nachlaß von fünfzehnhundert Rubeln. Man widersprach ihm nicht viel und zog das Fazit: die Endsumme machte siebzehntausend, und Rjabyka erklärte, daß die Rechnung jetzt stimme. Der Onkel sagte einsilbig: »Zahl's!«, setzte den Hut auf und bedeutete mir durch ein Zeichen, ihm zu folgen.

Zu meinem Entsetzen merkte ich, daß er mich nicht vergessen hatte und daß ich ihm nicht entrinnen konnte. Er flößte mir eine unheimliche Angst ein, und ich konnte mir gar nicht vorstellen, wie ich mit ihm nun allein unter vier Augen bleiben würde. Er hatte mich ja so ganz zufällig mitgenommen, hatte mir noch keine zwei vernünftigen Worte gesagt und schleppte mich überall mit sich herum. Was werde ich noch alles erleben? Vor Entsetzen wurde ich auf einmal ganz nüchtern. Ich fürchtete dieses schreckliche, wilde Tier mit der zügellosen Phantasie und den furchtbaren Einfällen. Im Vorzimmer umringte uns eine Menge Kellner. Der Onkel befahl: »Je fünf!«, und Rjabyka zahlte; die Hausmeister, Nachtwächter, Schutzleute und Gendarmen, die irgendwelche Dienste geleistet haben wollten, bekamen etwas weniger. Alle diese Leute wurden befriedigt. Das machte eine Riesensumme aus. Im Parke draußen drängten sich aber, so weit das Auge reichte, zahllose Droschken. Die Droschkenkutscher warteten auf ihr »Väterchen« Ilja Fedossejewitsch, »ob Seine Gnaden sie nicht irgendwie brauchen könnten«.

Man stellte ihre Zahl fest und gab einem jeden von ihnen drei Rubel. Der Onkel und ich stiegen in den Wagen, und Rjabyka reichte dem Onkel seine Brieftasche.

Ilja Fedossejewitsch nahm aus der Brieftasche einen Hunderter und gab ihn Rjabyka.

Dieser drehte die Banknote in den Fingern und sagte unwirsch: »Zu wenig.«

Der Onkel gab ihm noch zwei Fünfundzwanziger.

»Auch das genügt noch nicht: es hat ja keinen einzigen Skandal gegeben.«

Der Onkel gab ihm noch einen dritten Fünfundzwanziger, der Schulmeister reichte ihm nun auch seinen Stock und verabschiedete sich.

5.

Nun blieben wir beide unter vier Augen zurück und fuhren im Trab nach Moskau; hinter uns jagte aber mit Geschrei und Geklapper das ganze unübersehbare Heer der Droschken. Ich konnte gar nicht begreifen, was sie von uns wollten, der Onkel aber hatte es gleich erraten. Es war eigentlich empörend: um von ihm noch mehr Geld zu erpressen, gaben sie ihm unter dem Vorwande einer besonderen Ehrung das Geleite und lieferten ihn auf diese Weise dem allgemeinen Spott aus.

Moskau lag vor unseren Blicken in herrlicher Morgenbeleuchtung, von leichten Rauchwölkchen aus den Kaminen und von friedlichem Glockengeläute umschwebt.

Rechts und links vom Schlagbaum zogen sich Warenspeicher hin. Der Onkel ließ vor dem ersten Speicher halten, zeigte auf ein Fäßchen, das an der Schwelle stand, und fragte:

»Ist's Honig?«

»Honig.«

»Was kostet das Fäßchen?«

»Wir verkaufen nur pfundweise.«

»Rechne aus, was das kostet.«

Ich kann mich nicht mehr genau erinnern, wieviel man dafür verlangte. Ich glaube siebzig oder achtzig Rubel.

Der Onkel zählte das Geld ab.

Das Droschkenheer hatte uns inzwischen eingeholt.

»Habt ihr mich lieb, ihr städtischen Droschkenkutscher?«

»Gewiß! Wir sind immer bereit, Euer Gnaden zu dienen.«

»Seid ihr mir ergeben?«

»Mit Leib und Seele.«

»Nehmt die Räder ab!«

Die Kutscher stehen verständnislos da.

»Macht es schnell!« kommandiert der Onkel.

An die zwanzig Kutscher, die flinker als die anderen sind, holen unter den Sitzen ihre Schraubschlüssel hervor und beginnen die Räder abzunehmen.

»Gut so«, sagt der Onkel, »und jetzt schmiert die Räder mit Honig.«

»Väterchen!«

»Schmiert!«

»Das kostbare Gut … So was nimmt man doch lieber in den Mund!«

»Schmiert!«

Ohne auf seinem Wunsche noch weiter zu bestehen, setzte er sich wieder in den Wagen, und wir rasten davon. Die Droschkenkutscher blieben jedoch sämtlich mit den abgeschraubten Rädern beim Honig, mit dem sie aber ihre Räder gar nicht schmierten: sie verteilten ihn wohl unter sich oder verkauften ihn weiter an den nächsten Krämer. Jedenfalls waren wir sie los. Wir fuhren ins Bad. Hier erwartete ich das Jüngste Gericht: ich saß mehr tot als lebendig in der Marmorwanne, während der Onkel in einer seltsamen apokalyptischen Pose auf dem Boden lag. Die ganze Masse seines schweren Körpers ruhte nur auf den Spitzen der Finger und der Zehen. Der rote Körper bebte auf diesen Stützpunkten unter der kalten Dusche, und er brüllte dabei dumpf wie ein Bär, der sich einen Dorn aus der Tatze herausziehen will. Das dauerte eine halbe Stunde, und er zitterte ununterbrochen, wie ein Gelee auf schwankendem Tisch. Plötzlich sprang er auf, ließ sich Kwas geben, wir kleideten uns an und fuhren auf die Schmiedebrücke zum »Franzosen«.

Wir ließen uns hier die Haare stutzen, kräuseln und frisieren und begaben uns dann zu Fuß durch die innere Stadt ins Geschäft.

Der Onkel sprach mit mir noch immer nicht, ließ mich aber nicht los. Nur einmal wandte er sich an mich:

»Wart, nicht alles auf einmal: wenn du jetzt etwas nicht verstehst, so wirst du es mit den Jahren verstehen.«

Im Geschäft verrichtete er zunächst das Morgengebet, vergewisserte sich, ob alles in Ordnung sei, und stellte sich vor das Schreibpult. Das Gefäß war von außen gereinigt, aber innen noch voller Greuel und lechzte nach Läuterung.

Ich sah es und hatte keine Angst mehr. Die Sache interessierte mich; ich wollte sehen, wie er nun mit sich selbst fertig würde, wie er das Läuterungswerk machte: ob durch Enthaltsamkeit oder durch irgendeine andere göttliche Gnade?

Gegen zehn Uhr morgens litt es ihn nicht mehr im Geschäft. Er wartete immer auf seinen Nachbarn, um mit ihm ins nächste Wirtshaus zum Teetrinken zu gehen: wenn man den Tee zu dritt trinkt, kommt er um ganze fünf Kopeken billiger. Der Nachbar kam aber nicht; er war eines plötzlichen Todes gestorben.

Der Onkel bekreuzigte sich und sagte:

»Wir alle werden sterben.«

Der plötzliche Tod des Nachbarn brachte ihn aber nicht aus der Fassung, obwohl er mit ihm seit vierzig Jahren täglich im gleichen Wirtshause Tee getrunken hatte.

Er ließ den Nachbarn von der anderen Seite bitten, und wir gingen ins Wirtshaus, aßen und tranken, nahmen aber keine Spirituosen zu uns. Den ganzen Tag verbrachte ich mit ihm, teils im Geschäft und teils auf der Straße. Gegen Abend ließ er den Wagen anspannen, und wir fuhren zur »Allgepriesenen«.

Man kannte ihn hier gut und empfing ihn mit der gleichen Ehrfurcht wie beim ›Jar‹.

»Ich will vor der Allgepriesenen niederfallen und über meine Sünden weinen. Dieser da ist aber mein Neffe, der Sohn meiner Schwester.«

»Treten Sie nur ein«, sagten die Klosterfrauen. »Von wem soll die Allgepriesene ein Bußgebet empfangen, wenn nicht von Ihnen, dem größten Wohltäter ihres Klosters? Jetzt ist just die Stunde der Gnade: eben wird die Abendmesse gelesen.«

»Soll nur die Messe zu Ende gehen; ich will, daß keine Leute dabei sind und daß man mir in der Kirche eine gnadenvolle Dämmerung macht.«

Man machte ihm die Dämmerung: man löschte alle Lampen bis auf eine oder zwei aus und ließ auch die große grüne Glasampel vor dem Gnadenbilde brennen.

Der Onkel fiel nicht, sondern stürzte auf die Knie, berührte mit der Stirne den Boden, schluchzte auf und erstarrte.

Ich saß mit zwei Klosterfrauen in einer dunklen Ecke hinter der Türe. Der Onkel lag lange Zeit unbeweglich und ohne einen Ton von sich zu geben. Ich glaubte sogar, daß er eingeschlafen sei, und teilte diesen Verdacht einer der Schwestern mit. Die erfahrene Schwester dachte eine Weile nach, schüttelte den Kopf, zündete ein dünnes Lichtchen an, umschloß die Flamme mit der hohlen Hand und schlich sich leise zum Büßenden. Sie ging einmal auf den Fußspitzen um ihn herum, kehrte erregt zu uns zurück und flüsterte:

»Es wirkt … sogar mit Rückschlag!«

»Woran merken Sie das?«

Sie beugte sich vor, bedeutete mir durch ein Zeichen, dasselbe zu tun und sagte:

»Blicken Sie gerade über die Flamme auf seine Beine.«

»Ja!«

»Sehen Sie nicht das Ringen?«

Ich blicke genauer hin und sehe wirklich eine Bewegung: der Onkel liegt voller Andacht im Gebet, aber ihm zu Füßen regt sich etwas; ich glaube zwei Kater zu sehen, die miteinander ringen: bald hat der eine die Oberhand, bald der andere.

»Schwester«, frage ich, »wie kommen denn die Kater her?«

»Das kommt Ihnen nur so vor, daß es Kater sind. Es sind aber keine Kater, es ist die Versuchung: Sie sehen doch, wie seine Seele als reine Flamme in den Himmel strebt und wie seine Beine sich noch in der Hölle bewegen.«

Nun sehe ich, daß der Onkel mit den Füßen den gestrigen »Trepak« zu Ende tanzt; ob seine Seele aber auch wirklich als reine Flamme in den Himmel strebt?

Kaum hatte ich mir das gedacht, als er, gleichsam als Antwort auf meinen Zweifel, tief aufseufzte und aufschrie:

»Ich erhebe mich nicht, ehe Du mir vergeben hast! Du allein bist heilig, und wir alle sind verdammt!« Und er fing zu schluchzen an.

Er schluchzte so herzerweichend, daß auch wir drei in Tränen ausbrachen: »Herr, erfülle sein Flehen!«

Und wir merken gar nicht, wie er schon neben uns steht und mit frommer Stimme zu mir sagt:

»Komm, wollen wir uns stärken.«

Die Klosterfrauen fragen ihn:

»Hatten Sie auch die Gnade, den Lichtschein zu sehen, Väterchen?«

»Nein«, antwortete er, »den Lichtschein habe ich nicht gesehen, aber *diese* Gnade ward mir zuteil ...«

Und er ballte die Faust zusammen und hob sie langsam, wie man einen Jungen am Schopf in die Höhe hebt.

»Wurden Sie in die Höhe gehoben?«

»Ja.«

Die Schwester bekreuzigte sich, ich tat dasselbe, der Onkel aber erklärte:

»Jetzt ist mir alles vergeben! Von oben, aus der Mitte der Kuppel streckte sich eine offene Hand nach mir aus, sie faßte mich bei den Haaren und stellte mich auf die Beine ...«

Nun ist er glücklich und nicht mehr verworfen. Er beschenkte königlich das Kloster, in dem er sich dieses Wunder erfleht hatte. Er fühlte wieder »Leben« in sich und schickte meiner Mutter die Mitgift, die sie einst von ihren Eltern zu bekommen hatte. Mich aber führte er in den guten alten Volksglauben ein.

Von nun an erfaßte ich den Geschmack des Volkes für das Fallen und das Sich-Erheben ... Dies nennt man eben »Teufelsaustreibung«. Ich wiederhole aber, daß man sie nur in Moskau allein sehen kann, und das auch nur bei besonderem Glück und besonderer Protektion seitens der ehrwürdigsten Greise.

Das Tier

1.

Mein Vater war ein seinerzeit sehr bekannter Untersuchungsrichter. Ihm wurden viele wichtige Fälle anvertraut, und er war darum meistens auf Reisen. Zu Hause blieben nur Mutter, ich und die Dienstboten.

Meine Mutter war damals noch sehr jung, und ich ein kleiner Bengel.

Als sich die Geschichte, von der ich hier erzähle, abspielte, war ich erst fünf Jahre alt.

Es war zur Winterszeit. Der Winter war in jenem Jahre so streng, daß die Schafe oft nachts in ihren Ställen erfroren und Dohlen erstarrt auf die hartgefrorene Erde niederfielen. Mein Vater befand sich damals in einer dienstlichen Angelegenheit in Jelez und konnte nicht einmal zu Weihnachten nach Hause kommen. Meine Mutter wollte daher selbst zu ihm hinüberfahren, damit er das schöne und freudige Fest nicht allein verbringe. Der fürchterlichen Kälte wegen nahm sie mich nicht mit, sondern ließ mich bei ihrer Schwester und meiner Tante zurück, die mit einem Gutsbesitzer aus Orjol verheiratet war. Dieser Onkel hatte nicht den besten Ruf. Er war reich, alt und grausam. Seine hervorragendsten Charaktereigenschaften waren Gehässigkeit und Unnachsichtigkeit; er war darüber durchaus nicht unglücklich, sondern prahlte gerne mit diesen Eigenschaften, die seiner Ansicht nach den Ausdruck männlicher Kraft und unbeugsamer Seelenstärke darstellten.

Er war bestrebt, auch seine Kinder zu der gleichen Manneskraft und Seelenstärke zu erziehen. Einer seiner Söhne war übrigens mein Altersgenosse.

Alle fürchteten den Onkel; ich aber fürchtete ihn noch mehr als alle, weil er auch mich zur »Manneskraft« erziehen wollte. Als ich drei Jahre alt war und unheimliche Angst vor Gewittern hatte, stellte er mich einmal bei einem heftigen Gewitter auf den Balkon hinaus und sperrte die Türe ab, um mir auf diese Weise meine Angst auszutreiben.

Natürlich war ich im Hause eines solchen Onkels sehr ungern zu Gast. Ich war damals aber, wie gesagt, erst fünf Jahre alt, und meine

Wünsche und Neigungen wurden bei den Entscheidungen, denen ich mich fügen mußte, in keiner Weise in Betracht gezogen.

2.

Auf dem Gute meines Onkels befand sich ein riesiges steinernes, schloßartiges Gebäude. Es war ein prätentiöser, doch unschöner und sogar häßlicher zweistöckiger Bau mit einer runden Kuppel und einem Turm, über den allerlei scheußliche Geschichten erzählt wurden. Hier hatte einst der verrückte Vater des jetzigen Gutsbesitzers gewohnt; später wurde in diesen Räumen eine Apotheke eingerichtet. Auch das letztere galt aus irgendeinem Grunde als unheimlich; am unheimlichsten war aber die sogenannte Äolsharfe, die in einem offenen geschwungenen Fenster oben auf dem Turme angebracht war. Wenn der Wind durch die Saiten dieses launischen Instrumentes fuhr, gab es ebenso unerwartete wie seltsame Töne von sich, die aus einem leisen Girren in unruhige, wilde Seufzer und in ein wahnsinniges Getöse übergingen, das sich so anhörte, wie wenn ein ganzer Schwarm von Angst getriebener Geister durch die Saiten zöge. Alle Bewohner des Hauses konnten diese Harfe nicht leiden und glaubten, daß sie dem gestrengen Gutsherrn etwas sagte, wogegen er sich nicht aufzulehnen wagte, das ihn aber noch grausamer und unbeugsamer machte ... Eines stand jedenfalls fest: wenn nachts ein Sturm losbrach und die Harfe auf dem Turme so laut dröhnte, daß die Töne über den Park und die Teiche hinweg bis ins Dorf drangen, tat der Herr die ganze Nacht kein Auge zu und war am Morgen noch finsterer und strenger als sonst; dann pflegte er irgendeinen grausamen Befehl zu erteilen, der die Herzen aller seiner Sklaven erbeben machte.

In diesem Hause war es Gesetz, daß jedes Vergehen unnachsichtliche Sühne fand und niemand und unter keinen Umständen Verzeihung erlangte. Dieses Gesetz galt ebenso für die Menschen wie für die Tiere und selbst für die kleinsten Geschöpfe. Der Onkel kannte keine Barmherzigkeit, liebte sie nicht und hielt sie für Schwäche. Unnachsichtige Strenge setzte er über alle Nachsicht. Daher herrschte im Hause und in den zahlreichen Dörfern, die diesem reichen Gutsbesitzer gehörten, eine ewige Trauer, die mit den Menschen auch die Tiere teilten.

3.

Mein seliger Onkel war leidenschaftlicher Liebhaber der Hetzjagd. Er pflegte oft mit seiner Meute auszureiten und Wölfe, Hasen und Füchse zu jagen. In seinem Zwinger gab es auch eigens für die Bärenjagd bestimmte Hunde. Diese Hunde nannte man »Blutegel«. Sie bissen sich in das Tier dermaßen fest, daß man sie nicht wieder losreißen konnte. Es kam vor, daß der Bär, in den sich so ein Blutegel festgebissen hatte, ihn mit einem Schlag seiner schrecklichen Tatze totschlug oder zerriß, es kam aber niemals vor, daß der Blutegel lebend vom Tiere abließ.

Heute, wo die Bärenjagd nur noch mit dem Spieß und als Klapperjagd betrieben wird, scheint die Rasse der Blutegel in Rußland ausgestorben zu sein; aber in der Zeit, als sich diese Geschichte zutrug, gehörten sie zum Bestande eines jeden Zwingers. In unserer Gegend gab es damals auch sehr viel Bären, und die Bärenjagd zählte zu den beliebtesten Vergnügungen.

Wenn es gelang, ein ganzes Bärennest auszuheben, nahm man die Jungen oft lebend nach Hause mit. Sie wurden gewöhnlich in einem großen gemauerten Stalle mit kleinen, ganz oben unter dem Dach angebrachten Fenstern gehalten. In den Fenstern gab es keine Scheiben, sondern nur feste Eisengitter. Die Bärenjungen kletterten manchmal übereinander bis zu den Fenstern hinauf und hielten sich mit ihren kräftigen Krallen an den Gittern fest. Nur auf diese Weise konnten sie aus dem Kerker in Gottes freie Welt hinausschauen.

Wenn man uns am Vormittag spazieren führte, gingen wir gerne an diesem Stalle vorbei, um uns die drolligen Bären, die durch die Gitter hinausschauten, anzusehen. Unser deutscher Hauslehrer Kolberg pflegte ihnen mittels eines langen Stockes Brotstücke zu reichen, die wir uns zu diesem Zweck beim Frühstück aufsparten.

Die Bären pflegte und fütterte ein junger Jäger namens Ferapont; das einfache Volk konnte diesen Namen schwer aussprechen und nannte ihn »Chrapon« oder noch öfter »Chraposchka«. Ich kann mich seiner noch gut erinnern. Chraposchka war von mittlerem Wuchs, gelenkig, kräftig und etwa fünfundzwanzig Jahre alt. Er galt als hübscher Bursche: er hatte ein weißes Gesicht, rosige Wangen, schwarze Locken und große, schwarze, etwas hervorquellende Augen. Dazu zeichnete er sich durch ungewöhnlichen Mut aus. Seine Schwester Annuschka, die die Gehilfin der Kinderfrau war, erzählte uns oft höchst unterhaltende Dinge über den ungewöhnlichen Mut ihres kühnen Bruders und über seine Freundschaft mit den Bären, in deren Stalle er im Sommer wie im Winter zu schlafen pflegte, wobei sie sich um ihn drängten und ihre Köpfe auf ihn wie auf ein Kissen legten.

Vor dem Hause meines Onkels befand sich ein großes rundes, von einem Schmuckgitter eingefaßtes Blumenbeet, dahinter erhob sich das breite Tor; in der Mitte des Beetes, dem Tore gegenüber, ragte eine hohe, glattgehobelte Stange, die man den »Mastbaum« nannte. An der Spitze des Mastbaumes war eine kleine Plattform angebracht.

Unter den gefangenen jungen Bären wurde immer der »klügste«, das heißt einer, der den zuverlässigsten und intelligentesten Eindruck machte, gewählt. Dieser Bär wurde von der übrigen Gesellschaft getrennt und durfte ganz frei auf dem Hofe und im Park herumspazieren, hatte aber die Obliegenheit, am Mastbaume vor dem Tore Posten zu stehen. Auf diesem Posten verbrachte er den größten Teil des Tages. Er lag oft auf dem Stroh am Fuße des Mastbaumes und hielt sich mit besonderer Vorliebe oben auf der Plattform auf, wo er vor der Zudringlichkeit der Menschen und Hunde sicher war.

Nicht alle Bären hatten ein Anrecht auf dieses schöne freie Leben, sondern nur die klügsten und gutmütigsten unter ihnen und selbst diese nicht ihr Leben lang, sondern nur solange sie nicht ihre tierischen, für das Zusammenleben mit anderen Geschöpfen ungeeigneten Eigenschaften zeigten, d.h. solange sie sich ruhig verhielten und weder Gänse noch Hühner, weder Kälber noch Menschen anrührten.

Wenn ein Bär auch nur einmal den Burgfrieden störte, wurde er sofort zum Tode verurteilt, und keine Macht der Welt konnte ihm Begnadigung erwirken.

4.

Mit der Auswahl dieses »klügsten« Bären wurde Chrapon betraut. Da er mehr als alle andern mit den Bären zu tun hatte und als großer Kenner ihres Charakters galt, wurde natürlich angenommen, daß er besser als jemand anderer diese Wahl vornehmen könne. Chrapon hatte auch die volle Verantwortung für die Folgen seiner Wahl zu tragen. Er wählte gleich das erstemal einen ungewöhnlich gelehrigen und klugen Bären, der einen sehr seltsamen Namen erhielt; während fast alle Bären in Rußland »Mischka« heißen, wurde dieser mit dem spanischen Namen »Sganarell« ausgezeichnet. Er hatte bereits fünf Jahre in Freiheit gelebt und noch keinen einzigen dummen Streich verübt. Wenn man von einem Bären sagte, daß er »Streiche mache«, so meinte man, daß er seine Tiernatur bereits irgendwie gezeigt habe.

Einen solchen »Streichemacher« setzte man zunächst in den »Graben«, der auf der geräumigen Wiese zwischen der Tenne und dem Walde angelegt war; nach einiger Zeit ließ man ihn auf die Wiese hinaus, indem man einen Balken in den Graben steckte, über den er dann selbst herauskletterte, und hetzte ihn mit jungen »Blutegeln«. Wenn die jungen Hunde mit dem Bären nicht fertig werden konnten und die Gefahr bestand, daß er in den Wald entrinnen könne, traten zwei geschickte Jäger, die im Hinterhalt aufgestellt waren, mit ihren ausgewählten Meuten in Aktion und machten dem Bären ein schnelles Ende.

Und wenn auch diese Hunde sich so ungeschickt anstellten, daß der Bär sich auf die »Insel«, d.h. in den Wald, der mit den weiten Brjansker Wäldern zusammenhing, flüchten konnte, so feuerte auf ihn ein eigens bereitgestellter Schütze aus einer langen schweren Kuchenreuterschen Gabelmuskete die tödliche Kugel ab.

Es war noch nie vorgekommen, daß ein Bär allen diesen Gefahren entronnen wäre; das wäre auch zu schrecklich gewesen, denn die Schuldigen wären wohl kaum mit dem Leben davongekommen.

5.

Die kluge und solide Natur Sganarells hatte zur Folge, daß es eine solche Hetzjagd oder Bärenhinrichtung schon seit fünf Jahren nicht gegeben hatte. Sganarell war in dieser Zeit zu einem großen Bären von ungewöhnlicher Kraft, Schönheit und Gelenkigkeit herangewachsen. Er hatte eine runde, stumpfe Schnauze und einen recht schlanken Körperbau, so daß er eher einem riesengroßen Griffon oder Pudel, als einem Bären ähnlich sah. Sein Hinterteil war etwas schmächtig und von kurzem, glänzenden Fell bedeckt, aber die Schultern und das Genick waren stark entwickelt und üppig behaart. Sganarell war so gescheit wie ein Pudel und konnte einige, bei Bären sehr seltene Kunststücke: er verstand gut und schnell auf den Hinterbeinen vorwärts und auch rückwärts zu laufen, eine Trommel zu schlagen und mit einem langen Stock, der wie ein Gewehr angemalt war, zu exerzieren; ebenso gerne und sogar mit größerer Freude schleppte er mit den Bauern die schwersten Säcke zur Mühle und trug mit unnachahmlicher drolliger Eleganz einen hohen, spitzen, mit einer Pfauenfeder oder einem Strohwisch geschmückten Filzhut auf dem Kopfe.

Aber auch für Sganarell schlug einmal die Schicksalsstunde: die Tiernatur gewann die Oberhand. Kurz vor meinem Besuch im Hause des Onkels hatte sich Sganarell mehrere Verfehlungen zu schulden kommen lassen, von denen eine schwerer war als die andere.

Das Programm der verbrecherischen Handlungen Sganarells war dasselbe wie bei allen seinen Vorgängern: als erste Kraftprobe riß er einer Gans einen Flügel ab; dann legte er seine Tatze einem Füllen, das seiner Mutter nachlief, auf den Rücken und brach ihm das Rückgrat; zuletzt erregten irgendein blinder alter Bettler und dessen Führer sein Mißfallen; er wälzte sich mit ihnen im Schnee und zerquetschte ihnen Arme und Beine.

Der Blinde und sein Führer kamen ins Krankenhaus, Chrapon aber erhielt den Befehl, Sganarell in den Graben zu bringen, aus dem es nur einen Weg – in den Tod – gab.

Als Annuschka mich und meinen kleinen Vetter abends zu Bett legte, erzählte sie uns, daß es bei der Überführung Sganarells in den Graben, wo er auf die Todesstrafe zu warten hatte, allerlei Rührendes gegeben habe. Chrapon habe ihm nicht den üblichen Ring durch die Nase gezogen und überhaupt nicht die geringste Gewalt angewandt, sondern nur gesagt:

»Tier, komm mit!«

Der Bär erhob sich und ging sofort mit; besonders komisch wirkte es, daß er seinen Hut mit dem Strohwisch aufsetzte, Chrapon wie einen Freund umarmte und mit ihm so bis zum Graben ging.

Sie waren ja auch wirkliche Freunde.

6.

Chrapon hatte mit Sganarell natürlich das größte Mitleid, konnte ihm aber gar nicht helfen. In dem Hause, wo sich dies abspielte, wurde, wie schon gesagt, kein einziges Vergehen verziehen, und Sganarell, der sich dermaßen kompromittiert hatte, mußte seine Streiche mit dem grausamen Tode büßen.

Die Hetzjagd sollte als eine Nachmittagszerstreuung für die Gäste, die sich bei meinem Onkel zu Weihnachten versammelten, stattfinden. Die Anordnungen zu dieser Jagd wurden zur gleichen Zeit gegeben, als Chrapon den Befehl bekam, den schuldigen Sganarell in den Graben zu bringen.

7.

Man pflegte die Bären auf eine höchst einfache Weise in den Graben zu setzen. Man legte quer über die Öffnung einige leichte schwache Stangen, überdeckte diese mit Reisig und schüttete darüber Schnee. Das Loch wurde so geschickt maskiert, daß der Bär die Falle gar nicht merken konnte. Man brachte das folgsame Tier bis zu dieser Stelle und ließ es weiter gehen. Es machte einen oder zwei Schritte und stürzte plötzlich in den tiefen Graben, aus dem es nicht mehr herauskommen konnte. Der Bär saß hier bis zu der für die Hetzjagd angesetzten Stunde. Dann legte man schräg in den Graben einen etwa sieben Ellen langen Balken, und der Bär kletterte heraus, worauf sofort die Hetzjagd begann. Wenn aber das kluge Tier Unheil witterte und nicht herauskommen wollte, zwang man es, den Graben zu verlassen, indem man mit langen, mit eisernen Spitzen versehenen Stangen nach ihm stach, brennendes Stroh in den Graben warf, oder blinde Schüsse aus Gewehren und Pistolen abfeuerte.

Nachdem Chrapon den Bären auf die beschriebene Weise in den Graben gebracht hatte, kehrte er tief betrübt nach Hause zurück. Unbedachterweise erzählte er seiner Schwester und unserer Wärterin, wie willig ihm das Tier gefolgt war, wie es, nachdem es durch den Reisig in den Graben gestürzt war, sich auf den Boden hingesetzt, die Vordertatzen wie Hände zusammengelegt und zu weinen angefangen hatte.

Chrapon sagte seiner Schwester, daß er vom Graben so schnell er konnte weggelaufen sei, um das jämmerliche Stöhnen Sganarells nicht zu hören, das ihm ins Herz geschnitten habe.

»Ich danke nur Gott«, fügte er hinzu, »daß es jemand anderem und nicht mir befohlen wird, auf ihn zu schießen, wenn er Reißaus nimmt. Wenn diese Pflicht mir zufiele, würde ich alle Strafen über mich ergehen lassen, aber um nichts in der Welt auf das Tier schießen.«

8.

Annuschka teilte uns das alles mit, und wir gaben es unserem Hauslehrer Kolberg weiter. Kolberg aber erzählte es dem Onkel, um ihn zu amüsieren. Als der Onkel es hörte, sagte er: »Der Chraposchka ist gut!« und klatschte dreimal in die Hände.

Das war das Signal für den alten französischen Kammerdiener Ustin Petrowitsch, einen ehemaligen Kriegsgefangenen vom Jahre 1812.

Ustin Petrowitsch, oder eigentlich Justin, erschien in seinem saubergebürsteten lila Frack mit silbernen Knöpfen, und mein Onkel gab ihm den Befehl, daß man bei der bevorstehenden Bärenjagd als Reserveschützen einen gewissen Flegont, der niemals sein Ziel verfehlte, und Chrapon aufstellen solle.

Der Onkel erwartete sich offenbar vom Kampfe der widerstrebenden Gefühle in der Seele des armen Burschen eine große Belustigung. Wenn es ihm einfiele, auf den Bären entweder überhaupt nicht zu schießen oder ihn absichtlich nicht zu treffen, so würde es ihm teuer zu stehen kommen; Flegont würde aber das Tier mit dem zweiten Schuß sicher erlegen.

Ustin verbeugte sich und ging hinaus, um den Befehl weiterzugeben. Wir Kinder sahen aber erst jetzt ein, was wir angestellt hatten, und fühlten, daß etwas Schreckliches im Anzuge sei. Gott weiß, wie das enden sollte. Unter diesen Umständen hatten wir weder an dem schmackhaften Weihnachtsessen, das der Sitte gemäß spät abends eingenommen wurde, noch an den vielen Gästen, die zum Teil mit ihren Kindern gekommen waren, rechte Freude.

Sganarell und Ferapont taten uns leid, und wir wußten nicht, mit wem von beiden wir mehr Mitleid hatten.

Wir beide, d.h. ich und mein kleiner Vetter, wälzten uns lange in unseren Bettchen. Wir schliefen spät ein, träumten von dem Bären und fuhren einigemal schreiend aus dem Schlafe. Und als die Kinderfrau sagte, daß wir vor dem Bären keine Angst zu haben brauchten, weil er im Graben sitze und morgen erschossen werden solle, wurde meine Unruhe noch größer.

Ich erkundigte mich sogar bei der Alten, ob es erlaubt sei, für Sganarell zu beten. Diese Frage lag aber außerhalb ihrer religiösen Kompetenz, und sie antwortete, in einem fort gähnend und sich den Mund bekreuzigend, daß sie es nicht sicher wisse, weil sie sich danach noch niemals beim Geistlichen erkundigt habe; der Bär sei aber sicher ein Geschöpf Gottes und habe sich auch in der Arche Noahs befunden.

Die Erwähnung der Arche Noahs brachte mich auf den Gedanken, daß die grenzenlose Barmherzigkeit Gottes sich nicht nur auf die Menschen, sondern auch auf alle andern Geschöpfe erstrecke. Ich kniete in kindlicher Andacht in meinem Bettchen nieder, drückte mein Gesicht in das Kissen und flehte Gottes Majestät an, mir meine Bitte nicht als Sünde anzurechnen und Sganarell zu retten.

9.

Der erste Weihnachtstag brach an. Wir kamen in unseren Festtagskleidern in Begleitung unserer Hauslehrer und Erzieherinnen zum Frühstückstisch. Außer den zahlreichen Verwandten und Gästen befanden sich im Saal auch der Geistliche, der Diakon und zwei Küster.

Als der Onkel in den Saal trat, stimmte die Geistlichkeit einen Weihnachtschoral an. Dann nahm man den Tee und gleich darauf ein leichtes Frühstück ein. Zu Mittag wurde früher als sonst, nämlich um zwei Uhr, gegessen. Gleich nach dem Essen sollte die Bärenjagd beginnen: man durfte sie nicht auf eine spätere Stunde hinausschieben, weil es um diese Jahreszeit früh Abend wurde und der Bär im Dunkeln leicht Reißaus nehmen konnte.

Alles spielte sich genau nach dem festgesetzten Programm ab. Gleich nach dem Essen zog man uns Hasenfellpelze und zottige, aus Ziegenwolle gestrickte Stiefel an und setzte uns in die Schlitten, um zur Jagd zu fahren. Rechts und links vom Hause standen schon viele lange, mit je drei Pferden bespannte und mit Teppichen belegte Schlitten bereit. Zwei Reitknechte hielten die englische Fuchsstute »Modedame« an den Zügeln fest.

Der Onkel trat in einem kurzen Fuchspelz und einer spitzen Fuchsfellmütze aus dem Hause, und sobald er in den mit einem schwarzen Bärenfell bedeckten und mit Türkisen und Schlangenköpfen geschmückten Sattel stieg, setzte sich unser ganzer langer Zug in Bewegung. In zehn oder fünfzehn Minuten waren wir schon am Ziel. Alle Schlitten stellten sich im Halbkreise auf dem glatten schneebedeckten Felde auf, das von einer Kette berittener Jäger umstellt und in einiger Entfernung vom Walde abgeschlossen war.

Dicht am Walde war im Gesträuch das Versteck für die Schützen eingerichtet, unter denen sich auch Flegont und Chraposchka befinden mußten.

Die Schützen selbst waren nicht zu sehen; einige zeigten auf die kaum sichtbaren Büchsenstützen, von denen auf Sganarell gezielt werden sollte.

Der Graben, in dem der Bär saß, war unsichtbar, und wir lenkten daher unsere Aufmerksamkeit auf die schmucken Reiter, die mit den schönsten Waffen ausgerüstet waren; es waren die Erzeugnisse der berühmtesten Büchsenmacher: des Schweden Strabus, des Deutschen Morgenrath, des Engländers Mortimer und des Warschauers Kolett.

Mein Onkel stellte sich mit seinem Pferde vor der Kette auf. Man gab ihm die Leine zweier zusammengekoppelter junger »Blutegel« in die Hand und legte auf den Sattel vor ihn ein weißes Tuch.

Die vielen jungen Hunde, die ihre Künste an dem zu Tode verurteilten Sganarell üben sollten, benahmen sich höchst selbstbewußt und zeigten brennende Ungeduld und Mangel an Selbstbeherrschung. Sie winselten, bellten und sprangen um die Pferde herum; die uniformierten Piqueure knallten in einem fort mit ihren Peitschen, um die außer Rand und Band geratenen Hunde zur Vernunft zu bringen. Alles brannte vor Ungeduld, sich über das Tier zu stürzen, dessen Nähe die Hunde mit ihren feinen Nasen sofort witterten.

Nun kam der Zeitpunkt, wo Sganarell aus dem Graben heraus gelassen und den Hunden preisgegeben werden sollte.

Mein Onkel winkte mit dem weißen Tuche, das vor ihm auf dem Sattel lag, und sagte »Los!«.

10.

Von der Schar der Jäger, die den Stab des Onkels bildeten, trennten sich an die zehn Mann und gingen quer über das Feld.

Als sie etwa zweihundert Schritte weit gegangen waren, blieben sie stehen und hoben vom Schnee einen langen, nicht sehr dicken Balken auf, der uns bis dahin unsichtbar gewesen war.

Das spielte sich unmittelbar an dem von unserem Standpunkt aus gleichfalls nicht sichtbaren Graben ab, in dem Sganarell saß.

Der Balken wurde in die Höhe gehoben und mit dem einen Ende in den Graben versenkt. Er lag etwas schräg, so daß das Tier ohne besondere Mühe wie über eine Treppe herauskommen konnte.

Das andere Ende des Balkens ruhte auf dem Rande des Grabens und ragte etwa eine Elle weit heraus.

Alle Augen verfolgten mit Spannung diese Vorbereitungen, die uns dem interessantesten Augenblick näher brachten. Man erwartete, daß Sganarell sofort zum Vorschein kommen würde; er witterte aber wohl Unheil und blieb im Graben.

Nun begann man ihn mit Schneeballen zu bewerfen und mit langen Stangen in dem Graben herumzutreiben; man hörte sein Gebrüll, er ließ sich aber noch immer nicht blicken. Man gab einige blinde Schüsse in den Graben ab; Sganarell brüllte noch wütender, kam aber noch immer nicht heraus.

Nun kam hinter der Schützenkette ein einfacher, mit nur einem Pferde bespannter Schlitten, wie man ihn zum Mistfahren gebraucht, zum Vorschein und raste in der Richtung zum Graben. Auf dem Schlitten lag ein großer Haufen Stroh.

Das Pferd war groß und mager, eines von den Pferden, die sonst Futter von der Tenne fahren; trotz seines Alters und seiner Magerkeit galoppierte es mit erhobenem Schweif und gesträubter Mähne. Es war nicht recht klar, ob dieser Feuereifer nur ein Überbleibsel seiner Jugendkraft oder eine Folge der Angst und Verzweiflung war, die dem alten Pferde die Nähe des Bären einflößte. Das letztere war wohl wahrscheinlicher; das Pferd war außer der Kandare noch mit einer festen Schnur aufgezäumt, die in seine vor Alter grauen Lippen einschnitt und sie bereits blutig gerieben hatte. Der Stallknecht, der es lenkte, riß erbarmungslos an der Schnur und bearbeitete gleichzeitig den Rücken des Pferdes mit einer dicken Peitsche; das Pferd rannte wie wild und warf sich nach allen Seiten.

Das Stroh wurde in drei Haufen geteilt, angezündet und im gleichen Augenblick von drei verschiedenen Seiten in den Graben geworfen. Vom Feuer unberührt blieb nur die eine Stelle am Rande, wo der Balken herausragte.

Nun ertönte ein betäubendes, rasendes, mit Stöhnen untermengtes Brüllen, der Bär kam aber noch immer nicht heraus.

Man erzählte sich, daß Sganarells Fell schon versengt sei; er hätte sich die Tatzen auf die Augen gedrückt und liege so fest in einer Ecke des Grabens, daß man ihn unmöglich heraustreiben könne.

Das Pferd mit den blutiggeriebenen Lippen lief im gleichen Galopp wieder zurück ... Alle glaubten, daß es eine neue Portion Stroh holen sollte. Unter den Zuschauern wurden Vorwürfe laut: warum hat man nicht schon im Voraus eine genügende Menge Stroh vorbereitet? Mein Onkel wütete und schrie etwas, was ich im allgemeinen Lärm, Hundegewinsel und Peitschengeknall nicht verstehen konnte.

Das Ganze hatte aber eine gewisse Stimmung und eine eigene Harmonie. Das alte Pferd galoppierte, sich wieder nach allen Seiten werfend und keuchend, zum Graben, in dem Sganarell lag. Diesmal war es aber kein Stroh: auf dem Schlitten saß Ferapont.

Der Befehl, den mein Onkel in seiner Wut gegeben hatte, lautete, daß Chraposchka in den Graben steigen und seinen Freund *selbst* herausführen solle ...

11.

Ferapont stand nun vor dem Graben. Er schien aufs Höchste erregt, handelte aber entschlossen und energisch. Ohne gegen den Befehl zu mucksen, nahm er vom Schlitten den Strick, mit dem vorhin das Stroh zusammengebunden war, und band ihn an das herausragende Ende des Balkens, wo sich eine Einkerbung befand, fest. Das andere Ende des Strickes nahm er in die Hand und begann langsam in den Graben zu steigen.

Das schreckliche Gebrüll Sganarells hörte sofort auf, und man hörte nur noch ein dumpfes Brummen.

Es klang, wie wenn sich das Tier bei seinem Freunde über die grausame Behandlung beklagte; nun verstummte aber auch dieses Brummen, und es wurde ganz still.

»Er umarmt und leckt Chraposchka!« meldete einer der Männer, die am Grabenrande standen.

Unter den Leuten, die in den Schlitten saßen, holten die einen tief Atem, und die andern verzogen das Gesicht.

Viele hatten offenbar mit dem Bären Mitleid und erwarteten von der Hetzjagd kein Vergnügen mehr. Alle diese flüchtigen Eindrücke wurden plötzlich von einem Ereignis unterbrochen, das noch unerwarteter, als alles Vorhergehende und ungewöhnlich rührend war.

Aus der Öffnung des Grabens tauchte wie aus der Unterwelt Chraposchkas lockiger Kopf in der runden Jägermütze auf. Er stieg auf die gleiche Weise heraus, wie er hinuntergestiegen war; er schritt über den Balken, sich an dem einen Ende des gespannten Strickes festhaltend, Ferapont kam aber *nicht allein*: an seiner Seite war Sganarell, der ihm seine große zottige Tatze auf die Schulter gelegt hatte. Der Bär war übler Laune und sah recht jämmerlich aus. Matt und abgemagert, wohl weniger durch die körperlichen Leiden, als durch die moralische Erschütterung erschöpft, erinnerte er auffallend an König Lear. Seine blutunterlaufenen Augen brannten vor Zorn und Empörung. Er war ebenso wie König Lear zerzaust, voller Strohhalme und stellenweise versengt. Seltsamerweise hatte sich Sganarell, ebenso wie jener unglückliche König, eine Art Krone bewahrt. Vielleicht Ferapont zu Gefallen, vielleicht auch rein zufällig trug er unter der Tatze den Hut, den ihm Chraposchka einst geschenkt und den er in den Graben mitgenommen hatte. Der Bär hatte dieses Freundesgeschenk aufbewahrt; als sein Herz nun in der Umarmung des Freundes eine plötzliche Erleichterung fühlte, holte er, sobald er oben war, den arg zerknitterten Hut aus der Achselhöhle hervor und setzte ihn sich auf.

Viele lachten über den Anblick, vielen erschien er aber auch schmerzlich. Manche wandten sich sogar weg, um das unvermeidliche grausame Ende des Tieres nicht mit ansehen zu müssen.

12.

Die Aufregung der Hunde erreichte nun ihren Höhepunkt, und sie waren nicht mehr zu halten. Selbst die Peitschen machten auf sie keinen Eindruck mehr. Die jungen und die alten Blutegel stellten sich, als sie Sganarell erblickten, auf die Hinterbeine, heulten, keuchten und erstickten beinahe in ihren Halsbändern. Chraposchka fuhr aber schon im gleichen Wagen auf seinen Posten am Waldrande zurück. Sganarell, der allein geblieben war, fuchtelte ungeduldig mit der Tatze, um die sich zufällig der von Chraposchka vergessene, an das Ende des Balkens befestigte Strick geschlungen hatte. Das Tier wollte sich offenbar aus der Schlinge befreien oder den Strick zerreißen, um seinem Freund nachzulaufen; er war aber trotz seiner Klugheit doch so ungeschickt wie jeder andere Bär: statt die Schlinge zu lösen, zog er sie nur noch fester an.

Als er sah, daß er die Schlinge nicht lösen konnte, begann er am Strick zu zupfen, um ihn zu zerreißen; der Strick war aber viel zu fest und riß nicht, der Balken jedoch sprang in die Höhe und ragte plötzlich senkrecht aus dem Graben. Während sich Sganarell umsah, stürzten zwei Blutegel, die man in diesem Augenblick losgekoppelt hatte, über ihn her und bissen sich mit ihren scharfen Zähnen in sein Genick fest.

Sganarell war so sehr mit dem Strick beschäftigt, daß er im ersten Augenblick über diese Überrumpelung weniger erbost als erstaunt war; aber schon nach einer halben Sekunde, als einer der Blutegel ihn losließ, um die Zähne noch tiefer in ihn zu bohren, holte er mit der Tatze aus und schleuderte den Hund mit zerrissenem Bauch weit von sich weg. Während die Gedärme des Hundes auf den blutbefleckten Schnee fielen, zertrat er den andern Hund mit einer Hintertatze … Weit schrecklicher und unerwarteter war aber das, was mit dem Balken geschah. Als Sganarell zum Schlage ausholte, um den Blutegel von sich zu schleudern, zog er mit der gleichen Bewegung den Balken, an dem das andere Ende des Strickes befestigt war, aus dem Graben heraus, und der Balken sauste, eine flache Bahn beschreibend, durch die Luft. Er flog nun um Sganarell im Kreise herum und erschlug schon in der ersten Runde nicht etwa zwei oder drei, sondern eine ganze Menge von Hunden. Die einen von ihnen winselten noch im Todeskampfe, die andern aber lagen gleich leblos da.

13.

Der Bär war wohl zu klug, um nicht einzusehen, was für eine nützliche Waffe der Balken für ihn war – oder war es nur der Schmerz in der vom Strick umschlungenen Tatze? – jedenfalls brüllte er auf und zog den Strick noch fester an, so daß der Balken in der gleichen horizontalen Ebene mit seiner Tatze zu liegen kam und wie ein riesenhafter Kreisel zu surren begann. Er mußte alles, was ihm in den Weg trat, niederschlagen und zermalmen. Wenn aber der gespannte Strick an einer Stelle nicht genügend stark wäre und zerrisse, so würde der Balken durch die Zentrifugalkraft weit hinaus geschleudert werden. Gott allein weiß, wie weit er fliegen und was er alles unterwegs zermalmen würde.

Wir alle – Menschen, Pferde und Hunde, die im Kreise herumstanden, schwebten in größter Gefahr, und ein jeder wünschte schon aus Selbsterhaltungstrieb, daß der Strick, an dem Sganarell seine Riesenschleuder schwang, nicht reiße. Womit sollte aber das alles enden? Niemand, außer einigen Jägern und den beiden Schützen, die im Hinterhalte am Waldesrande saßen, hatte Lust, das Ende abzuwarten. Das ganze übrige Publikum aber, die Gäste und die Verwandten des Onkels, die dieser Veranstaltung als Zuschauer beiwohnten, fanden an der Sache gar kein Vergnügen mehr. Alle gaben ihren Kutschern den Befehl, möglichst schnell die gefährliche Stelle zu verlassen, und die Schlitten sausten, einander überrennend und überholend, dem Hause zu.

Bei dieser lächerlichen und unordentlichen Flucht gab es einige Zusammenstöße und Stürze, einiges zum Lachen und sehr viel Schrecken. Die aus den Schlitten Herausgefallenen glaubten, daß der Balken sich schon vom Strick losgerissen habe und über ihre Köpfe surre, während das wütende Tier ihnen nachsetze.

Die Gäste, die das Haus erreichten, konnten sich bald beruhigen; diejenigen aber, die zurückblieben, sahen etwas noch weit Schrecklicheres.

14.

Gegen Sganarell konnte man nun keine Blutegel mehr loslassen, denn es war klar, daß er mit seinem Balken mühelos eine Menge von Hunden erschlagen würde. Der Bär bewegte sich aber, den Balken immer noch um sich schwingend, in der Richtung zum Walde, wo Ferapont und der berühmte Schütze Flegont im Hinterhalte saßen und wo ihn der Tod erwartete.

Eine wohlgezielte Kugel konnte der Sache ein schnelles Ende machen.

Das Schicksal war aber dem Bären ungemein günstig: nachdem es sich schon einmal in diese Sache hineingemischt hatte, wollte es ihn offenbar um jeden Preis retten.

Im gleichen Augenblick, als Sganarell die Stelle erreichte, wo auf ihn hinter Schneewällen die Kuchenreuterschen Musketen Chraposchkas und Flegonts gerichtet waren, riß der Strick. Der Balken flog wie ein Pfeil aus einem Bogen auf die eine Seite, während der Bär das Gleichgewicht verlor und hinpurzelte.

Denen, die auf dem Felde zurückgeblieben waren, bot sich nun ein neues schreckliches Bild: der Balken fegte die Gewehrstützen und den Schneewall, hinter dem Flegont im Hinterhalte saß, einfach weg und blieb mit dem einen Ende in einem der Schneehaufen stecken. Sganarell verlor aber keine Zeit; er überschlug sich drei oder viermal und ging direkt auf das Versteck Chraposchkas zu …

Sganarell erkannte augenblicklich seinen Freund, hauchte ihn aus seinem heißen Rachen an und wollte ihn schon ins Gesicht lecken, als plötzlich von der anderen Seite her ein von Flegont abgegebener Schuß knallte. Der Bär entkam in den Wald, und Chraposchka fiel ohnmächtig um.

Man hob ihn auf und untersuchte ihn: die Kugel hatte seinen Arm durchbohrt, in der Wunde steckte aber auch ein Büschel Bärenhaare.

Flegont büßte den Ruf des besten Schützen nicht ein: er hatte ja in großer Hast aus der schweren Büchse ohne Stütze geschossen, es war auch nicht mehr hell genug gewesen, und der Bär und Chraposchka waren allzueng beieinander gestanden.

Unter diesen Umständen mußte auch dieser Schuß, der das Ziel nur um ein Haarbreit verfehlt hatte, als ein Meisterschuß angesehen werden.

So oder anders, – Sganarell war jedenfalls entkommen! Ihn noch am gleichen Abend im Walde zu verfolgen, war ganz unmöglich, am nächsten Morgen aber war der Geist dessen, der hier allein zu befehlen hatte, von einer ganz neuen Stimmung erleuchtet.

15.

Als der Onkel nach den geschilderten Mißerfolgen nach Hause zurückkehrte, war er zorniger und härter als je. Noch ehe er aus dem Sattel sprang, gab er den Befehl, morgen in aller Frühe die Spuren des Bären im Walde zu suchen und ihn so zu umstellen, daß er nicht mehr entrinnen könnte.

Eine richtig durchgeführte Jagd hätte natürlich zu einem ganz anderen Resultate führen müssen.

Alle erwarteten nun, was der Onkel wegen des verwundeten Chraposchka befehlen würde. Alle glaubten, daß ihn etwas Schreckliches erwartete. Er hatte sich zumindest die Nachlässigkeit zu schulden kommen lassen, daß er dem Bären in dem Augenblick, als ihn dieser in seinen Tatzen gehalten, nicht sein Jagdmesser in die Brust gestoßen hatte. Es bestand außerdem noch der schwere und wohl auch begründete Verdacht, daß Chraposchka die Hand gegen seinen zottigen Freund nicht hatte erheben wollen und ihn absichtlich laufen gelassen hatte.

Die allen bekannte Freundschaft zwischen Chraposchka und Sganarell machte diese letztere Hypothese sehr wahrscheinlich.

So dachten nicht nur die Jagdteilnehmer, sondern auch alle übrigen Gäste.

Wir lauschten den Gesprächen der Erwachsenen, die sich abends im großen Saal um den für uns angezündeten Weihnachtsbaum versammelt hatten, und teilten den allgemeinen Verdacht bezüglich Chraposchkas wie auch die Angst um sein Los.

Aus dem Vorzimmer, durch das der Onkel vom Flur in seine Gemächer gegangen war, drang in den Saal das Gerücht, daß er Chraposchkas Namen überhaupt noch nicht erwähnt hatte.

»Ist das ein gutes oder ein schlechtes Zeichen?« flüsterte jemand, und dieses Flüstern weckte bei der allgemeinen gedrückten Stimmung einen Widerhall in jedem Herzen.

Es erreichte auch den alten, mit dem Bronzekreuz für das Jahr 1812 ausgezeichneten Dorfgeistlichen P. Alexej. Dieser seufzte auf und sagte leise:

»Betet zum Heiland, der uns heute geboren wurde!«

Mit diesen Worten bekreuzigte er sich, und alle Anwesenden, die Erwachsenen wie die Kinder, die Herrschaften wie die Leibeigenen, taten dasselbe. Es war auch just die höchste Zeit. Kaum hatten wir unsere Hände, mit denen wir das Zeichen des Kreuzes gemacht hatten, sinken lassen, als die Türe weit aufging und der Onkel mit einem Stöckchen in der Hand in den Saal trat. Ihn begleiteten seine beiden Lieblingswindspiele und der Kammerdiener Justin. Der letztere trug auf einem silbernen Teller das weiße Foulardtuch und die mit dem Bildnisse Pauls I. geschmückte Schnupftabaksdose seines Herrn.

16.

Der Lehnstuhl für den Onkel war auf einem kleinen Perserteppich in der Mitte des Zimmers vor dem Weihnachtsbaum aufgestellt. Er setzte sich schweigend in den Sessel und nahm aus Justins Händen das Tuch und die Schnupftabaksdose. Die beiden Windspiele legten sich sofort zu seinen Füßen nieder und streckten ihre langen Schnauzen vor sich aus.

Der Onkel trug einen blauseidenen, reichgestickten, mit silbernen Filigranschnallen und großen Türkisen verzierten Hausrock. In der Hand hatte er einen dünnen, doch kräftigen Stock aus kaukasischer Weichsel.

Diesen Stock brauchte er diesmal als Stütze: von der allgemeinen Panik, mit der die Bärenjagd geendet hatte, war selbst die vorzüglich zugerittene »Modedame« angesteckt worden; sie hatte sich in wilder Angst auf die Seite geworfen und das Bein ihres Herrn fest gegen einen Baum geklemmt.

Der Onkel fühlte heftigen Schmerz im Bein und hinkte sogar ein wenig. Dieser neue Umstand war selbstverständlich nicht dazu angetan, um sein ohnehin aufgebrachtes und erbostes Herz milder zu stimmen.

Auch machte es einen schlechten Eindruck, daß wir alle beim Erscheinen des Onkels plötzlich verstummt waren. Wie alle argwöhnischen Menschen, konnte er so etwas nicht leiden, und P. Alexej beeilte sich, das Wort zu ergreifen, um die unheimliche Stille zu brechen.

Der Geistliche wandte sich an uns Kinder, die um ihn standen, mit der Frage, ob wir den Sinn des Chorals »Christ wird geboren« auch verstünden? Es stellte sich heraus, daß dieser Sinn nicht nur uns Kindern, sondern auch den Erwachsenen nicht recht klar war. Der Geistliche begann uns den Sinn der Worte »Preiset«, »Lobsinget« und »Erhebet euch« zu erklären; als er bei diesem letzten Worte angelangt war, »erhob er sich« selbst mit Herz und Geist. Er sprach von den »Gaben«, die heute ebenso wie damals auch der Ärmste vor die Krippe des göttlichen Knäbleins bringen könne und die würdiger und wertvoller seien, als das Gold, der Weihrauch und die Myrrhen der heiligen drei Könige. Die schönste Gabe sei ein durch seine Lehre bekehrtes Herz. Der Alte sprach von Liebe, Verzeihung und von der Pflicht eines jeden, Freund und Feind »im Namen Christi« zu trösten ... Seine Worte waren wohl ungemein eindringlich ... Wir alle verstanden, was er damit bezweckte und hörten ihm mit einem eigentümlichen Gefühl zu: wir beteten gleichsam, daß seine Worte ihren Zweck erreichten, und manchem von uns waren Tränen in die Augen getreten ...

Plötzlich fiel etwas hin ... Es war Onkels Stock ... Man hob ihn auf, er rührte ihn aber nicht an: er saß tief gebückt, seine Hand hing über die Sessellehne herab, und seine Finger hielten einen der großen Türkise ... Er ließ den Stein fallen, doch niemand beeilte sich, ihn aufzuheben ...

Alle Blicke waren auf sein Gesicht gerichtet. Etwas Ungewöhnliches bot sich unseren Augen: *er weinte*!

Der Geistliche schob uns Kinder sanft zur Seite, ging auf den Onkel zu und erteilte ihm den Priestersegen.

Der Onkel hob das Gesicht, ergriff die Hand des Alten, küßte sie ganz unerwartet und sagte leise: »Danke!«

Dann blickte er Justin an und ließ Ferapont rufen.

Dieser erschien, bleich, mit verbundenem Arm.

»Hierher!« befahl ihm der Onkel, auf den Teppich vor seinem Sessel zeigend.

Chraposchka kam näher und fiel in die Knie.

»Steh auf!« sagte der Onkel. »Ich verzeihe dir.«

Chraposchka fiel wieder in die Knie. Der Onkel begann mit nervöser, aufgeregter Stimme:

»Du liebtest das Tier so, wie nicht jedermann einen Menschen zu lieben versteht. Du hast mich damit gerührt und in Großmütigkeit übertroffen. Höre nun meine Gnade: ich lasse dich frei und gebe dir hundert Rubel auf den Weg. Geh, wohin du willst.«

»Ich danke, werde aber nirgendwohin fortgehen«, rief Chraposchka aus.

»Was?«

»Ich gehe nirgendwohin fort«, wiederholte Ferapont.

»Was willst du denn?«

»Für Ihre Gnade will ich Ihnen jetzt als freier Mann noch treuer dienen, als ich bisher als Leibeigener diente.«

Der Onkel drückte mit der einen Hand das weiße Foulardtuch an seine Augen, durch die ein Zucken ging, und umarmte mit der anderen Ferapont ... Wir alle erhoben uns von unseren Plätzen und verhüllten gleichfalls unsere Augen ... Uns genügte das Gefühl, daß hier dem höchsten Gott die schönste Ehre erwiesen wurde und an Stelle der drückenden Angst der Friede Christi erblühte.

Dasselbe fühlten auch alle Leute im Dorfe, denen der Onkel einige Fässer Bier schicken ließ. Überall wurden Freudenfeuer angezündet, und die Menschen sprachen im Scherze:

»Heute haben wir erlebt, daß auch das Tier in die heilige Stille gegangen ist, um den Heiland zu preisen!«

Sganarells Spuren wurden nicht weiter verfolgt. Ferapont, der die Freiheit bekommen hatte, ersetzte bald den alten Justin und war nicht nur der treueste Diener, sondern auch der treueste Freund meines Onkels bis an dessen Ende. Er drückte ihm mit eigenen Händen die Augen zu und beerdigte ihn auf dem Waganjkow'schen Friedhofe zu Moskau, wo sich sein Grabstein bis zum heutigen Tage erhalten hat. Zu seinen Füßen ruht Ferapont.

Es gibt heute niemand, der diese Gräber mit Blumen schmücken könnte; aber in den Moskauer Kellerwohnungen und Asylen gibt es noch Menschen, die sich an einen schlanken, weißhaarigen Greis erinnern, der immer zu erraten wußte, wo echtes Leid verborgen war und rechtzeitig zu Hilfe eilte oder seinen guten Diener mit reichen Gaben schickte.

Diese beiden echten Wohltäter, von denen noch vieles zu sagen wäre, waren mein Onkel und Ferapont, den er im Scherze den »Tierbändiger« zu nennen pflegte.

Interessante Männer

1.

Im Hause einer mir befreundeten Familie erwartete man mit Ungeduld das Eintreffen des Februarheftes der Moskauer Zeitschrift »Mysl«. Diese Ungeduld war wohl begreiflich, weil in diesem Hefte eine neue Erzählung des Grafen Leo Tolstoi hatte erscheinen sollen. Ich kam nun fast täglich zu meinen Freunden, um das neue Werk unseres großen Dichters gleich nach Eintreffen der Zeitschrift in einer angenehmen Gesellschaft am runden Tisch beim milden Schein der Eßzimmerlampe zu lesen. Gleich mir kamen auch andere intime Freunde mit der gleichen Absicht fast jeden Abend hin. Das ersehnte Heft traf endlich ein, die Tolstoische Erzählung war aber darin nicht enthalten: Ein kleiner rosa Zettel teilte den Abonnenten mit, daß die Erzählung nicht veröffentlicht werden könne. Alle waren enttäuscht und betrübt, und ein jeder zeigte es je nach seinem Charakter und Temperament: Der eine runzelte die Stirne und schwieg, der andere schimpfte, der dritte suchte nach Parallelen zwischen der Gegenwart, die wir erlebten, der Vergangenheit, deren wir gedachten, und der Zukunft, die wir ersehnten. Ich aber blätterte schweigend in der Zeitschrift und durchflog die neue Skizze Gljeb Uspenskijs, eines der sehr wenigen russischen Literaten, die immer der Wahrheit des Lebens treu bleiben und nicht den sogenannten »Richtungen« zu Liebe lügen. Darum ist die Unterhaltung mit ihm immer angenehm und oft sogar nützlich.

Uspenskij schrieb diesmal über ein Gespräch mit einer älteren Dame, die ihm von der jüngsten Vergangenheit erzählt und die Meinung geäußert hatte, daß die Männer einst viel interessanter gewesen seien. In ihren engen Uniformen hätten sie zwar einen kühlen und reservierten Eindruck gemacht, dabei aber viel Begeisterung, Herzensglut, Edelsinn und andere Eigenschaften besessen, die den Menschen interessanter und anziehender machen. Alle diese Eigenschaften seien heute, meinte die Dame, nur sehr selten und oft gar nicht anzutreffen. Die Männer übten heute zwar freiere Berufe aus und kleideten sich auch viel ungezwungener, hätten zuweilen auch große Ideen im Kopfe, seien aber dabei alle nach der gleichen Form gestanzt, langweilig und uninteressant.

Die Bemerkungen der alten Dame erschienen mir durchaus treffend, und ich machte den Vorschlag, nicht länger über die Erzählung Tolstois, die wir nicht lesen könnten, zu trauern, sondern die Skizze Uspenskijs vorzunehmen. Mein Vorschlag wurde angenommen, und die von Uspenskij geäußerten Gedanken fanden allgemeine Zustimmung. Nun rückte ein jeder mit Erinnerungen und Vergleichen heraus. Unter den Anwesenden gab es einige, die den jüngst verstorbenen dicken General Rostislaw Fadejew gekannt hatten; man erzählte sich, wie ungewöhnlich interessant dieser Mann trotz seines gewöhnlichen, plumpen und wenig versprechenden Äußeren gewesen war. Wie er selbst im Alter die Aufmerksamkeit der klügsten und nettesten Damen zu fesseln vermochte und die blühendsten jungen Gecken aus dem Felde zu schlagen wußte.

»Ist es denn wirklich so erstaunlich?« sagte ein Herr, der älter als alle Anwesenden war und wohl auch einen klareren Blick hatte. »Ist es denn für einen so klugen Mann, wie es der verstorbene Fadejew war, schwer, das Interesse einer klugen Frau zu fesseln?! Die klugen Frauen fühlen sich immer ungemütlich. Erstens gibt es ihrer nur sehr wenige, und zweitens haben sie, da sie mehr als die andern verstehen, auch größeres Leid zu tragen; daher freuen sie sich so, wenn sie auf einen wirklich klugen Mann stoßen. Hier gilt der Satz: ›Simile simili curatur‹ oder ›gaudet‹ – ich weiß nicht, was richtiger ist. Sie alle und auch die Dame, deren Worte unser Dichter anführt, wählen ihre Beispiele unter den Männern von hervorragender Begabung und Bedeutung; weit bemerkenswerter ist es aber meines Erachtens, daß man einst auch auf weit tieferen Stufen ungemein lebendige und anziehende Persönlichkeiten, die man ›interessante Männer‹ zu nennen pflegte, antreffen konnte. Auch die Damen, auf die sie solchen Eindruck machten, gehörten nicht zu den Auserwählten, die imstande sind, einen Mann mit hervorragenden Geistesgaben zu vergöttern; selbst unter den allergewöhnlichsten Durchschnittsfrauen gab es viele von hervorragender Empfindsamkeit. In ihnen war wie in tiefen Wassern eine latente Wärme enthalten. Solche Durchschnittsmenschen halte ich für viel bemerkenswerter als die Lermontowschen Charaktere, in die sich selbstverständlich jeder verlieben mußte.«

»Haben Sie einmal einen solchen Durchschnittsmenschen mit der latenten Wärme der tiefen Wasser gekannt?«

»Gewiß.«

»Erzählen Sie uns also von ihm und entschädigen Sie uns auf diese Weise für die Unmöglichkeit, die Erzählung Tolstois zu lesen.«

»Als Entschädigung kann meine Erzählung natürlich nicht gelten, aber einfach zu Ihrer Unterhaltung will ich Ihnen eine Geschichte aus dem allergewöhnlichsten Offiziersmilieu zum besten geben.«

2.

Ich diente bei der Kavallerie. Das Regiment lag in mehreren Dörfern des T–schen Gouvernements in Quartier; der Regimentskommandeur und sein Stab hielten sich natürlich in der Gouvernementsstadt selbst auf. Die Stadt war auch damals schon sauber und freundlich und hatte ein Theater, einen Adelsklub und ein riesengroßes, übrigens recht unsinnig angelegtes Hotel, dessen größten Teil wir mit Beschlag belegt hatten. Die Zimmer waren sowohl von den Offizieren bewohnt, die sich ständig in der Stadt aufhielten, als auch für die Offiziere reserviert, die periodisch aus ihren Dorfquartieren in die Stadt kamen. Diese Zimmer wurden niemals an gewöhnliche Passanten vermietet. Sobald der eine Offizier auszog, kam sofort ein anderer gefahren, und diese »Offizierszimmer« waren immer besetzt.

Unser Zeitvertreib bestand natürlich im Kartenspiel und im Dienste des Bacchus, sowie auch der Göttin der Herzensfreuden.

Man spielte zuweilen – besonders im Winter, während der Wahlen zur Adelsversammlung – sehr hoch. Man spielte nicht im Klub, sondern in den Hotelzimmern, wo man die Röcke ablegen durfte und sich überhaupt ungezwungener fühlte. Auf diese Weise verbrachte man Tage und Nächte. Es gibt wohl keinen sinnloseren und öderen Zeitvertreib, und Sie können daraus wohl selbst schließen, was für Menschen wir damals waren und was für Ideen uns begeistern konnten. Wir lasen wenig und schrieben noch weniger; letzteres nur nach großen Verlusten, wenn es galt, unsere Eltern anzulügen und von ihnen eine Extrasumme zu erpressen. Kurz und gut, man konnte von uns nichts Gutes lernen. Wir spielten teils unter uns, teils mit den durchreisenden Gutsbesitzern, die nicht viel ernster waren als wir. In den Zwischenpausen betranken wir uns, schlugen uns mit den Beamten herum und entführten Kaufmannsfrauen und Schauspielerinnen, die wir gleich darauf wieder laufen ließen.

Die Gesellschaft war furchtbar stupid und verbummelt; die Jüngeren eiferten den Älteren nach, und die einen wie die anderen zeigten nichts Gescheites und Beachtenswertes.

Über die Fragen der Ehre und des Anstandes wurde bei uns niemals gesprochen. Man trug seine Uniform und lebte nach der einmal eingeführten Sitte – man bummelte und war bemüht, Herz und Seele gegen alles Erhabene, Empfindsame und Ernste abzustumpfen. Und doch gab es auch in unserem seichten Sumpfe die »latente Wärme«, die sonst nur tiefen Wassern eigen ist.

3.

Unser Regimentskommandeur war ein nicht mehr junger, sehr anständiger und guter Soldat, aber ein rauher, strenger Mensch, ganz »ohne Zartgefühl für das weibliche Geschlecht«, wie man sich damals ausdrückte. Er war einige fünfzig Jahre alt und schon zweimal verheiratet gewesen; seine zweite Frau hatte er in T. verloren und war eben im Begriff, ein junges Mädchen, das aus einer nicht sehr reichen Gutsbesitzersfamilie stammte, zu heiraten. Sie hieß Anna Nikolajewna. Dieser so gewöhnliche Name entsprach durchaus ihrer ganzen gewöhnlichen Erscheinung. Sie war von mittlerem Wuchs, weder dick noch schlank, weder hübsch noch häßlich, hatte blonde Haare, blaue Äuglein, rote Lippen, weiße Zähne, ein rundes, weißes Gesicht und je ein Grübchen in jeder rosigen Wange – mit einem Worte, ein Mädchen, das wenig Begeisterung wecken kann, eines von denen, die man »Trost des Greisenalters« zu nennen pflegt.

Unser Kommandeur lernte sie in Gesellschaft durch ihren Bruder, der bei uns als Kornett diente, kennen und hielt durch Vermittlung dieses selben Bruders um ihre Hand an.

Das wurde ganz einfach und kameradschaftlich gemacht. Er ließ den jungen Offizier zu sich ins Kabinett kommen und sagte ihm: »Hören Sie einmal, Ihre würdige Schwester hat auf mich den angenehmsten Eindruck gemacht. Sie wissen wohl selbst, wie unangenehm es mir in meinem Alter und bei meiner Position wäre, einen Korb zu bekommen. Wir beide sind aber Soldaten, und Ihre Aufrichtigkeit kann mich unmöglich verletzen. Wenn mein Antrag angenommen wird, so ist es gut. Wenn sie mir aber absagen sollte, wird es mir auch im Traume nicht einfallen, es Ihnen irgendwie übelzunehmen. Erkundigen Sie sich also ...«

Jener erwiderte ebenso einfach: »Gut, ich werde mich erkundigen.«

»Danke.«

»Kann ich vielleicht zu diesem Zweck einen Urlaub von drei oder vier Tagen bekommen?«

»Bitte sehr, auch für eine Woche.«

»Darf mich vielleicht mein Vetter begleiten?«

Sein Vetter war ein ebenso zarter und rosiger Jüngling wie er selbst. Wir nannten ihn »Sascha die Rose«. Beide junge Leute waren gleich gewöhnlich und verdienen keine eingehende Schilderung.

Der Kommandeur fragte den Kornett: »Was brauchen Sie Ihren Vetter in dieser Familienangelegenheit?«

Der Kornett antwortet, daß er den Vetter eben für diese Familienangelegenheit brauche.

»Während ich mit den Eltern verhandeln werde«, sagt der Kornett, »wird der Vetter meine Schwester in ein Gespräch ziehen und ihre Aufmerksamkeit ablenken, bis ich mit den Eltern fertig geworden bin.«

Der Kommandeur antwortet: »Gut, fahren Sie in diesem Falle alle beide hin, ich will auch Ihrem Vetter einen Urlaub geben.«

Die beiden Kornetts fahren heim und führen den Auftrag zu voller Zufriedenheit des Kommandeurs aus. Der Bruder des jungen Mädchens kommt nach einigen Tagen zurück und meldet: »Wenn Sie wollen, können Sie bei meinen Eltern brieflich oder mündlich um die Hand meiner Schwester anhalten. Sie haben keine Absage zu gewärtigen.«

»Und wie stellt sich Ihre Schwester dazu?«

»Auch die Schwester ist einverstanden.«

»Nun, freut sie sich oder nicht?«

»Ich weiß wirklich nicht.«

»Ist sie wenigstens zufrieden oder eher unzufrieden?«

»Um die Wahrheit zu sagen, hat sie überhaupt nichts geäußert. Sie sagte nur zu den Eltern: Ganz wie Sie es befehlen, ich will mich Ihnen fügen.«

»Es ist ja sehr schön, daß sie das sagte, aber man kann doch in den Augen und im Gesicht lesen, was sich ein junges Mädchen dabei denkt!«

Der Kornett entschuldigt sich und sagt, er sei als Bruder an das Gesicht seiner Schwester so gewöhnt, daß er darin nicht zu lesen verstünde und den Ausdruck ihrer Augen nicht beobachtet habe; darum könne er darüber nichts Bestimmtes sagen.

»Aber Ihr Vetter hat doch etwas bemerken können. Haben Sie denn nicht auf der Rückfahrt mit ihm darüber gesprochen?«

»Nein«, antwortet jener, »wir haben darüber nicht sprechen können: Ich wollte Ihnen die Antwort so schnell wie möglich überbringen, mein Vetter ist aber noch dort geblieben, und ich habe die Ehre, Ihnen gehorsamst zu melden: Er ist plötzlich erkrankt, und wir haben sofort seine Eltern benachrichtigt.«

»So! Was hat er denn?«

»Es war eine plötzliche Ohnmacht und ein Schwindelanfall.«

»Eine echte Mädchenkrankheit. Schön. Ich danke Ihnen. Da wir nun miteinander so gut wie verwandt sind, bitte ich Sie, mit mir heute zu Mittag zu essen.«

Beim Mittagessen fragt er ihn immer nach dem Vetter aus: Was der für ein Mensch sei, wie seine Eltern sich zu ihm verhielten, unter welchen Umständen er in Ohnmacht gefallen sei. Dabei schenkt er dem jungen Mann immer wieder Wein ein und macht ihn so betrunken, daß der Kornett sich wohl sicher verschnappt hätte, hätte er etwas gewußt. Glücklicherweise lag aber nichts vor, und der Kommandeur heiratete bald darauf Anna Nikolajewna. Wir alle waren bei der Hochzeit und tranken Bier und Wein. Die beiden Kornette – der Bruder und der Vetter – waren Brautführer, und man konnte keinem von den Beteiligten auch nur das geringste anmerken. Die jungen Leute setzten ihr flottes Leben fort, unsere Kommandeuse aber wurde von Tag zu Tag voller und begann seltsame Gelüste zu äußern. Der Kommandeur freute sich darüber und bemühte sich, alle ihre Wünsche zu befriedigen, und die beiden jungen Leute – der Bruder und der Vetter – suchten ihn darin noch zu übertreffen. Wegen jeder Kleinigkeit schickte man eine Troika nach Moskau. Ihr Appetit war aber nicht auf irgendwelche ausgesuchte Leckerbissen, sondern auf ganz gewöhnliche Dinge gerichtet, doch auf solche, die schwer zu beschaffen waren: Bald verlangte sie nach Suhan-Datteln, bald nach griechischer

Chalwa, mit einem Worte nach lauter einfachen und kindlichen Dingen, wie sie auch selbst einen durchaus kindlichen Eindruck machte. Endlich kam für sie die schwere Stunde, und man ließ aus Moskau eine Hebamme kommen. Ich erinnere mich noch, daß diese Hebamme in die Stadt just um die Stunde gefahren kam, als man in allen Kirchen zur Abendmesse läutete, was unsere Heiterkeit erregte: »Schaut nur, die weise Frau wird mit Glockengeläute begrüßt! Was für Freuden wird sie uns wohl bringen?« Und wir warteten auf das Ereignis mit solcher Spannung, wie wenn das ganze Regiment daran beteiligt wäre. Indessen geschah aber etwas ganz Unerwartetes.

4.

Wenn Sie bei Bret Harte gelesen haben, welches Interesse ein Häuflein Vagabunden in der amerikanischen Wüste für die Niederkunft einer fremden Frau zeigte, so werden Sie auch das Interesse begreifen, mit dem wir, verbummelte Offiziere, die Niederkunft unserer jungen Kommandeuse erwarteten. Diesem Ereignis maßen wir große Bedeutung bei und faßten den Beschluß, die Geburt des Kindes durch ein Trinkgelage zu feiern. Wir gaben unserem Restaurateur den Auftrag, einen ordentlichen Vorrat an Sekt bereitzuhalten. Um aber inzwischen die Zeit totzuschlagen, setzten wir uns beim Abendläuten an die Kartentische.

Ich wiederhole, das Kartenspiel war für uns eine Beschäftigung, eine Gewohnheit, eine Arbeit und das beste uns bekannte Mittel gegen Langeweile. Das Spiel begann an diesem Abend auf die gleiche Weise wie an den vorhergegangenen. Die älteren Offiziere, die Rittmeister und die Stabsrittmeister mit den ersten grauen Haaren in den Schnurrbärten und an den Schläfen machten den Anfang. Sie setzen sich an die Kartentische just in dem Augenblick, als man zur Abendmesse zu läuten anfing und die Bürger, einander mit großem Respekt begrüßend, in die Kirchen zogen, um zu beichten, und zu kommunizieren: Das Ereignis, von dem ich spreche, spielte sich am Freitag in der sechsten Fastenwoche ab.

Die Rittmeister blickten diesen guten Christen und auch der Hebamme nach, die gerade in die Stadt einzog, wünschten ihnen allen in ihren einfältigen Soldatenherzen Glück und Erfolg, ließen in dem größten Hotelzimmer die grünen Kattunvorhänge herunter, zündeten die Leuchter an und setzten sich an die Arbeit.

Die Jugend machte indessen noch einige Touren durch die Straßen, wechselte im Vorbeigehen Blicke mit den Kaufmannstöchtern und erschien, als es schon ganz dunkel war, im selben Hotelzimmer.

Ich kann mich gut an diesen Abend, und wie er diesseits und jenseits der grünen Vorhänge verlief, erinnern. Draußen war es wunderschön. Der heitere Märztag war im schönsten Abendrot verglommen; die Pfützen, die während des Tages aufgetaut waren, überzogen sich wieder mit einer Eiskruste; es wurde frisch und kühl, in der Luft aber schwebte schon der Duft des Frühlings, und in der Höhe sangen die Lerchen. Die Kirchen waren halb beleuchtet, und die von ihren Sünden erlösten Beichtenden kamen einzeln heraus. Ganz langsam, ohne mit jemandem zu sprechen, gingen sie durch die Gassen und verschwanden stumm in den Häusern. Sie alle waren nur um das eine besorgt: jeder Ablenkung aus dem Weg zu gehen und den Frieden, der ihre Herzen erfüllte, nicht zu verlieren.

In der ganzen Stadt, die ja auch sonst nicht sehr belebt war, wurde es auf einmal still. Die Haustore wurden abgesperrt, hinter den Zäunen erklirrten die Ketten der Hofhunde, und alle kleinen Wirtshäuser wurden geschlossen; nur vor dem von uns besetzten Hotel standen noch immer zwei Mietsdroschken mit ausgesucht schönen Pferden, in Erwartung, daß wir sie noch zu irgendeinem Zweck brauchen würden.

Auf der hartgefrorenen Schneedecke der großen Straße klapperte plötzlich ein mit drei Pferden bespannter Reiseschlitten. Er hielt vor dem Hotel, ihm entstieg ein uns unbekannter schlanker Herr in einem Bärenpelz mit langen Ärmeln und erkundigte sich, ob noch ein Zimmer frei sei.

Das geschah gerade in dem Augenblick, als ich und noch zwei junge Offiziere vom letzten Rundgang durch die Straßen, in deren Fenstern nochmals die spröden Kaufmannstöchter erschienen, ins Hotel zurückkehrten.

Wir hörten, wie der Neuankömmling ein Zimmer verlangte und wie der Zimmerkellner Marko, der ihn mit »Awgust Matwejitsch« anredete, seine Frage beantwortete: »Ich wage es nicht, Sie anzulügen und zu sagen, daß wir kein Zimmer haben. Wir haben wohl ein Zimmer, aber ich weiß wirklich nicht, ob es Ihnen passen wird.«

»Was ist denn damit?« fragte der Gast. »Ist es schmutzig oder voller Wanzen?«

»Nein, Sie wissen doch selbst, daß wir bei uns keinen Schmutz und keine Wanzen dulden. Wir haben aber sehr viel Offiziere im Hause.«

»Machen die solchen Lärm?«

»Ja, Sie können es sich wohl selbst denken: Es sind lauter Junggesellen, die immer auf und ab rennen und pfeifen ... Ich muß es Ihnen sagen, damit Sie uns später keine Vorwürfe machen ... Wir können ja die jungen Leute nicht bändigen.«

»Das wäre ja nicht schlecht! Selbstverständlich darf sich niemand unterstehen, Offizieren Ruhe zu gebieten! Was wäre das für ein Leben? ... Ich bin müde und glaube, daß ich schon irgendwie einschlafen werde.«

»Natürlich werden Sie einschlafen. Ich mußte aber Euer Gnaden für jeden Fall darauf aufmerksam machen. Darf ich das Gepäck und das Bettzeug hinauftragen?«

»Trag es nur hinauf, mein Bester. Ich komme direkt aus Moskau, habe mich unterwegs nirgends aufgehalten und bin so müde, daß mich wohl kein Lärm wecken wird.«

Der Kellner führte den Gast hinauf, und wir begaben uns in das größte Zimmer, das dem Schwadrons-Rittmeister gehörte. Hier war unsere ganze Gesellschaft versammelt mit Ausnahme des Vetters der Kommandeuse: Er klagte über Unwohlsein, wollte weder trinken noch spielen und ging immer den Korridor auf und ab.

Der Bruder der Kommandeuse hatte an unserer Fensterparade teilgenommen und sich gleich uns an den Kartentisch gesetzt, Sascha aber blickte nur einmal in das Spielzimmer herein und begann dann wieder im Korridor auf und ab zu gehen.

Er machte einen seltsamen Eindruck, so daß wir auf ihn aufmerksam werden mußten. Er schien entweder krank oder verstimmt; wenn man ihn aber genauer ansah, schien keines von beiden der Fall zu sein. Er machte nur den Eindruck, wie wenn er im Geiste irgendwo weit von uns allen schweife und an etwas, was uns allen fremd und ferne lag, dächte. Wir sagten im Scherze: »Du hast dich wohl in die Hebamme vergafft!«, legten aber seinem Benehmen keine große Bedeutung bei. Er war ja noch sehr jung und den beliebten Offizierstrank »aus neun Elementen« nicht gewohnt. Es war sehr wahrscheinlich, daß sein Zustand nur eine Folge der vorhergehenden Trinkgelage war. Im Spielzimmer war es wie immer so vollgeraucht, daß man leicht Kopfweh bekommen konnte; schließlich war es auch möglich, daß seine Finanzen zerrüttet waren: Er hatte in der letzten Zeit sehr hoch gespielt und größere Summen verloren. Er hatte aber gewisse moralische Grundsätze und scheute sich, seinen Eltern mit solchen Dingen zu kommen.

Wir ließen also den jungen Mann in dem mit einem Tuchläufer belegten Korridor auf und ab gehen. Wir selbst aber spielten, tranken und aßen, stritten und lärmten und dachten weder an die späte Stunde noch an das freudige Ereignis, das im Hause des Kommandeurs erwartet wurde. Diese Vergessenheit wurde vollständig, als sich bald nach Mitternacht etwas ereignete, wobei der unbekannte Gast, der, wie gesagt, vor unseren Augen dem Reiseschlitten entstiegen war, die Hauptrolle spielte.

5.

Gegen zwei Uhr nachts erschien in unserem Spielzimmer der Zimmerkellner Marko und meldete nach einigem Zögern, daß der eben eingetroffene fürstliche Generalbevollmächtigte sich höflichst entschuldige und anfrage, ob die Herren Offiziere ihm gestatten möchten, zu ihnen zu kommen und am Kartenspiel teilzunehmen; er könne nämlich nicht einschlafen und langweile sich.

»Kennst du denn den Herrn?« fragte der älteste Offizier.

»Aber ich bitte Sie! Wie sollte ich denn Awgust Matwejitsch nicht kennen? Man kennt ihn nicht nur hier, sondern in ganz Rußland, überall wo der Fürst seine Güter hat. Awgust Matwejitsch ist sein Generalbevollmächtigter, verwaltet alle fürstlichen Güter und Besitztümer, und sein Gehalt allein beträgt an die vierzigtausend Rubel im Jahre.« (Damals rechnete man noch nach Assignaten.)

»Ist er Pole?«

»Er stammt wohl von Polen ab, ist aber ein wirklich vornehmer Herr und war einmal selbst Offizier.«

Wir alle hielten den Kellner, der uns das meldete, für zuverlässig und uns ergeben. Er war intelligent und sehr religiös; er ging jeden Morgen zur Frühmesse und sparte Geld, um seinem Heimatorte eine Kirchenglocke zu stiften.

Als Marko sah, daß wir uns für den Fremden interessierten, berichtete er uns noch mehr: »Awgust Matwejitsch kommt jetzt direkt aus Moskau. Man sagt, daß er eben zwei fürstliche Güter bei der Vormundschaftsbank verpfändet hat. Er wird wohl eine nette Summe bei sich haben und möchte sich gerne zerstreuen.«

Die Offiziere wechselten Blicke, flüsterten miteinander und erklärten: »Nun, soll er nur die Dukaten aus seinem Beutel in unsere Taschen umquartieren. Der neue Mensch soll nur kommen und neues Leben in unsere Gesellschaft bringen!«

»Garantierst du uns auch dafür«, fragten wir den Zimmerkellner, »daß er das Geld bei sich hat?«

»Aber erlauben Sie! Awgust Matwejitsch hat immer Geld bei sich.«

»Wenn es sich so verhält, so soll er nur mit seinem Gelde kommen. Nicht wahr, meine Herren?« wandte sich der älteste Rittmeister an uns alle.

Alle erklärten sich einverstanden.

»Schön. Sag ihm also, Marko, daß wir ihn bitten lassen.«

»Zu Befehl.«

»Deute ihm aber an oder sage es ihm auch geradeaus, daß wir, obwohl wir Kameraden sind, auch unter uns nur um bares Geld spielen. Es gibt bei uns weder Kreide noch Kredit.«

»Zu Befehl. Sie können aber unbesorgt sein: Er hat immer Geld.«

»Gut, wir lassen bitten.«

Nach einer ganz kurzen Weile, die für einen Mann, der kein besonderer Stutzer ist, eben genügt, um sich umzuziehen, geht die Türe auf, und in unserer Rauchwolke erscheint ein schlanker, wohlgebauter, nicht mehr junger Herr von höchst anständigem Aussehen. Er trägt Zivil, hält sich aber wie ein Militär, man könnte beinahe sagen, wie ein Gardeoffizier, das heißt kühn, selbstbewußt, nicht ohne eine träge Grazie und Blasiertheit, wie es damals Mode war. Sein Gesicht ist hübsch, seine Züge sind darin ebenso streng und regelmäßig verteilt wie die Ziffern auf dem Metallzifferblatt einer englischen Standuhr von Graham. Alles bewegt sich darin so abgemessen wie die Zeiger auf einer solchen Uhr. Er ist auch so lang wie eine Standuhr, und seine Stimme klingt wie ein Grahamsches Schlagwerk.

»Meine Herren, ich bitte um Vergebung, daß ich in Ihren Freundeskreis eingedrungen bin. Ich heiße so und so, eile aus Moskau nach Hause, bin aber sehr müde und wollte hier ausschlafen. Da hörte ich

Ihre Stimmen, und die Ruhe floh meine Augenlider. Ich fühlte mich wie ein altes Kriegsroß von Kampfeslust beseelt und danke Ihnen aufrichtig, daß Sie mich in Ihren Kreis aufnehmen wollen.«

Man antwortet ihm: »Wir bitten recht schön! Wir sind einfache Menschen und machen keine großen Zeremonien. Wir sind unter uns Kameraden und halten uns ganz ungezwungen.«

»Einfachheit«, antwortet er, »ist das Schönste in der Welt: Gott liebt sie, und in ihr liegt die ganze Poesie des Lebens. Ich war ja einmal selbst beim Militär. Obwohl ich aus Familienrücksichten den Dienst quittieren mußte, bin ich den militärischen Sitten doch treu geblieben und hasse alles Zeremonielle. Sie haben aber, wie ich sehe, Ihre Röcke an, und hier ist es doch so heiß?«

»Offen gestanden, haben wir die Röcke erst unmittelbar vor Ihrem Erscheinen angezogen.«

»Sie sollten sich schämen! Das befürchtete ich ja eben. Da Sie aber schon einmal so freundlich waren, mich aufzunehmen, so können Sie mir gleich bei Beginn unserer Bekanntschaft eine große Freude machen, wenn Sie die Röcke wieder ablegen und sich ebenso ungezwungen fühlen, wie vor meinem Erscheinen.«

Die Offiziere ließen sich überreden und saßen bald in Hemdsärmeln da; dasselbe verlangten sie aber auch vom Unbekannten. Awgust Matwejitsch schlüpfte flink aus seiner elegant zugeschnittenen Joppe, die in den Ärmeln mit blauer Seide gefüttert war, und erklärte sich bereit, unsere Bekanntschaft mit einem Gläschen Schnaps einzuweihen.

Alle tranken mit und gedachten bei dieser Gelegenheit des Vetters Sascha, der noch immer im Korridor auf und ab ging.

»Gestatten Sie«, sagte man dem Gast, »hier fehlt einer von den Unsrigen. Wir müssen ihn holen!«

Awgust Matwejitsch fragte: »Sie vermissen wohl den interessanten jungen Kornett, der in so rührender Versunkenheit im Korridor auf und ab geht?«

»Ja, diesen. Ruft ihn doch her, meine Herren!«

»Er will nicht kommen.«

»Was für Dummheiten ...! Er ist sonst ein so lieber junger Kamerad und hat in der Wissenschaft des Trinkens und Kartenspiels schon so schöne Fortschritte gezeigt; heute ist er uns aber plötzlich untreu geworden und benimmt sich so dumm. Meine Herren, bringt ihn mit Gewalt her!«

Viele protestierten, und es wurde die Meinung laut, daß Sascha vielleicht tatsächlich krank sei.

»Was euch nicht einfällt! Ich setze meinen Kopf ein, daß er einfach müde ist oder den letzten großen Verlust noch nicht verschmerzen kann.«

»Hat der Kornett viel verloren?«

»Ja, in der letzten Zeit hat er immer Pech gehabt. Er war irgendwie aufgeregt und verlor jeden Einsatz.«

»Was Sie nicht sagen! So was kommt allerdings vor. Er sieht aber so aus, wie wenn er weniger Unglück im Spiel als Unglück in der Liebe hätte.«

»Haben Sie ihn denn gesehen?«

»Gewiß. Ich habe sogar Gelegenheit gehabt, ihn mir sehr genau anzusehen. Er ist so sehr in Gedanken versunken, daß er vorhin aus Versehen in mein Zimmer statt in das seinige eintrat, mich auf dem Bette gar nicht liegen sah, direkt auf die Kommode zuging und etwas zu suchen begann. Ich glaubte sogar, daß es ein Schlafwandler sei, und rief Marko herbei.«

»Seltsam!«

»Als Marko ihn fragte, was er bei mir zu suchen habe, verstand er im ersten Augenblick gar nicht, was man von ihm wolle. Und als er seinen Irrtum einsah, wurde er furchtbar verlegen ... Ich gedachte der alten Zeiten und sagte mir gleich: Der muß eine Herzensaffaire haben!«

»Ach was, Herzensaffaire! Das wird wohl bald vergehen. Bei Ihnen in Polen mißt man solchen Gefühlsduseleien viel zuviel Bedeutung bei; wir Moskowiter sind aber ein rohes Volk.«

»Ja, der junge Mann sieht aber gar nicht roh aus; im Gegenteil, er scheint mir sehr empfindsam und furchtbar erregt.«

»Er ist einfach müde, und unsere Lebensphilosophie lehrt, daß man in einem solchen Falle Gewalt anwenden muß. Meine Herren, zwei von Ihnen möchten hinausgehen und Sascha herbringen: Soll er sich nur gegen die Beschuldigung, daß er hoffnungslos verliebt sei, verteidigen.«

Zwei Offiziere gingen in den Korridor und kamen mit Sascha zurück, auf dessen jugendlichem Gesicht Müdigkeit, Verlegenheit und ein Lächeln miteinander kämpften.

Er sagte, er fühle sich tatsächlich unwohl und es rege ihn auf, daß man von ihm Rechenschaft fordere. Als man ihm im Scherz sagte, daß auch der »fremde Herr« der Ansicht sei, es handle sich wohl um eine Liebesaffaire, wurde Sascha plötzlich über und über rot, warf unserm Gast einen unsagbar gehässigen Blick zu und rief erbost aus: »Unsinn!«

Er bat um Erlaubnis, auf sein Zimmer zu gehen und sich schlafen zu legen. Wir erinnerten ihn aber daran, daß heute ein wichtiges Ereignis bevorstehe, das wir alle gemeinsam begrüßen wollten; es sei daher unstatthaft, die Gesellschaft zu verlassen. Als er vom »Ereignis« hörte, erbleichte er wieder.

Man sagte ihm: »Du darfst nicht fortgehen; trinke deinen Schnaps, und wenn du nicht mitspielen willst, so ziehe deinen Rock aus und lege dich hier aufs Sofa. Wenn dort das Kind zu schreien beginnt, werden wir es hier hören und dich wecken.«

Sascha gehorchte, jedoch nicht ganz; er trank seinen Schnaps, zog aber den Rock nicht aus und legte sich nicht hin, sondern setzte sich in den Schatten am Fenster, aus dem, da es nicht ganz dicht war, ein frischer Hauch ins Zimmer zog, und begann auf die Straße hinauszuschauen.

Ich weiß wirklich nicht, ob er auf jemanden wartete oder ob ihn irgend etwas innerlich beunruhigte; jedenfalls blickte er unverwandt auf die Straßenlaterne, die im Winde schwankte und flackerte, warf sich bald in die Tiefe des Sessels zurück und machte dann wieder den Eindruck, wie wenn er aufspringen und davonrennen wollte.

Unser Gast, neben den ich zu sitzen kam, merkte, daß ich Sascha beobachtete, und beobachtete ihn auch selbst. Ich mußte es seinen Blicken anmerken und auch seinen höchst unpassenden Worten, die ich mein Leben lang nicht vergessen werde: »Sind Sie mit dem jungen Kameraden gut befreundet?«

Bei diesen Worten streifte er den niedergeschlagenen Sascha mit einem schnellen Blick.

»Selbstverständlich!« antwortete ich mit dem ganzen Eifer meiner Jugend, die in dieser Frage eine allzu plumpe Vertraulichkeit erblickt hatte.

Awgust Matwejitsch bemerkte meine Aufregung und drückte mir unter dem Tisch stumm die Hand. Ich blickte sein hübsches, ruhiges Gesicht an und mußte wieder an die gleichmütige englische Standuhr im langen Gehäuse mit dem Grahamschen Werk denken. Jeder Zeiger bewegt sich in der ihm vorgeschriebenen Richtung und registriert

Stunden und Tage, Minuten und Sekunden, die Phasen des Mondes und die Tierkreiszeichen, das Zifferblatt aber ist kühl und teilnahmslos: Die Uhr zeigt alles, merkt sich alles und bleibt dabei selbst unveränderlich. Awgust Matwejitsch versöhnte mich durch seinen freundlichen Händedruck; dann fuhr er fort: »Seien Sie mir nicht böse, junger Mann. Glauben Sie mir: Ich will von Ihrem Freund nichts Böses sagen, ich habe aber schon manches erlebt, und sein Zustand flößt mir seltsame Gedanken ein ...«

»Wie meinen Sie das?«

»Sein Zustand erscheint mir – wie soll ich es Ihnen sagen? – irgendwie verhängnisvoll. Er rührt und beunruhigt mich.«

»So, er beunruhigt Sie?«

»Ja, er beunruhigt mich.«

»Nun, ich kann Ihnen versichern, daß Ihre Unruhe grundlos ist. Ich kenne alle Verhältnisse meines Freundes und bürge dafür, daß in ihnen nichts enthalten ist, was seinen Lebensfaden verwirren oder zerreißen könnte.«

»Zerreißen!« wiederholte er. »C'est le mot! Das ist das richtige Wort: den Lebensfaden zerreißen!«

Diese Worte machten auf mich einen unangenehmen Eindruck. Warum hatte ich nur diesen Ausdruck gewählt, an den sich der Fremde gleich festklammern konnte.

Awgust Matwejitsch machte auf mich plötzlich den unangenehmsten Eindruck, und ich blickte feindselig auf sein präzises Grahamsches Zifferblatt. Ich sah darin etwas Harmonisches und zugleich Drückendes und Unwiderstehliches. Das Werk läuft gleichmäßig, läßt in bestimmten Abständen seine metallischen Schläge erklingen und läuft unverändert weiter. Alles, was der Mann anhat, ist von erster Qualität: Sein Hemd ist unvergleichlich feiner und weißer als unsere Hemden, und unter den weißen Manschetten leuchtet wie Blut eine rotseidene Jacke hervor. Es sieht so aus, wie wenn er unter den Kleidern keine Haut am Leibe hätte. Am Handgelenk trägt er aber ein goldenes Damenarmband, das bald nach unten rutscht und bald im Ärmel verschwindet. Ich lese darauf den in polnischen Schriftzeichen gravierten russischen Frauennamen »Olga«.

Diese »Olga« erregt mein Mißfallen. Wer sie auch sei – seine Verwandte oder seine Geliebte –, ich muß mich über sie ärgern.

Warum? Ich weiß es nicht. Es war wohl eine von den zahllosen Dummheiten, die uns, niemand weiß woher, in den Sinn kommen, um »die Gedanken des Sterblichen zu verwirren«.

Ich will mich von der unangenehmen Wirkung des Wortes »zerreißen«, das ich selbst zuerst gebraucht habe und dem er einen mir durchaus unerwünschten Sinn unterschiebt, befreien und sage: »Es tut mir leid, daß ich mich so ausgedrückt habe; das von mir gebrauchte Wort kann aber gar nicht die Bedeutung haben, die Sie ihm beilegen. Mein Freund ist jung, vermögend, der einzige Sohn seiner Eltern und der Liebling aller ...«

»Ja, ja, und doch gefällt er mir nicht.«

»Ich verstehe Sie nicht.«

»Er ist doch sterblich.«

»Selbstverständlich, wie Sie und ich, wie alle Menschen.«

»Sehr richtig, von den andern Menschen weiß ich aber nichts, und von uns beiden trägt keiner die verhängnisvollen Zeichen, die ich an ihm sehe.«

»Was für verhängnisvolle Zeichen meinen Sie?«

Ich lachte ziemlich unerzogen auf.

»Warum lachen Sie darüber?«

»Entschuldigen Sie, ich will wohl zugeben, daß mein Lachen unpassend ist; versetzen Sie sich aber in meine Lage: Wir betrachten beide das gleiche Gesicht, und Sie erzählen mir, daß Sie darin etwas Ungewöhnliches wahrnehmen, während ich darin nur das sehe, was ich immer gesehen habe.«

»Was Sie immer gesehen haben? Das kann nicht sein.«

»Ich versichere es Ihnen.«

»Das hypokratische Gesicht!«

»Das verstehe ich nicht.«

»Sie verstehen es nicht? Es gibt doch einen solchen ›agent psychique‹!«

»Ich verstehe es nicht«, sagte ich und fühlte zugleich, wie mir dieses Wort irgendeine dumme Angst einjagte.

»Agent psychique oder das hypokratische Gesicht ist ein unerklärliches, seltsames Zeichen, das den Menschen längst bekannt ist. Diese unfaßbaren Züge erscheinen auf den Gesichtern der Menschen nur in jenen verhängnisvollen Augenblicken ihres Lebens, wenn sie eben im Begriff sind, den großen Schritt in das Land zu machen, aus dem noch kein Wanderer zurückgekehrt ist ... Die Schotten und die Hindus der Blauen Berge haben für diese Züge einen besonders scharfen Blick.«

»Waren Sie denn je in Schottland?«

»Ja, ich habe dort die Landwirtschaft studiert; ich bin auch in Indien gewesen.«

»Und Sie behaupten, daß Sie diese verdammten Zeichen auf dem Gesicht unseres guten Sascha sehen?«

»Ja, wenn dieser junge Mann heute noch Sascha heißt, so wird er wohl bald anders heißen.«

Ich fühlte mich plötzlich von einer namenlosen Angst erfaßt und war sehr froh, daß in diesem Augenblick einer von unseren Offizieren, der schon recht angeheitert war, auf mich zuging und fragte:

»Was hast du? Worüber streitest du mit diesem Herrn?«

Ich antwortete, daß wir uns gar nicht stritten, sondern uns nur über sehr seltsame Dinge unterhielten. Und ich erzählte ihm kurz alles, worüber ich eben mit dem Polen gesprochen hatte.

Der Offizier, ein einfacher und entschlossener Bursche, warf einen Blick auf Sascha und sagte: »Er sieht tatsächlich schlecht aus!« Darauf wandte er sich an Awgust Matwejitsch und fragte ihn ziemlich barsch: »Was sind Sie eigentlich: ein Phrenologe oder ein Wahrsager?«

Jener antwortete: »Ich bin weder Phrenologe noch Wahrsager.«

»Sondern weiß der Teufel was?«

»Ich bin auch nicht ›weiß der Teufel was‹!« erwiderte jener ruhig.

»Was sind Sie dann: ein Zauberer?«

»Auch kein Zauberer.«

»Was denn?«

»Mystiker.«

»Ach so, Mystiker – Whistiker! Sie lieben wohl Whist zu spielen. Solche Mystiker kenne ich gut«, sagte der Offizier gedehnt. Obwohl er ohnehin schon betrunken war, wandte er sich wieder den Getränken zu.

Awgust Matwejitsch blickte ihm halb bedauernd und halb verachtungsvoll nach. Die Zeiger auf seinem Zifferblatt hatten sich verschoben; er stand auf und ging zu den Spielenden, die polnischen Verse Krasinskis vor sich hinmurmelnd: »Ich will keinen Gott, ich will keinen Himmel ...«

Mir wurde es plötzlich so unheimlich zumute, wie wenn ich mit dem berühmten Zauberer Pan Twardowski gesprochen hätte. Um mir neuen Mut zu machen, trat ich an den Tisch, auf dem die Schnäpse standen, und unterhielt mich eine Weile mit dem Kameraden, der vorhin die Bedeutung des Wortes Mystiker erläutert hatte. Und als ich nach einiger Zeit, wie von einer Welle erfaßt, zum Kartentisch geworfen wurde, hielt der Pole schon die Bank.

Auf dem Tische vor ihm waren Riesensummen von Gewinnen und Verlusten angekreidet, und alle Gesichter drückten Feindseligkeit gegen ihn aus, die sich auch in allerlei dummen Bemerkungen äußerte. Die Situation wurde von Augenblick zu Augenblick gespannter, und man befürchtete ernste Unannehmlichkeiten.

Es erschien mir ganz unmöglich, daß die Sache ohne Zwischenfall ablaufen könnte: Ein böses Ende schien vom Schicksal beschieden.

6.

Als ich wieder am Kartentisch stand, bemerkte jemand wie nebenbei zu Awgust Matwejitsch, daß ihm das Armband, das auf seinem Handgelenk hin und herrutschte, beim Bankhalten hinderlich sein müsse. Und er fügte dem noch hinzu: »Vielleicht wäre es besser, wenn Sie diesen Frauenschmuck ablegten.«

Awgust Matwejitsch bewahrte aber seine Ruhe und antwortete: »Es wäre freilich besser, wenn ich ihn ablegen könnte, ich kann aber Ihrem guten Rat nicht folgen: Das Armband ist festgenietet.«

»Ein seltsamer Einfall, einen Sklaven zu spielen!«

»Warum auch nicht? Als Sklave fühlt man sich zuweilen gar nicht schlecht.«

»So! Das haben also auch die Polen schon eingesehen!«

»Gewiß. Was mich betrifft, so habe ich vom ersten Tage an, an dem mir die Begriffe des Guten, Wahren und Schönen verständlich geworden sind, anerkannt, daß diese Ideale wert sind, über die Gefühle und den Willen des Menschen zu herrschen.«

»Wo finden Sie aber diese Ideale vereint?«

»Natürlich nur im schönsten Geschöpfe Gottes – im Weibe.«

»Das den Namen Olga trägt«, scherzte jemand, nachdem er die Inschrift auf dem Armband gelesen.

»Ja, Sie haben es erraten: Meine Frau heißt Olga. Es ist doch ein schöner russischer Name, nicht wahr? Besonders, wenn man bedenkt, daß die Russen ihn nicht wie die andern Dinge den Griechen entlehnt, sondern schon in ihrer eigenen Umgangssprache vorrätig hatten.«

»Sind Sie mit einer Russin verheiratet?«

»Ich bin Witwer. Das große Glück, dessen ich würdig befunden war, war zu groß und zu vollständig, um dauernd zu sein. Ich finde aber auch heute noch mein höchstes Glück in der Erinnerung an die Russin, die auch ihrerseits ihr Glück an meiner Seite gefunden hat.«

Die Offiziere wechselten Blicke. Seine Antwort erschien ihnen irgendwie doppelsinnig und verletzend.

»Hol ihn der Teufel!« sagte jemand. »Will dieser Fremde damit vielleicht sagen, daß die Herren Polen ganz besonders nett und ritterlich sind, so daß jede Russin sich in sie verlieben muß?«

Awgust Matwejitsch hatte das sicher gehört; er blickte auch schweigend auf denjenigen, der es gesagt hatte, lächelte und fuhr fort, mit Seelenruhe die Karten zu verteilen. Er machte die Sache durchaus einwandfrei und korrekt. Die Pointierenden verfolgten mit der größten Aufmerksamkeit alle seine Bewegungen, konnten aber nichts Verdächtiges wahrnehmen. Jeder Verdacht wäre auch sinnlos gewesen, da Awgust Matwejitsch viel verloren hatte. Gegen vier Uhr hatte er schon über zweitausend Rubel bezahlt. Als er mit allen abgerechnet hatte, sagte er:

»Wenn die Herren weiterspielen wollen, setze ich noch einen Tausender ein.«

Die Offiziere, die gewonnen hatten, hielten es für unschicklich, seinen Vorschlag zurückzuweisen, und erklärten sich bereit, weiter zu pointieren.

Einige wandten sich weg und sahen sich die Banknoten, die sie von Awgust Matwejitsch erhalten hatten, genauer an.

Alles stimmte: Die Banknoten waren zweifellos echt.

»Ich muß aber bemerken, meine Herren«, sagte er, »daß ich keine kleineren Noten einsetzen kann: Ich habe sie alle ausgegeben. Ich habe aber Scheine zu fünfhundert und zu tausend Rubel und möchte Sie bitten, mir einige davon zu wechseln.«

»Das läßt sich wohl machen«, antwortete man ihm.

»In diesem Falle werde ich gleich die Ehre haben, Ihnen zwei größere Scheine vorzulegen und Sie zu bitten, sie zu untersuchen und zu wechseln.«

Mit diesen Worten stand er auf, ging zu seinem Rock, der auf dem Sofa neben dem geistesabwesenden Sascha lag, und begann in den Taschen zu suchen. Das dauerte auffallend lange. Awgust Matwejitsch warf plötzlich den Rock fort, griff sich mit der Hand an die Stirne, schwankte und fiel beinahe um.

Alle merkten diese Bewegung, und sie erschien so echt und ungekünstelt, daß Awgust Matwejitsch in vielen lebhaftes Mitgefühl weckte. Zwei oder drei Herren, die in seiner Nähe saßen, riefen teilnahmsvoll aus: »Was haben Sie?« und beeilten sich, ihn zu stützen.

Unser Gast war leichenblaß und ganz verändert. Ich sah zum erstenmal im Leben, wie ein starker, beherrschter Mann – und für einen solchen mußte ich den zu seinem eigenen und unserem Unglück in unseren Kreis eingedrungenen fürstlichen Generalbevollmächtigten wohl halten – vor großem und unerwartetem Kummer plötzlich alt und ganz verändert wird. Das plötzliche Unglück zerknittert und zerdrückt den Menschen und bearbeitet ihn wie die Wäscherin einen Lumpen so lange mit dem Waschbläuel, bis es aus ihm alles herausgeklopft hat. Ich bin gar nicht imstande, das Gesicht und die Blicke Awgust Matwejitschs zu beschreiben, erinnere mich aber lebhaft an den Vergleich, der dem Ernst der Situation gar nicht entsprach, der mir aber in den Sinn kam, als ich mich mit den andern über ihn stürzte und ihm eine Kerze vors Gesicht hielt. Dieser Vergleich bezog sich wiederum auf eine Uhr und ein Zifferblatt, und zwar in einem höchst komischen Zusammenhange.

Mein Vater war leidenschaftlicher Liebhaber alter Bilder. Er war immer auf der Suche nach solchen Kunstwerken, die er regelmäßig verdarb, indem er die alte Lackschicht entfernte und sie mit neuem Lack überzog. Oft bringt er so ein altes Bild heim, das eine gleichmäßige dunkle Fläche darstellt, in der alle Farbtöne friedlich ineinander geflossen sind, so daß man nichts erkennen kann. Da fährt er mit einem in Terpentin getauchten Schwamm darüber; der Lack wirft sich, schmutzige Ströme fließen über das ganze Bild hin, und alle Farbtöne kommen in Bewegung und Unordnung. Das Bild sieht plötzlich ganz verändert aus; eigentlich hat es erst jetzt sein wahres, ungeschminktes Aussehen, das vom Lack verdeckt war, wiedergewonnen. Ich erinnerte mich also, wie wir Kinder einst den Vater nachahmen wollten und das Zifferblatt der Uhr in unserem Kinderzimmer mit Terpentin abwuschen. Zu unserem Entsetzen sahen wir, wie der auf dem Zifferblatt dargestellte schwarze Mann mit dem Korb, in dem die ungezogenen Kinder saßen, seine Umrisse verlor und wie sein vorher so tapferes Gesicht plötzlich einen zweideutigen und lächerlichen Ausdruck bekam.

Dasselbe macht das Unglück mit den lebendigen, sogar beherrschten und oft stolzen Menschen. Das Unglück wäscht von ihm den Lack ab, und plötzlich kommen alle trüben Farbtöne und alle Sprünge zum Vorschein.

Unser Gast war aber stärker als mancher andere. Er beherrschte sich bald wieder und sagte: »Entschuldigen Sie, meine Herren, es ist nichts ... Schenken Sie dem bitte keine Beachtung und lassen Sie mich gehen. Mir ... mir ist plötzlich schlecht: Entschuldigen Sie mich, ich kann nicht weiterspielen.«

Awgust Matwejitsch wandte uns sein Gesicht zu, das ganz wie jenes abgewaschene Zifferblatt aussah. Er bemühte sich aber, verbindlich zu lächeln. Offenbar wollte er jeden Skandal vermeiden. In diesem Augenblick provozierte ihn aber einer von den Unsrigen, der offenbar ein Glas zuviel getrunken hatte: »War Ihnen vielleicht auch schon vorhin schlecht?«

Der Pole erbleichte.

»Nein«, sagte er mit erhobener Stimme, »nein, so schlecht war mir noch nie. Wer sich etwas anderes denkt, ist im Irrtum ... Ich habe eine unerwartete Entdeckung gemacht ... ich habe einen triftigen Grund, nicht weiter zu spielen, und verstehe wirklich nicht, was Sie von mir wollen!«

Nun begannen alle durcheinander zu reden: »Wie meint er das? Niemand will von Ihnen was, verehrter Herr! Es wäre aber immerhin interessant, zu erfahren, was für eine Entdeckung Sie in unserem Kreise gemacht haben!«

»Gar keine«, antwortete der Pole. Er dankte mit einem Kopfnicken den Offizieren, die ihn im Augenblick des Schwächeanfalls gestützt hatten, und fügte hinzu: »Meine Herren, Sie kennen mich ja nicht, die Aussage des Kellners über meine Reputation darf Ihnen nicht genügen. Darum halte ich es für unmöglich, dieses Gespräch fortzusetzen, und möchte mich von Ihnen verabschieden.«

Man hielt ihn aber zurück: »Erlauben Sie einmal«, sagte man ihm, »das geht doch nicht!«

»Ich weiß nicht, warum das nicht gehen sollte. Ich habe meine Spielschuld bezahlt, möchte nicht weiterspielen und bitte Sie, mir zu gestatten, Ihre Gesellschaft verlassen zu dürfen.«

»Wir sprechen nicht von der Bezahlung!«

»Ja, nicht von der Bezahlung!«

»Wovon denn? Ich frage, was Sie wollen, und Sie antworten, daß Sie von mir nichts wollen. Ich will mich schweigend zurückziehen, und Sie sind auch damit unzufrieden ... Hol's der Teufel, was ist eigentlich los?«

Nun ging auf ihn einer der älteren Rittmeister zu, ein ›in Schlachten ergrauter Kamerad‹, ein vielerfahrener Mann, der schon manchen Zusammenstoß am Kartentische erlebt hatte, und sagte: »Verehrter Herr! Gestatten Sie, daß ich mich mit Ihnen im Namen aller auseinandersetze.«

»Sehr gern, obwohl ich gar nicht weiß, worüber wir uns auseinanderzusetzen haben.«

»Ich will Ihnen gleich alles erklären.«

»Bitte sehr.«

»Verehrter Herr, meine Kameraden und ich kennen Sie tatsächlich nicht; wir haben Sie aber mit russischer Zutraulichkeit in unsere Gesellschaft aufgenommen. Es gelang Ihnen nicht, zu verheimlichen, daß Sie eben etwas Unerwartetes erlebt haben. Und zwar in unserem Kreise. Sie haben vorhin den Ausdruck ›Reputation‹ gebraucht. Auch wir haben unsere Reputation, hol's der Teufel – Jawohl! Wir vertrauen Ihnen, müssen Sie aber bitten, auch unserer Ehrlichkeit zu vertrauen.«

»Sehr gern«, unterbrach ihn der Pole, »sehr gerne!« Und er streckte ihm seine Hand entgegen.

Der Rittmeister schien es aber nicht zu sehen und fuhr fort: »Ich setze meinen Kopf und meine Hand dafür ein, daß Sie hier nicht die geringsten Unannehmlichkeiten zu gewärtigen haben und daß jeder, der es wagt, Sie, und wenn auch nur durch eine entfernte Andeutung, zu verletzen, in mir Ihren Verteidiger finden wird. Wir dürfen aber die Sache nicht als erledigt betrachten. Ihr Benehmen erscheint uns sonderbar, und ich bitte Sie im Namen aller Anwesenden, sich zu beruhigen und uns ernsthaft zu erklären, ob Sie sich tatsächlich unwohl fühlten oder ob Sie etwas Unerwartetes entdeckt haben. Wir bitten Sie, uns diese Frage in einem Worte und ganz aufrichtig zu beantworten.«

Alle fielen ihm ins Wort: »Ja, wir bitten, wir bitten!« Die Bewegung war eine allgemeine. Nur Sascha allein nahm an ihr nicht teil: Er verharrte nach wie vor in seiner dummen Versunkenheit, erhob sich aber von seinem Platz, sagte »Wie ekelhaft!« und wandte sich mit dem Gesicht zum Fenster.

Der Pole aber, den wir so bedrängten, verlor seine Selbstbeherrschung nicht. Im Gegenteil, er nahm eine noch stolzere Haltung an und sagte:

»Meine Herren, in diesem Fall muß ich Sie um Verzeihung bitten. Ich wollte nichts sagen und alles in meinem Herzen tragen. Wenn Sie mich aber unter Berufung auf meine Ehre herausfordern, so muß ich als Ehrenmann und Adliger ...«

Jemand, der sich nicht beherrschen konnte, rief dazwischen: »Er redet mir zu viel von Ehre!«

Der Rittmeister warf einen zornigen Blick in die Richtung, aus der dieser Zwischenruf gekommen war, und Awgust Matwejitsch fuhr fort: »Als Ehrenmann und Adliger muß ich Ihnen, meine Herren, sagen, daß ich außer der Summe, die ich im Kartenspiel verloren, in meiner Brieftasche noch zwölf tausend Rubel in Banknoten zu tausend und zu fünfhundert Rubel gehabt habe.«

»Haben Sie das Geld bei sich gehabt?« fragte der Rittmeister.

»Ja, bei mir.«

»Sie können sich daran genau erinnern?«

»Ja, ganz genau.«

»Und jetzt ist das Geld fort?«

»Ja, Sie haben es erraten: Es ist fort.«

Der betrunkene Offizier rief wieder dazwischen: »War denn das Geld auch wirklich da?«

Der Rittmeister sagte aber noch strenger:

»Ich bitte zu schweigen! Der Herr, den wir vor uns haben, wird sich nicht unterstehen, uns anzulügen. Er weiß, daß man mit solchen Dingen in anständiger Gesellschaft nicht scherzt: Solche Späße können einem leicht das Leben kosten. Daß wir aber wirklich anständige Menschen sind, müssen wir erst durch die Tat beweisen. Meine Herren, niemand rührt sich von seinem Platz, und ich bitte Sie, Leutnant soundso, und Sie, und auch Sie (er nannte die Namen dreier Kameraden), sofort alle Türen abzuschließen und die Schlüssel hier an sichtbarer Stelle niederzulegen. Der erste, der den Versuch macht, das Zimmer zu verlassen, wird es mit seinem Leben büßen. Ich hoffe aber, meine Herren, daß es niemand versuchen wird. Niemand wagt daran zu zweifeln, daß wir mit dem Verlust, von dem der fremde Herr spricht, nichts zu tun haben; aber das muß erst bewiesen werden.«

»Ja, ja, gewiß!« bestätigten die Offiziere.

»Und wenn das einmal bewiesen ist, so wird sofort der zweite Akt beginnen. Jetzt aber müssen wir, um unsere Ehre und unseren Stolz zu wahren, diesem Herrn gestatten, uns einer genauen Leibesvisitation zu unterziehen.«

»Ja, soll er uns nur durchsuchen!« riefen die Offiziere.

»Und zwar bis aufs Hemd!« sagte der Rittmeister.

»Ja, bis aufs Hemd!«

»Wir werden uns nun der Reihe nach vor diesem Herrn vollständig entkleiden. Ein jeder soll ganz nackt, wie er aus dem Mutterleibe hervorgegangen ist, vor ihn treten, und der Herr soll einen jeden eigenhändig durchsuchen. Ich bin hier der Älteste an Jahren und im Range und will mich als erster dieser Durchsuchung unterziehen, die für einen Ehrenmann nichts Ehrenrühriges ist. Ich bitte Sie alle, etwas zurückzutreten und sich in einer Reihe aufzustellen. Und nun entkleide ich mich.«

Er begann in großer Hast alle Kleidungsstücke von sich zu werfen und zog selbst die Socken aus. Als er ganz nackt war, legte er alle Sachen dem fürstlichen Generalbevollmächtigten vor die Füße, hob die Arme und sagte: »So stehe ich vor Ihnen wie ein Rekrut vor der Kommission. Wollen Sie mich durchsuchen.«

Awgust Matwejitsch weigerte sich mit der durchaus stichhaltigen Begründung, daß er keinerlei Verdacht ausgesprochen und diese Untersuchung nicht verlangt habe.

»Nein, auf solche Scherze lassen wir uns nicht ein!« sagte der Rittmeister, vor Wut ganz rot werdend und mit den bloßen Fersen stampfend. »Jetzt ist es zu spät, mein Herr, den Großmütigen zu spielen. Ich habe mich nicht zum Spaß vor Ihnen entkleidet! Ich bitte Sie, meine Sachen genau zu durchsuchen. Sonst erschlage ich Sie, nackt wie ich bin, augenblicklich mit diesem Stuhl!« Und er ergriff mit seiner behaarten Hand den schweren Stuhl und schwang ihn über dem Kopf des Polen.

7.

Awgust Matwejitsch beugte sich mit Widerstreben über die auf dem Fußboden ausgebreiteten Sachen des Rittmeisters und tat, als ob er sie durchsuchte.

Die nackten Fersen stampften noch wütender, und zugleich zischte eine erstickte Stimme: »Nicht so durchsucht man die Sachen! Nicht so! Haltet mich, sonst stürze ich mich auf ihn und erwürge ihn, wenn er es nicht ordentlich macht!«

Der Rittmeister war buchstäblich außer sich vor Zorn und bebte so, daß selbst das üppige schwarze Moos unter seinen muskulösen Armen, die er krampfhaft über dem Kopfe hielt, zitterte.

Der Pole ließ sich aber nicht einschüchtern. Er streifte mit einem ruhigen Blick das von Wut entstellte Gesicht und die Achselhöhlen des Rittmeisters, in denen sich zwei schwarze Ratten zu regen schienen und sagte:

»Sehr schön. Ich bin zwar fest überzeugt, daß Sie ein Ehrenmann sind; da Sie aber darauf bestehen, will ich Sie wie einen Dieb durchsuchen.«

»Ja, hol mich der Teufel, ich bin ein Ehrenmann und bestehe darauf, daß Sie mich wie einen Dieb durchsuchen!«

Awgust Matwejitsch durchsuchte ihn und fand selbstverständlich nichts.

»Nun bin ich also von jedem Verdacht rein«, sagte der Rittmeister. »Wollen jetzt die anderen Herren meinem Beispiele folgen.«

Ein zweiter Offizier entkleidete sich, und Awgust Matwejitsch durchsuchte ihn auf die gleiche Weise. Dann kam der dritte an die Reihe, und so unterzogen wir uns alle der Durchsuchung. Sascha allein war noch nicht durchsucht, und gerade in dem Augenblick, als die Reihe an ihn kommen sollte, wurde heftig an die Zimmertür geklopft.

Wir alle fuhren zusammen.

»Niemand darf herein!« kommandierte der Rittmeister. Man klopfte aber noch heftiger.

»Wen bringt der Teufel her? Wir dürfen niemand hereinlassen, solange diese schmachvolle Sache nicht erledigt ist. Wer es auch sei, jagt ihn zum Teufel!«

Es wurde wieder geklopft, und wir hörten zugleich eine wohlbekannte Stimme: »Wollen Sie mich einlassen. Ich bin es.«

Es war die Stimme unseres Obersten.

Die Offiziere wechselten Blicke.

»Machen Sie auf, meine Herren!« wiederholte der Oberst.

Die Tür wurde aufgemacht, und der nicht sehr beliebte Kommandeur trat wie ein Kamerad in unsere Mitte. Auf seinem Gesicht leuchtete ein freundliches Lächeln, was man nur sehr selten bei ihm sah.

»Meine Herren!« begann er, noch ehe er sich im Zimmer umgesehen hatte. »Bei mir zu Hause steht alles gut. Nach den aufreibenden Augenblicken, die ich eben durchlebt habe, wollte ich etwas frische Luft atmen. Und da ich Ihren kameradschaftlichen Wunsch, meine Freude zu teilen, kenne, bin ich hierher gekommen, um Ihnen persönlich mitzuteilen, daß Gott mir ein Töchterchen geschenkt hat.«

Wir gratulierten ihm, unsere Gratulation klang aber nicht so lebhaft und freudig, wie es der Oberst, der von unseren Vorbereitungen gehört hatte, zu erwarten berechtigt war. Das fiel ihm gleich auf. Er sah sich mit seinen gelben Augen im Zimmer um und richtete sie auf den Fremden.

»Wer ist der Herr?« fragte er leise.

Der Rittmeister antwortete ihm noch leiser und erzählte kurz die ganze unangenehme Geschichte.

»Wie ekelhaft!« rief der Oberst. »Wie ist nun die Sache ausgegangen, oder ist sie noch immer nicht zu Ende?«

»Wir zwangen ihn, uns alle zu durchsuchen, und bei Ihrem Erscheinen blieb nur noch der Kornett N. undurchsucht.«

»Machen Sie ein Ende!« sagte der Oberst, sich auf einen Stuhl in der Mitte des Zimmers setzend.

»Kornett N., wollen Sie sich entkleiden!« kommandierte der Rittmeister.

Sascha, der, die Arme auf der Brust gekreuzt, am Fenster stand, antwortete nichts und rührte sich nicht.

»Hören Sie denn nicht, Kornett?« wandte sich der Oberst an ihn.

Sascha rührte sich nun von seinem Platz und antwortete: »Herr Oberst und meine Herren Offiziere, ich schwöre bei meiner Ehre, daß ich das Geld nicht gestohlen habe.«

»Pfui, wozu dieses Schwören!« entgegnete der Oberst. »Alle sind hier über jeden Verdacht erhaben; wenn aber Ihre Kameraden einmal beschlossen haben, sich der Durchsuchung zu unterziehen, so müssen auch Sie sich dem fügen. Dieser Herr soll Sie nun gleich in Gegenwart aller durchsuchen, und dann beginnt der zweite Akt.«

»Ich kann es nicht.«

»Was ... Was können Sie nicht?«

»Ich habe das Geld nicht gestohlen, ich will mich aber nicht durchsuchen lassen!«

Es erhob sich ein unzufriedenes Geflüster, und alle gerieten in Bewegung.

»Was soll das heißen? Es ist einfach dumm ... Warum wollen Sie sich nicht durchsuchen lassen?«

»Ich kann es nicht.«

»Sie müssen! Sie müssen einsehen, daß Ihr Trotz den für uns alle erniedrigenden Verdacht verstärkt. Wenn Sie auf Ihre eigene Ehre keinen Wert legen, so muß Ihnen doch die Ehre Ihrer Kameraden teuer sein, die Ehre des Regiments und der Uniform! Wir alle verlangen von Ihnen, daß Sie sich augenblicklich entkleiden und sich durchsuchen lassen. Und da Ihr Benehmen den Verdacht bereits verstärkt hat, so freuen wir uns alle, daß Sie in Gegenwart des Obersten durchsucht werden können ... Wollen Sie sich augenblicklich entkleiden?«

»Meine Herren!« sagte der Jüngling, der nun leichenblaß geworden und mit kaltem Schweiß bedeckt war. »Ich habe das Geld nicht genommen ... Ich schwöre es Ihnen bei meinen Eltern, die ich über alles in der Welt liebe ... Ich habe das Geld dieses Herrn nicht! Ich werde sofort dieses Fenster einschlagen und mich hinausstürzen, werde mich aber um nichts in der Welt ausziehen, das verlangt meine Ehre!«

»Was für eine Ehre?! Was für eine Ehre steht über der Ehre des Regiments und der Uniform? Wessen Ehre ist es?«

»Ich sage Ihnen kein Wort mehr, werde mich aber nicht ausziehen. Ich habe in der Tasche eine Pistole und mache Sie darauf aufmerksam, daß ich jeden niederschieße, der Gewalt gegen mich anzuwenden versucht!«

Als der Jüngling das sagte, wurde er bald blaß und bald feuerrot. Er keuchte und sah mit irren Blicken auf die Tür; sein einziger Wunsch war, sich von hier loszureißen. Man hörte, wie er in der Tasche seiner Reithose den Hahn seiner Pistole spannte.

Mit einem Wort, Sascha war ganz außer sich. Seine Ekstase machte alle weiteren Einwände unmöglich und stimmte uns alle nachdenklich.

Der Pole zeigte als erster große und fast rührende Teilnahme. Seine isolierte und daher sehr unvorteilhafte Stellung in unserem Kreis gänzlich außer acht lassend, rief er voller Entsetzen, das seltsam ansteckend wirkte: »Fluch über diesen Tag und dieses Geld! Ich will es nicht mehr, ich suche es nicht mehr, ich beklage es nicht mehr, ich werde niemals und niemandem von diesem Verlust auch nur ein Wort sagen. Aber ich beschwöre Sie beim Gott Zebaoth, der Sie alle erschaffen hat, beim Heiland, der für Recht und Wahrheit ans Kreuz geschlagen wurde, bei allem, was Ihnen wert und teuer ist, lassen Sie von diesem Knaben ab!«

Ja, er sagte »Knaben« und nicht »Jüngling«. Plötzlich fügte er mit einer gänzlich veränderten, aus der tiefsten Tiefe der Seele dringenden Stimme hinzu: »Beschleunigen Sie den Gang des Schicksals nicht! Sehen Sie denn nicht, wohin er geht ...?«

Sascha ging oder schlich vielmehr tatsächlich an den Offizieren vorbei auf die Türe zu.

Der Oberst verfolgte ihn mit seinen gelben Augen und sagte: »Soll er nur gehen ...«

Dann fügte er leise hinzu: »Ich glaube, ich fange an, etwas zu verstehen.«

Als Sascha die Schwelle erreicht hatte, wandte er sich zu allen um und sagte: »Meine Herren! Ich weiß wohl, wie schwer ich Sie beleidigt habe und wie niedrig Ihnen meine Handlung erscheinen muß. Verzeihen Sie mir ...! Ich konnte nicht anders ... Es ist mein Geheimnis ... Verzeihen Sie ... So verlangt es die Ehre.«

Seine Stimme bebte wie vor kindlichen Tränen. Er schämte sich ihrer, bedeckte die Augen mit der Hand, rief »Lebt wohl!« und stürzte hinaus.

8.

Es ist sehr schwer, Ereignisse wie dieses gleichgültigen Zuhörern zu schildern, wenn man auch selbst nicht mehr so erregt ist, wie man es seinerzeit war. Jetzt, da ich Ihnen erzählen muß, was weiter geschah, fühle ich, daß ich es unmöglich mit jener Lebendigkeit, Kompaktheit und Intensität wiedergeben kann, mit der die Ereignisse sich damals überstürzten und sich aufeinander türmten, um gleichsam von einer schicksalsschweren Höhe auf die Unzulänglichkeit der menschlichen Vernunft herabzublicken und sich gleich wieder in der Natur aufzulösen.

Wenn Sie die Berichte Jacolios oder unserer Landsmännin Rada-Bay gelesen haben, so wissen Sie vielleicht noch, was sie von der »psychischen Kraft« der Hindus und von der Abhängigkeit dieser Kraft von der »geistigen Stimmung« erzählen. Die psychische Kraft wohnt vielleicht auch dem Stutzer inne, der, das Stöckchen schwingend, durch die Straßen flaniert und »Nun sind wir da, nun sind wir da!« aus dem »Orpheus« singt. Nun versuche aber einer zu ergründen, wo in ihm diese Kraft steckt und worauf sie sich anwenden läßt. Der Prediger Salomo erläutert es trefflich am Beispiel des Schattens, den der Baum in der Richtung des auf ihn fallenden Lichtes wirft: Bei einer allgemeinen Panik verlieren alle den Kopf und halten das – Nebensächlichste für das Wichtigste; ein einziger anders gestimmter Blick sieht aber in diesem Moment das einzig Wichtige: Da haben Sie einen Fall der »psychischen Kraft«.

Ein winziges Teilchen dieser Kraft durchzuckte mich in dem Augenblick, als Sascha aus dem Zimmer stürzte. In seiner Bewegung, in seinem plötzlichen Sprung war etwas Schreckliches: Er war nicht einfach weggelaufen, er hatte sich von uns losgerissen, war uns sozusagen auf Nimmerwiedersehen entschwebt ... Wir hörten keine Schritte mehr, es war nur ein leises Rauschen durch den Korridor.

Der Pole stürzte ihm augenblicklich nach. Wir glaubten, daß er ihn einholen und des Diebstahls überführen wolle; ich habe Ihnen schon erzählt, daß Sascha vorher das Unglück gehabt hatte, aus Versehen in das Zimmer des Polen einzudringen, was diesem das Recht gab, seinen Verdacht gerade auf ihn zu richten. Übrigens waren alle davon überzeugt, daß der Pole das Geld tatsächlich gehabt hatte und daß es ihm in unserem Kreise abhanden gekommen war. Mehrere Offiziere stürzten zur Türe, um Awgust Matwejitsch den Weg zu versperren, und der Oberst rief ihm zu: »Sie bleiben hier! Ihr Geld wird Ihnen ersetzt werden!«

Der Pole aber stieß die Offiziere mit unerwarteter Kraft zurück, antwortete dem Obersten: »Der Teufel soll das Geld holen!« und lief Sascha nach.

Jetzt erst sahen wir den unverzeihlichen Fehler ein, den wir vorhin gemacht hatten, als wir uns selbst durchsuchen ließen und dasselbe nicht auch vom Polen, der diese ganze Geschichte verschuldet hatte, verlangten. Wir stürzten ihm nach, um ihn zu packen und ihm die Möglichkeit zu nehmen, das Geld irgendwo zu verstecken und uns hinterher zu beschuldigen; aber in diesem selben Augenblick – es ging viel schneller, als ich es Ihnen erzähle – erklang im Korridor so etwas wie ein Händeklatschen …

Uns durchzuckte der Gedanke, daß der Pole Sascha ins Gesicht geschlagen hätte, und wir eilten unserem Kameraden zu Hilfe. Die Hilfe war aber unnötig …

In der Tür vor uns stand schwankend die lange, an eine Standuhr gemahnende Gestalt Awgust Matwejitschs mit dem Grahamschen Zifferblatt, dessen Zeiger nach unten wiesen …

»Es ist zu spät …« keuchte er. »Er hat sich erschossen.«

9.

Wir drängten uns in Saschas kleines Zimmer und sahen ein erschütterndes Bild: Mitten im Zimmer stand, von einer niedergebrannten Kerze beleuchtet, Saschas erschrockener Bursche und hielt ihn in seinen Armen, während Saschas Kopf auf seiner Schulter ruhte. Die Arme hingen kraftlos herab, aber die eingeknickten Knie zuckten noch, als ob man ihn kitzelte.

Die Geschichte mit dem Geld, die dies alles verschuldet, die sich jedenfalls zur rechten Zeit abgespielt hatte, um dem Erscheinen der »hypokratischen Züge« auf dem jugendlichen Gesicht des armen Sascha eine Begründung zu geben, war nun vergessen. Auch die Angst vor einem Skandal war völlig in den Hintergrund getreten. Wir legten den Verwundeten aufs Bett, schickten nach Ärzten und bemühten uns, ihm, dem nichts mehr helfen konnte, Hilfe zu bringen. Wir versuchten das Blut, das unaufhörlich aus der Wunde strömte, zu stillen, riefen ihn bei seinem Namen und schrien ihm ins Ohr: »Sascha! Sascha! Lieber Sascha!« Er hörte aber wohl nichts mehr; er erlosch und erkaltete und lag nach einer Minute auf seinem Bett so steif und unbeweglich wie ein Bleistift.

Viele weinten, und der Bursche schluchzte laut. Der Zimmerkellner Marko drängte sich zu der Leiche vor und sagte leise, seiner religiösen Stimmung getreu: »Meine Herren, man darf nicht weinen, wenn eine

Seele den Körper verläßt. Beten Sie doch lieber!« Mit diesen Worten schob er uns etwas zur Seite und stellte einen Teller mit reinem Wasser auf den Tisch.

»Was ist das?« fragten wir ihn.

»Wasser«, antwortete er.

»Wozu?«

»Damit seine Seele sich darin wäscht.«

Marko legte die Leiche ordentlich auf den Rücken und drückte ihr die Augenlider zu.

Wir alle bekreuzigten uns und weinten. Der Bursche fiel auf die Knie und schlug mit der Stirn gegen den Fußboden, daß man es hörte.

Zwei Ärzte – unser Regimentsarzt und einer von der Polizei kamen gelaufen und konstatierten die »Tatsache des Todes«.

Sascha war tot.

Wer oder was war die Ursache seines Selbstmordes? Wo ist das Geld, wer ist der Dieb, der es genommen hat? Wie wird sich diese Geschichte, die wie der Inhalt eines aufgeschnittenen Daunenkissens durch die Luft wirbelte und an uns allen kleben blieb, weiter entwickeln?

Allen war es ganz wirr im Kopf. Die Leiche hatte aber doch die Kraft, alle Gedanken auf sich zu lenken und uns zu zwingen, sich in erster Linie mit ihr zu befassen.

In Saschas Zimmer erschienen Polizeibeamte, Ärzte und Heilgehilfen, und man begann ein Protokoll aufzunehmen. Unsere Gegenwart wurde als störend befunden, und man ersuchte uns, das Zimmer zu verlassen. Man entkleidete Sascha und durchsuchte seine Sachen in Gegenwart von Zeugen, unter denen sich der Zimmerkellner Marko, unser Regimentsarzt und einer der Offiziere als Delegierter befanden. Das Geld wurde selbstverständlich nicht gefunden.

Unter dem Tisch fand man die Pistole und auf dem Tische einen Zettel, auf dem Sascha mit flüchtiger Schrift hingekritzelt hatte: »Papa und Mama, verzeiht mir, ich bin unschuldig.«

Um das zu schreiben, hatte er wohl kaum mehr als zwei Sekunden gebraucht.

Der Bursche, der Zeuge des Selbstmordes gewesen war, erzählte, daß Sascha, gleich als er in sein Zimmer hereingestürzt war, stehend diese Zeilen geschrieben, sich dann die Kugel ins Herz gejagt habe und sterbend in seine Arme gefallen sei.

Der Soldat wiederholte diesen Bericht einige Male in der gleichen Fassung allen, die ihn fragten. Dann stand er schweigend da und zwinkerte mit den Augen. Als aber Awgust Matwejitsch auf ihn zuging, ihm in die Augen blickte und ihn nach weiteren Einzelheiten ausfragen wollte, wandte sich der Bursche an den Rittmeister und sagte: »Herr Rittmeister, erlauben Sie, daß ich hinausgehe und mich wasche: An meinen Händen ist Christenblut.«

Man erlaubte es ihm, weil er tatsächlich über und über mit Blut befleckt war, was einen schrecklichen Anblick bot.

Das alles spielte sich bei Tagesanbruch ab; der Himmel rötete sich, schon, und das erste Morgenlicht drang durch die Fenster herein.

In den von den Offizieren bewohnten Zimmern standen alle Türen nach dem Korridor offen, und überall brannte Licht. Einige Offiziere saßen mit gesenkten Köpfen ganz fassungslos in ihren Zimmern. Alle sahen mehr wie Mumien als wie lebende Menschen aus. Der Rausch hatte sich wie ein Nebel verflüchtigt, ohne auch nur eine Spur zu hinterlassen. Alle Gesichter drückten Verzweiflung und Trauer aus ...

Der arme Sascha! Wenn sein Geist sich noch für die irdischen Dinge interessieren könnte, so würde er sicher einen Trost darin finden, daß alle mit solcher Liebe an ihm hingen und daß es allen so weh tat, ihn, den blühenden und lebensvollen Jüngling, zu überleben!

Auf ihm lastete aber ein Verdacht – ein schrecklicher, schändlicher Verdacht. Wer würde es aber jetzt wagen, von diesem Verdacht zu seinen alten Kameraden zu sprechen, über deren bekümmerte Gesichter die Tränen rollten?

»Sascha! Sascha! Armer junger Sascha! Was hast du getan?« flüsterten alle Lippen, und plötzlich standen alle Herzen still, und ein jeder von uns fragte sich: »Bist du nicht auch selbst schuld daran? Hast du nicht gesehen, in welcher Verfassung er war? Hast du auf deine Kameraden einzuwirken versucht, daß sie ihn in Ruhe lassen? Hast du ihnen gesagt, daß du ihm vertraust und die Unantastbarkeit seines Geheimnisses achtest? Sascha! Armer Sascha! Was ist das für ein Geheimnis, das ihn zugrunde gerichtet hat, das er ins Jenseits mitgenommen hat? Er ist natürlich rein und von jedem schmählichen Verdacht frei ... Fluch über den, der ihn in den Tod getrieben hat!«

Wer aber hat es getan?

10.

Awgust Matwejitschs Tür stand ebenso offen wie die Türen aller Offizierszimmer; aber es brannte kein Licht darin, und im blassen Morgenscheine konnte man nur einen eleganten Reisekoffer und anderes Gepäck unterscheiden. In einer Ecke sah man das leicht aufgewühlte Bett.

Wenn man an diesem Zimmer vorbeiging, hatte man den Wunsch, stehenzubleiben und einen Blick hineinzuwerfen: Was birgt dieses Zimmer? Woher und warum ist dieses Unglück über uns gekommen?

Mich zog es, nachzuschauen, ob das verschwundene Geld nicht in diesem Zimmer war: Hat nicht der Pole selbst das Geld hier vergessen und dann diese ganze Geschichte inszeniert, die uns so viel Unannehmlichkeiten und den Verlust unseres schönen, jungen Kameraden gebracht hat? Ich war schon bereit, in das Zimmer einzudringen und es zu durchsuchen; glücklicherweise aber wurde ich rechtzeitig gestört.

Aus dem Ende des Korridors, wo sich das große Zimmer befand, in dem nachts gespielt und gezecht wurde, riefen mir in diesem Augenblick mehrere Stimmen zu: »Wohin? Wohin? – Diese Dummheit fehlt uns noch gerade!«

Ich fühlte mich auf einmal verlegen und entmutigt. Ich sah plötzlich ein, wie leichtsinnig mein Vorhaben war und wie leicht ich dabei in den Verdacht kommen könnte, in diese Sache verwickelt zu sein.

Ich bekreuzigte mich und ging mit raschen Schritten auf die Stimmen zu, die mich von meinem Vorhaben abgebracht hatten.

Vor dem noch finsteren, nach Norden gehenden Korridorfenster saßen auf der mit einer schmutzigen Pferdedecke bedeckten Bank, die dem Burschen des Rittmeisters als Lager diente, drei Offiziere und unser Regimentspfarrer. Der Pfarrer trug sein langes Haar zum Zopf geflochten und hatte einen üppigen blonden Vollbart, dem er den Namen »Vater Barbarossa« verdankte. Er war sehr gutmütig, nahm sich alle unsere Regimentsaffären zu Herzen, drückte aber seine Gefühle nicht durch Worte, sondern nur durch ein vielsagendes Kopfnicken und ein gedehntes »Ja« aus. Nur in den dringendsten Fällen sprach er etwas mehr und zeigte dann immer Geistesgegenwart und Findigkeit.

Die drei Offiziere und der Pfarrer rauchten abwechselnd aus zwei Pfeifen. Der Pfarrer saß in der Mitte der Gruppe und bekam daher die Pfeife von rechts und auch von links gereicht; so hatte er vom

Rauchen den doppelten Genuß, den er außerdem noch auf die Weise vergrößerte, daß er sich nach jedem Zug aus der Pfeife das Gesicht mit dem herrlichen Vollbart bedeckte und den Rauch ganz langsam durch diesen eigenartigen Respirator hinausließ.

Diese guten Menschen saßen auf ihrer Bank, nahe beim Zimmer des Rittmeisters, das jetzt abgesperrt war; drinnen wurde lebhaft, aber gedämpft gesprochen. Man hörte mehrere Stimmen, konnte aber kein einziges Wort verstehen.

Hinter der verschlossenen Tür befanden sich unser Regimentskommandeur, der Rittmeister und der Urheber des ganzen Unglücks – Awgust Matwejitsch. Der Oberst selbst hatte die beiden Herren zu dieser Besprechung eingeladen, niemand wußte aber, was er von ihnen wollte. Die drei Offiziere und der Pfarrer hatten aus eigenem Antriebe den Posten in der Nähe des Zimmers bezogen, um den Kameraden zu Hilfe eilen zu können, wenn sich die Auseinandersetzung zuspitzen sollte.

Diese Befürchtungen erwiesen sich aber als grundlos: Das Gespräch wurde, wie gesagt, in höchst anständiger Form geführt; der Ton wurde immer weicher und klang zuletzt durchaus freundschaftlich und herzlich. Dann hörten wir, wie die Stühle zurückgeschoben wurden und wie zwei Herren sich der Tür näherten.

Der Schlüssel wurde umgedreht, und in der offenen Tür erschienen der Regimentskommandeur und Awgust Matwejitsch.

Ihr Gesichtsausdruck war, wenn auch nicht gerade ruhig, so doch jedenfalls friedfertig.

Der Oberst drückte dem Polen die Hand und sagte: »Ich freue mich, daß ich Ihnen die Gefühle entgegenbringen kann, die Sie mir unter diesen schrecklichen Umständen einzuflößen verstanden. Ich bitte Sie, meiner Aufrichtigkeit ebenso zu vertrauen, wie ich der Ihrigen vertraue.«

Der Pole verbeugte sich vor ihm mit großer Würde und begab sich schweigend auf sein Zimmer; der Oberst aber wandte sich an uns mit den Worten: »Ich eile nach Hause und bitte Sie, sich zum Rittmeister zu begeben: Sie werden von ihm erfahren, wie wir uns alle zu verhalten haben.«

Der Oberst nickte uns zu und begab sich zum Ausgang. Noch ehe die Türe hinter ihm ins Schloß gefallen war, füllten wir schon das Zimmer des Rittmeisters.

11.

Unser Rittmeister war ein Prachtkerl, aber nervös und aufbrausend. Er war schlagfertig und klug, konnte sich aber nicht beherrschen, und seine Redegabe war echt militärisch: Er verstand wohl zu befehlen, aber nicht zu erzählen und seine Gedanken darzulegen.

So war er auch in diesem Augenblick. Er riß seine Halsbinde von sich und warf uns allen wütende Blicke zu.

»Nun, das sind schöne Geschichten, nicht wahr?« wandte er sich an den Pfarrer.

Dieser sagte nur »Ja, ja, ja« und nickte.

»Das ist es eben: ja, ja, ja! Gute Werke haben schöne Folgen!«

Der Pfarrer sagte wieder: »Ja, ja, ja.«

»Das wäre aber eigentlich Ihre Sache!«

»Was denn?«

»Uns ganz andere Stimmungen beizubringen ...«

»Ja.«

»Sie haben aber gar keinen Einfluß auf uns.«

»Unsinn!«

»Es ist kein Unsinn. Wozu sind Sie jetzt hergekommen? Viel notwendiger braucht man jetzt einen Küster, damit er bei der Leiche die Psalmen liest.«

»Wie steht es? Was sollen wir tun?« drangen die Offiziere in ihn. »Der Oberst ist fort, und Sie sind aufgeregt und machen dem Pfarrer eine Szene ... Würden wir denn auf ihn hören, wenn er uns bekehren wollte? ... Wo ist der Pole? Weiß der Teufel, ob er das Geld überhaupt gehabt hat. Was treibt er jetzt allein auf seinem Zimmer? Sagen Sie bitte, was Sie beschlossen haben! Wer ist der Schuldige?«

»Der Teufel ist der Schuldige! Sonst gibt es keinen Schuldigen!« antwortete der Rittmeister.

»Aber dieser Pole ...«

»Der Pole ist über jeden Verdacht erhaben.«

»Wer hat Ihnen das eröffnet?«

»Wir selbst, meine Herren, wir selbst! Ich und unser Regimentskommandeur bürgen für ihn. Wir behaupten nicht, daß er der ehrlichste Mensch ist, wir sehen aber, daß er die Wahrheit spricht, daß er das Geld gehabt hat und daß es verschwunden ist. Nur der Teufel allein kann es gestohlen haben ... Daß das Geld tatsächlich vorhanden war, folgt schon daraus, daß er auf die zwölftausend Rubel verzichtete, die der Oberst ihm in meiner Gegenwart anbot.«

»Er verzichtete?«

»Ja, und noch mehr als das: Er verpflichtete sich aus eigenem Antrieb, keine Anzeige über den Verlust zu erstatten und keinem Menschen auch nur ein Sterbenswort von dieser verfluchten Angelegenheit zu sagen. Kurz, er benahm sich so korrekt, vornehm und feinfühlend, wie man es nur wünschen kann.«

»Ja, ja, ja!« versetzte der Pfarrer.

»Der Oberst und ich gaben ihm im Namen aller das Wort, daß wir ihm unser volles Vertrauen entgegenbringen und uns während eines ganzen Jahres als seine Schuldner betrachten werden; wenn die Sache sich vor Ablauf dieses Jahres nicht aufklärt und das Geld nicht zum Vorschein kommt, so bezahlen wir ihm die zwölftausend Rubel, und er verpflichtet sich, sie anzunehmen ...«

»Selbstverständlich nehmen wir diese Schuld auf uns und werden sie gewissenhaft abzahlen«, fielen ihm die Offiziere ins Wort.

»Meine Herren«, fuhr der Rittmeister etwas leiser fort, »er ist aber fest überzeugt, daß wir nichts zu zahlen brauchen werden; er behauptet, daß sich das Geld finden wird. Er sagt das so bestimmt und mit solcher Überzeugung, daß seine Erwartung sicher in Erfüllung gehen muß, wenn der Glaube wahrhaftig Berge versetzen kann. Ja, sie muß sich erfüllen, denn sie ist mit Blut erkauft ... Er hat mit seinem Glauben auch mich und den Kommandeur angesteckt. Er bat uns zwar, ihn zu durchsuchen, wir verzichteten aber darauf. Wenn Sie es aber wünschen, so können Sie es noch nachholen; er sitzt in seinem Zimmer und erwartet Sie, Sie können es tun. Ich stelle Ihnen aber eine Bedingung: Alles muß unter uns bleiben. Sie müssen sich dazu mit Ihrem Ehrenwort verpflichten.«

Wir gaben ihm das Ehrenwort, durchsuchten aber den Polen nicht. Wir gingen nur alle zu ihm ins Zimmer und drückten ihm stumm die Hand.

12.

Und doch blieb in uns allen neben der Trauer um den Kameraden ein schwerer Zweifel zurück. An Saschas Leiche wurde indessen die Sektion vorgenommen, man fälschte den Tatbestand und schrieb ins Protokoll, daß er den Selbstmord »in einem Anfall von Wahnsinn« verübt habe; der Pfarrer segnete die Leiche ein, und der Küster las eintönig den Psalm: »Wie der Hirsch schreiet nach frischem Wasser, so schreiet meine Seele, Gott, zu dir.«

Wir waren alle in gedrückter Stimmung. Wir gingen auf und ab, rauchten bis zur Bewußtlosigkeit und weinten sogar ab und zu. Eine solche Jugend, eine solche Frische mußte erlöschen! ... So wenig hatte er vom Honig gekostet und mußte schon sterben!

Wir alle, in Schlachten erprobte oder jedenfalls zu Schlachten bestimmte Männer waren auf einmal zu Waschlappen geworden. Der Pole verschob seine Abreise: Er wollte mit uns Sascha zum Grabe geleiten und dessen Vater sehen, der, gleich am Morgen benachrichtigt, gegen Abend ankommen sollte.

Wenn der Zimmerkellner Marko nicht gewesen wäre, so hätten wir wohl die Stunden der Mahlzeiten vergessen; er aber sorgte für uns und auch für die Leiche. Er wusch und kleidete sie ein, sagte uns, was und wo man kaufen müsse, und redete auf uns ein, wir sollten uns beruhigen.

»Alles geht nach dem Willen Gottes«, pflegte er zu sagen. »Wir sind wie Gras.«

Er war immer auf dem Sprung und machte allerlei Besorgungen. Man verhaftete die Hotelbediensteten unter verschiedenen Vorwänden und durchsuchte ihre Sachen. Auch Saschas Bursche wurde durchsucht und verhört, ob ihm der Selbstmörder vor dem Tode nichts übergeben hätte.

Der Soldat schien die Frage im ersten Augenblick nicht verstanden zu haben. Nach einer Weile antwortete er aber: »Der Herr Kornett hat mir keinerlei Geld übergeben.«

»Weißt du, was auf Hehlerei steht?«

»Jawohl.«

Selbstverständlich wurde er nicht von uns, sondern von den Gerichtsbeamten verhört, denen man bekanntlich keinen Überfluß an Zartgefühl vorwerfen kann.

Man ließ den Burschen laufen, und bald darauf sah man ihn schon mit dem Putzen von Saschas Reservestiefeln beschäftigt.

13.

Abends kam der Vater, ein noch nicht sehr alter, etwa zweiundfünfzigjähriger Herr von angenehmem Äußeren. Er hatte eine militärische Haltung, trug die Uniform eines verabschiedeten Offiziers und Sporen, aber keinen Schnurrbart. Wir kannten ihn noch nicht und bemerkten gar nicht, wie er in das Zimmer seines Sohnes trat; wir sahen ihn erst, als er wieder herauskam.

Gleich nach seiner Ankunft fragte er nach dem Burschen, ließ sich von ihm ins Sterbezimmer führen und verblieb dort mit ihm unter vier Augen mehrere Minuten. Als er dann zu uns in den Saal trat, mußten wir über die stille Majestät in seinen Zügen staunen.

»Meine Herren«, sagte er, sich vor uns verbeugend, »ich stelle mich Ihnen vor: Ich bin der Vater Ihres unglücklichen Kameraden. Mein Sohn ist tot, er hat selbst Hand an sich gelegt und mich und seine Mutter in namenloses Unglück gestürzt ... Aber er konnte nicht anders, meine Herren ... Er starb wie ein Mann von Ehre und Gewissen. Und dies ist, glauben Sie es mir, mein einziger Trost.«

Mit diesen Worten ließ sich der alte Herr, der unsere Herzen sofort gefangengenommen hatte, in einen Sessel vor dem runden Tisch sinken, vergrub das Gesicht in die Hände und begann laut wie ein Kind zu schluchzen.

Ich reichte ihm mit zitternder Hand ein Glas Wasser.

Er trank davon zwei Schluck, drückte mir freundlich die Hand und sagte: »Ich danke Ihnen allen, meine Herren!«

Dann fuhr er sich mit dem Tuch übers Gesicht und sagte: »Das ist noch nicht das Schwerste ... Was bin ich? Aber wie soll ich es meiner Frau sagen? Das Mutterherz wird es nicht ertragen können!«

Er wischte sich wieder die Tränen aus den Augen und begab sich zum Oberst, um sich ihm vorzustellen.

Auch zum Oberst sagte er, daß Sascha »wie ein Mann von Ehre und Gewissen« gestorben sei und daß er anders gar nicht habe handeln können.

Der Oberst starrte ihn lange an, lutschte dabei, wie es seine Gewohnheit war, an einem Bonbon und sagte schließlich: »Sie wissen doch, daß dem Selbstmord ein gewisser unglücklicher Umstand vorangegangen war. Wir sind ja miteinander verwandt, und ich kann und muß Ihnen alles sagen. Ich glaube an nichts, aber das Benehmen des Kornetts war immerhin etwas sonderbar ...«

»Sein Benehmen war durchaus korrekt, Herr Oberst!«

»Ich glaube es Ihnen; wenn Sie aber doch den Schleier, der das Geheimnis vor uns verdeckt, ein wenig lüften wollten ...«

»Ich kann es nicht, Herr Oberst ...«

Der Oberst zuckte die Achseln.

»Was soll man machen?« sagte er. »Nun, mag es so bleiben.«

»Nur noch eines, Herr Oberst. Der fürstliche Generalbevollmächtigte wird sein Geld nicht vom Regiment, sondern von mir bekommen. Das ist mein trauriges Vorrecht.«

»Ich wage nicht zu widersprechen.«

Saschas Vater überreichte an diesem selben Tag dem Polen unter vier Augen die zwölftausend Rubel.

Awgust Matwejitsch nahm das Geld in die Hand, sagte »Um nichts in der Welt!« und steckte es dem Alten in die Tasche. Dann setzten sie sich einander gegenüber und fingen beide an zu weinen. »Großer Gott! Großer Gott!« rief der Alte. »Er hat so ehrenhaft, so vornehm gehandelt, und doch ist noch ein Bösewicht im Spiele, der den Diebstahl verübt hat.«

»Man wird ihn schon finden.«

»Ja, aber mein Sohn wird nicht wieder lebendig!«

14.

Worin bestand nun das Geheimnis?

Damit meine Erzählung endlich einmal verständlich wird, muß ich es nun verraten: Sascha trug an seiner Brust das Aquarellbildnis seiner geliebten rosigen Kusine Anna, die nun die Frau seines Obersten war und just in dem Augenblick, in dem Sascha sich das Leben genommen, einem neuen menschlichen Wesen das Leben geschenkt hatte.

Dieses Bildnis war weniger das Pfand leidenschaftlicher Liebe als unschuldsvoller kindlicher Freundschaft und keuscher Gelübde; die rosige Anna war aber die Frau des Obersten geworden, dieser wurde auf ihren Vetter eifersüchtig, und Sascha mußte die Qualen eines Don Carlos erdulden. Als diese Qual ihn schon beinahe wahnsinnig gemacht hatte, kam die Geschichte mit dem Geld und der Durchsuchung, der obendrein auch noch der Oberst beiwohnte, dazwischen.

Sascha hatte das Geheimnis seiner Kusine treu bewahrt.

Als er die Pistole schon vor die Brust hielt, händigte er das Bildnis seinem Burschen ein und sagte ihm: »Ich beschwöre dich bei Gott: Übergib es dem Vater.«

Dieser gab es auch dem Vater vor dem Sarge des Sohnes.

Der Vater sagte, daß der Sohn wie ein Mann von Ehre und Gewissen gestorben sei.

Das Bildnis war unschuldig, ziemlich unähnlich und trug in winziger Schrift die Widmung: »Dem lieben Sascha seine treue Anna.«

Und kein Wort mehr …

Heute erscheint es komisch, vielleicht sogar dumm! Vielleicht ist es auch wirklich dumm. »Jede Zeit hat ihre Vögel, jeder Vogel hat sein Lied.« Ich will nichts rechtfertigen und nichts kritisieren; ich will nur von den Mahnern sprechen, die den Frauen interessant erschienen.

Was war eigentlich dieser Kornett Sascha? Eine Null oder sehr wenig – ein rosiger Knabe, ein Junker, ein gemästetes Muttersöhnchen in Uniform. Er hatte keinerlei bezaubernde Gaben außer der Gabe der Jugend und des unbeugsamen Gefühls für die persönliche Ehre der Frau … Sie werden wohl sagen: Ist denn das wert, daß man davor anbetend in die Knie sinkt? Ich will Ihnen aber erzählen, wie die Leute aufs Angesicht fielen!

Das Geheimnis, das ich Ihnen eben zum Verständnis der Geschichte eröffnen mußte, war damals natürlich keinem Menschen in der Stadt bekannt; der Bursche kannte es nur zum Teil, und nur der Vater begriff es vollkommen. Außerdem kam ein neuer Umstand hinzu, der die Sache noch dunkler und verworrener erscheinen lassen mußte: Der Zimmerkellner Marko erzählte vielen Leuten unter Diskretion, daß er mit eigenen Augen gesehen habe, wie der Bursche des Verstorbenen dem Vater etwas eingehändigt habe. Was mochte es wohl sein, das der eine so geheimnisvoll übergeben und der andere ebenso geheimnisvoll eingesteckt hatte? ... Das weiß Gott allein!

Marko bekreuzigte sich und sagte: »Ich will keine Sünde auf meine Seele nehmen – ich konnte nicht sehen, was es war; ich sah nur ein in Papier eingewickeltes Paketchen.«

War das vielleicht das Geld? Warum sollte man unter diesen Umständen, die von Augenblick zu Augenblick verworrener wurden und den demoralisierenden Verdacht immer weiter um sich verbreiteten, nicht auch an eine solche Möglichkeit denken? ... Ist denn nicht ein jeder, der ein Paar Hände hat, auch imstande, sich mit ihnen das Geld anzueignen? Den Dieb ausfindig zu machen – das ist die wichtigste Aufgabe; und die Pflicht eines jeden ist, keinen noch so winzigen verdächtigen Umstand außer acht zu lassen.

Ja, die Pflicht eines jeden, dessen argwöhnische Augen besser sehen als das lichte Auge eines rührseligen Herzens. Die Menschheit ist aber zu ihrem großen Glück auch seelischen Offenbarungen zugänglich; die Menschen betasten gleichsam die unsichtbare Wahrheit und ehren, durch nichts gehemmt, einem elementaren Triebe gehorchend, das Unglück mit ihren Tränen. Das sind heilige Stürme, die herabgesandt werden, um den dicken erstickenden Nebel zu zerreißen; sie sind ein Hauch aus dem Jenseits, sie sind eine Offenbarung, in der alles Verworrene klar wird.

Man ließ Marko nicht viel erzählen, was er alles gesehen haben wollte. Alle wußten, daß der Bursche dem Vater des unglücklichen Sascha ein weibliches Bildnis übergeben hatte. Keine einzige Menschenseele wollte daran auch nur einen Augenblick zweifeln; davon zeugte das Licht, wenn es ins Fenster des Zimmers blickte, in dem die geheimnisvolle Übergabe stattgefunden hatte; jeder Windhauch bestätigte es, und die Lerche sang davon, wenn sie in den Himmel stieg.

Saschas Beerdigung war nicht feierlich und nicht einmal rührend, sondern erschreckend. Sie haben wohl alle, meine Herren, sogenannte »prunkvolle« Beerdigungen gesehen. Ich meine gar nicht die Beerdigungen mit großer Parade, in denen sich nur die menschliche Eitelkeit äußert. Denken Sie aber an die uns aus Beschreibungen bekannte Beerdigung Gogols, Nekrassows oder Dostojewskijs, die allgemein als »weltgeschichtliche Ereignisse« angesehen wurden. Sicher war in allen diesen Fällen auch viel aufrichtiges Gefühl dabei, die Aufrichtigkeit wurde aber von Nebensächlichkeiten erdrückt. Ich selbst habe der

Beerdigung des Generals Skobelew in Moskau beigewohnt. In diesem Falle war vielleicht etwas mehr echte Trauer zum Durchbruch gekommen ... Sie können mich auslachen, wenn Sie wollen, ich muß aber sage, daß Saschas Beerdigung auf mich einen unvergleichlich tieferen Eindruck gemacht hat als jede andere ... Auch er wurde als Offizier mit allen vorgeschriebenen militärischen Ehren beerdigt, aber alle diese Zeremonien standen nicht im Vordergrund und wurden von den meisten überhaupt nicht beachtet. Die echte Trauer der Menschen, die von überall herbeigeströmt waren, um beim Anblick seines jugendlichen, totenblassen Gesichts zu weinen und vor Kummer zu vergehen, hatte alles andere erdrückt und die ganze Luft in Beben versetzt.

15.

Wir hatten zu dieser Beerdigung niemand außer den Angehörigen der Schwadron, in der der Verstorbene gedient hatte, eingeladen; die Leute strömten aber auch ungeladen von allen Seiten herbei. Auf dem ganzen Weg vom Hotel bis zur Friedhofskirche standen Menschen aller Stände Spalier. Die Frauen waren in der Mehrzahl. Niemand hatte ihnen erklärt, was sie zu beweinen hätten. Sie wußten es aber selbst und trauerten um das junge Leben, das sich aus »adliger Gesinnung« selbst vernichtet hatte. Ich gebrauche gerade dieses Wort, das damals in aller Munde war: »Der Arme ist für seine adlige Gesinnung gestorben!«

»Hat sich für sein Herzliebchen aufgeopfert!«

Da steht so eine alte Tante aus der Vorstadt und jammert: »Der Liebe, Herzige ... hat aus adliger Gesinnung das Leben hingegeben ...«

Und wo man auch lauschte, überall konnte man nur ähnliche warme, herzliche Worte hören. Alle duzten ihn dabei und bemühten sich, möglichst freundlich zu sprechen, gleichsam sein Herz zu liebkosen: »Mein lieber Kleiner! ... Du Junger, Edler! ... Du mein gefühlvoller Engel! ...Wie sollte man dich nicht lieben?!«

Alles in diesem Sinne. Damen vom Adel, Kaufmannsfrauen, Popentöchter, Kleinbürgerinnen, Dienstmädchen und Varieté-Zigeunerinnen – diese letzteren als Meisterinnen und Priesterinnen des tragischen Stils in der Liebe in erster Linie –, alle stammeln mit bebenden Lippen herzliche Worte und beweinen ihn wie ihren besten Freund, wie ihren eigenen Geliebten, als ob sie ihn zum letzten Male in ihren Armen hielten und liebkosten.

Alle diese Frauen waren aber in keiner Beziehung hervorragend; sie kannten Sascha auch gar nicht, hatten ihn vorher noch nie gesehen und hätten ihn vielleicht auch nicht liebgewonnen, wenn sie ihn, so wie er im Leben war, mit allen seinen guten und schlechten Eigenschaften gekannt hätten. Aber jetzt, wo sie wußten, daß er aus »adliger Gesinnung« für sein »Herzliebchen« gestorben war, hatten sie gar keine Zeit, sich durch irgendwelche Überlegungen zu ernüchtern: Sie konnten nur weinen und klagen ... Jede Seele verging vor Wehmut.

Der bekannte Kanzelredner, Erzbischof Innokentij, rührte einmal alle Herzen, als er statt einer richtigen Grabpredigt nur die Worte sagte: »Er liegt im Sarge – laßt uns weinen.« Nur diese Worte sagte er, und bei allen flossen die Tränen. Ein Fieber hatte alle Herzen ergriffen. Als die Frauen Sascha im Sarge sahen (in unseren Städten werden die Toten in offenen Särgen zum Friedhof getragen), fanden sie sein durchaus gewöhnliches Gesicht erhaben und herrlich. Sie sagten: »In diesem Gesicht steht geschrieben: Treue bis in den Tod!«

Es ist ganz gleichgültig, ob in seinem Gesicht tatsächlich das oder etwas ganz anderes geschrieben stand. Sie lasen nur das, was ihre Augen sahen, und das genügte.

Alle Lippen zittern, und alle Gesichter sind feucht von Tränen; alle sind gerührt und alle sprechen zu ihm: »Schlaf, schlaf, du Märtyrer!«

In der Kirche herrscht eine andere, noch stärkere Stimmung. Keine Predigt wagt den heiligen Schauer der Grabgesänge des Johannes von Damaskus zu stören. Seine poetischen Wehklagen brennen und heilen zugleich die Wunde.

Ich muß Ihnen, meine Herren, sagen, daß wir uns wirklich vor dem Herrn niederwerfen! ... Wie groß Saschas Vergehen, vom Standpunkte der theologischen Wissenschaft aus betrachtet, war, konnten die ihn Beweinenden nicht beurteilen; sie flehten aber den Herrn so inständig an, ihn »in seine himmlischen Wohnungen aufzunehmen«, daß ich gar nicht weiß, wie man diese Herzensschreie mit den Gründen jener Wissenschaft in Einklang bringen soll. Ich kann es jedenfalls nicht.

Es wird oft behauptet, daß es heute keinen guten Prediger mehr gäbe. Ist dieser Vorwurf auch gerechtfertigt? Man versteht es freilich nicht besonders gut zu predigen, es ist aber auch gar nicht nötig, wo es die Sitte verlangt, zu reden. Es gibt Fälle, wo es besser ist, einfach zu weinen, wo ein gewöhnliches »Vergib!« oder »Nimm ihn auf!« viel eindringlicher ist als jede Predigt, die zuweilen mit verstiegenen Worten entweder die Vernunft oder das Gefühl verletzt. Denken Sie nur an den Großinquisitor bei Schiller. Darum ziehe ich auch die Beerdigung nach orientalischem Ritus vor. Man kommt und geht wie auf den Ruf des Propheten Jesajas: »So kommt und laßt uns miteinander rechten ...« Wie soll man aber mit Ihm rechten? Es ist ja klar, wer siegen wird. Du kannst aber alles, Du hast den Menschen berufen ... Vergiß, verzeih und vergib ihm alles, worin er sich vor Dir nicht rechtfertigen kann ...

Man denkt an die Parabel vom Mächtigen, der nichts fürchtete und nichts scheute; als man aber mit großem Eifer in ihn drang, da sagte er: »Ich werde es tun.« Und man fühlt sich beruhigt.

Und Er, der das Ohr erschaffen hat, um alles zu hören, kann Er denn einschlafen und dem Flehen so vieler gerührter Herzen kein Gehör schenken ...?

Bei Saschas Beerdigung gab es einen Zwischenfall mit einer Dame, der Witwe eines bekannten Staatsmannes. Die Dame war von altem Adel, sehr klug, sehr wohlerzogen, hatte aber den Zunamen: »Schlange«. Dieser Zuname war eigentlich recht ungeschickt gewählt: Man nannte sie so, nicht weil sie böse war – nein, sie tat niemand etwas zu Leide! –, sondern weil sie so furchtbar spöttisch war. Diese Dame mochte nichts Russisches: weder die Sprache noch die Religion, noch die Sitten. Sie verachtete das alles, und zwar nicht aus Leichtsinn oder Originalitätssucht, sondern tief, aufrichtig und bewußt. Sie tadelte nichts und verwarf nichts, sie war einfach der Meinung, daß alles Russische nicht die geringste Beachtung verdiene. Sie wunderte sich sogar, daß die Geographen es für nötig hielten, dieses Land in die Landkarten einzuzeichnen. Ja, solche Damen hat es damals gegeben! Als diese »Schlange« hörte, daß alle Leute irgendeinen Offizier beweinten, der sich aus »adliger Gesinnung« erschossen hatte, ließ sie die Doppeltür ihres Balkons, an dem der Leichenzug vorbeiging, aufmachen und trat mit einem Lorgnon in der Hand hinaus. Ich kann mich noch gut an sie erinnern: schlank, in einem roten, mit Zobel gefütterten Mantel steht sie auf dem Balkon und blickt durch ihr Lorgnon herab.

Unser jugendlich schöner Sascha aber schwimmt wie ein vom Winde abgebrochener Zweig über dem Meer der Menschenköpfe vor ihren Blicken vorbei.

Die Schlange unterdrückt einen Seufzer und wendet sich an die Engländerin, die neben ihr steht: »Die Jugend ist überall wahnsinnig, der Wahnsinn gleicht oft dem Heldentum, und das Heldentum gefällt der Menge.«

Die Engländerin erwidert:

»O yes!« Dann sagt sie noch, daß sie das allgemeine Gefühl interessiere, von dem diese ganze Menge ergriffen sei. Der Ausländerin zu Gefallen läßt sich die Schlange herab, mit ihr in die Kirche zu gehen, wo der Hammer des Sargtischlers den letzten Punkt hinter diese Geschichte setzen wird.

16.

Gegen alle Gesetze der Architektonik und Ökonomie im Aufbau der Erzählung habe ich zum Schluß diese neue Person auftreten lassen und muß ihr nun einige Worte widmen, damit Sie wissen, wie giftig sie war. Als ihr Gatte noch lebte, bekamen sie einmal Besuch von einer hochgestellten Persönlichkeit, der sich ihr Mann in seinem ganzen Glanze zeigen wollte; sie verachtete aber den Mann ebenso wie alle andern Menschen, vielleicht auch etwas mehr. Der Mann wußte es und bat sie, ihn wenigstens bei dieser Gelegenheit nicht bloßzustellen. Er bat sie nur um den einen Gefallen: »Widersprechen Sie mir wenigstens in Gegenwart des Gastes nicht.«

Sie sah ihn an und versprach ihm: »Ich bin sogar bereit, Sie zu unterstützen.«

Der Mann dankte ihr dafür mit einer Verbeugung. Der hohe Gast war gutmütig und gab sich gerne einfach. Diesmal wollte er den Vortrag des ihm unterstellten Würdenträgers im häuslichen Kreise, am Teetisch, hören, wo ihm die Hausfrau selbst den Tee kredenzte. Der Hausherr begann nun zu prahlen, wie gut er alles wisse, kenne, voraussehe und zum allgemeinen Wohle ordne … Er sprach und sprach und verschnappte sich zuletzt und sagte auch etwas Wahres. Die »Schlange« fiel in diesem Augenblick ein und bestätigte: »Voilà ça c'est vrai!«

Nur dieses sagte sie. Dem Gast genügte es aber; er lachte auf, küßte ihr die Hand und sagte ihrem Gemahl: »Es ist genug: Ich will annehmen, daß tout ça est vrai!«

Als der Gemahl nach diesem Vorfall starb, ließ sie sich hier mit ihrer Engländerin nieder und widmete sich ganz der Lektüre ausländischer Bücher.

Sie erschien sonst niemals in der Öffentlichkeit. Als sie nun mit ihrer Engländerin in die Kirche trat, in der Saschas Leiche eingesegnet wurde, erregte sie allgemeines Aufsehen, und alle machten ihr Platz. Die Menge selbst schob die beiden Damen nach vorne, gleichsam um sie besser sehen zu können. Dem Himmel war es aber nicht genehm, daß etwas Nebensächliches die allgemeine Aufmerksamkeit von den Dingen ablenke, die den Verstorbenen am nächsten angingen.

Im selben Augenblick, als diese beiden imposanten Damen sich durch die Menge bewegten, erschien in der Kirchentüre eine dritte weibliche Gestalt, eine bescheidene Dame in schwarzem Pelzmantel, der noch von der Reise verstaubt war. Ihr Gesicht war der Kummer selbst. Niemand kannte sie, alle hatten sie aber sofort erkannt, und durch die Menge ertönte das Wort: »Die Mutter!«

Man ließ ihr eine breite Straße zu dem ihr so teuren Sarge frei.

Sie ging schnell, beide Arme vor sich ausgestreckt, durch die Menge, die ihr gewichen war, und als sie den Sarg erreichte, umschlang sie ihn mit beiden Armen und erstarrte ...

Und alles fiel nieder und erstarrte zugleich mit ihr. Alle sanken in die Knie, und es wurde so still, daß wir alle ihr Flüstern hörten, als die Mutter sich erhob und den toten Sohn bekreuzigte: »Schlaf, mein armer Junge ... Du bist als Ehrenmann gestorben ...«

Sie hatte diese Worte ganz leise, mit einer kaum wahrnehmbaren Bewegung der Lippen gesprochen, und doch drangen sie allen ins Herz, wie wenn wir alle ihre Kinder gewesen wären.

Nun erklang der Hammer des Sargtischlers, man trug den Sarg zur Ausgangstür; der Vater führte die unglückliche Mutter am Arm, während ihre stillen Blicke in die Höhe gerichtet waren. Sie wußte wohl, woher sie die Kraft, solches Leid zu tragen, schöpfen sollte, und sie merkte gar nicht, wie junge Frauen und Mädchen sich um sie drängten und ihr wie einer Heiligen die Hände küßten.

Auf dem Weg vom Grabe bis zum Friedhofstor gab es wieder das gleiche Gedränge, die gleiche Bewegung.

Vor dem Tor, wo der Wagen auf sie wartete, schien die Mutter zur Besinnung gekommen zu sein; sie wandte sich um und wollte allen »Danke!« zurufen, wurde aber beinahe ohnmächtig. Die »Schlange«, die neben ihr stand, stützte sie und küßte ihr die Hand.

So sehr hatte unser armer Sascha alle Herzen gerührt und gefangengenommen; so wurde sein einfacher und vielleicht gar nicht ordentlich überlegter Entschluß, »die Frau nicht zu verraten«, belohnt und geehrt.

Niemand fragte sich, was das für eine Frau gewesen und ob sie dieses Opfers auch wert sei. Das war allen gleich. Was war das auch für eine Liebe, und worauf war sie gegründet? Alles hatte im Kinderzimmer, wo sie »Vater und Mutter« spielten, begonnen; dann trennten sich ihre Wege. Sie ist ja so leer, daß sie mit ihrem Mann vielleicht auch glücklich ist. Er hat sich aber irgendeinen Fetzen aufgehoben und tötet sich dieses Fetzens wegen ... Das ist ja ganz gleich! Er ist schön, er ist allen interessant! Es ist so leicht und so süß, um ihn zu weinen. Mit einem Worte: Hier ist niemand durch gesperrten Druck besonders hervorzuheben; alle spielen ihre Rollen mit gleichem Ernst und Talent, wie die Mitglieder der Meiningenschen Hoftruppe, die vor kurzem ganz Petersburg in Entzücken versetzt hat. Alles war mit so tiefem Ernst inszeniert!

Die Engländerin, die ich vorhin erwähnte, stand uns doch sicher am fernsten. Sie mußte Saschas Tat ja mit ganz anderen Augen betrachten als die Varieté-Zigeunerinnen, die ihn beweinten; man könnte annehmen, daß sie sich die Sache nur ansehen und sich dann wieder in ihr Gehäuse zurückziehen würde. Aber nein: Auch sie mußte ihren Pinselstrich dem allgemeinen Gemälde beisteuern. Sie schrieb Notizen über Rußland und machte die Sache sehr gründlich an Hand der bereits erschienenen Werke über unsere Heimat. Sie vervollständigte die von anderen gemachten Beobachtungen über unsere Sitten durch ihre eigenen Wahrnehmungen. Den älteren Werken entnahm sie die Behauptung, daß »die Weiber nirgends so gemein behandelt werden wie in Moskowien«. Um die von ihr gemachte neue Wahrnehmung zu ergründen, wählte sie einen passenden Zeitpunkt und wandte sich an Saschas Vater selbst. Sie schrieb ihm einen sehr gemütvollen und höflichen Brief, in dem sie ihrem Mitgefühl Ausdruck gab und der großen Würde, mit der er und seine Gattin das schwere Leid trugen, hohe Bewunderung zollte. Zum Schluß richtete sie an ihn die Frage, wo sie ihre Erziehung genossen hätten, der sie diese würdigen Gefühle verdankten?

Der Alte antwortete, daß seine Frau ein französisches Pensionat besucht habe, während er selbst von einem Monsieur Ravel aus Paris erzogen worden sei.

Die Engländerin fand dies sehr seltsam, die »Schlange« aber gab ihr die Aufklärung: »Wenn sie von einem Seminaristen erzogen worden wären, so hätten Sie wohl überhaupt keine Antwort bekommen.«

Damals war man nämlich der Ansicht, daß alles Rohe und Plumpe aus den Priesterseminaren komme.

17.

Nun muß ich auch noch die kriminelle Seite der Angelegenheit erledigen. Ob das Geld wirklich gestohlen worden war oder nicht, jedenfalls wurde, wie Sie sich wohl erinnern, beschlossen, dem Polen seinen Verlust zu ersetzen. Auch dies hatte noch seine Fortsetzung.

Außer den Regimentskameraden gab es noch einen freiwilligen Schuldner, und zwar einen sehr hartnäckigen – ich meine Saschas Vater. Den Polen kostete es große Mühe, das Geld, das er ihm unbedingt aufdrängen wollte, zurückzuweisen. Awgust Matwejitsch benahm sich in der ganzen Affäre überhaupt außerordentlich korrekt und vornehm, und wir hatten ihm auch nicht das geringste vorzuwerfen. Niemand zweifelte mehr daran, daß er das Geld gehabt hatte und daß es verschwunden war. Warum hatte er denn sonst auf die ihm angebotene Zahlung verzichtet und was brauchte er überhaupt die ganze unangenehme Geschichte mit dem blutigen Ende?

Die ganze Einwohnerschaft der Stadt, vor der wir unser nächtliches Erlebnis natürlich nicht geheimhalten konnten, war der gleichen Ansicht; ein einziger Mensch sah aber die Sache doch ganz anders an und gab uns damit eine harte Nuß zu knacken.

Es war der sonst wenig interessante, von mir schon einige Male erwähnte Zimmerkellner Marko. Er war nicht so leicht zu durchschauen: Obwohl wir unsere Bekanntschaft mit Awgust Matwejitsch nur ihm zu verdanken hatten, stand er jetzt durchaus nicht auf seiner Seite, was er uns auch selbst gestand.

»Ich bin bereit«, sagte er, »jede Kirchenbuße auf mich zu nehmen, weil ich Sie mit dem Herrn bekannt gemacht habe; jetzt glaube ich aber, daß es weniger meine Schuld als Gottes Wille war. Und Ihre ganze jetzige Sympathie für ihn beruht nur darauf – nehmen Sie es mir nicht übel! –, daß er nicht russischer Abstammung ist. Er aber hat es verschuldet, daß unser Geschäft jetzt in schlechtem Rufe steht und daß die Polizei unsere Angestellten unter allen möglichen Vorwänden einsperrt und überall nach dem Gelde forscht ... Es ist nur Sünde und nichts als Sünde ...« schloß Marko und zog sich in seine finstere Kammer zurück, wo er einen mächtigen Heiligenschrein hatte, vor dem immer ein ewiges Lämpchen brannte.

Marko tat uns irgendwie leid. Manchmal stand er stundenlang vor den Heiligenbildern und dachte über etwas nach.

»Was denkst du immer, Marko?«

Er zuckt die Achseln und antwortet: »Wie sollte ich nicht denken, meine Herren? So ein Unglück, so eine Schande ... eine Christenseele ist zugrunde gegangen!«

Diejenigen, die mit ihm öfters sprachen, kamen zuerst auf einen neuen Gedanken, in den sie nach und nach auch die anderen einweihten.

»Marko ist ein einfacher Mensch«, pflegten sie zu sagen, »aus dem Bauernstande, ist aber klug und hat den gesunden Menschenverstand eines einfachen russischen Bauern.«

»Und ist obendrein ehrlich.«

»Ja, auch ehrlich. Sonst hätte ihm der Hotelbesitzer das Geschäft gar nicht anvertraut. Er ist eben ein sehr zuverlässiger Mensch.«

»Ja, ja, ja«, bestätigte der Pfarrer, den Rauch durch seinen breiten Bart blasend.

»Er sieht die Dinge ganz einfach an und merkt darum manches, was wir nicht merken. Er beurteilt die Sache so: Wozu hat der die ganze Sache eingebrockt? Das Geld will er ja nicht nehmen. Also braucht er das Geld gar nicht ...«

»Es ist klar, daß er es nicht braucht, wenn er es nicht nimmt.«

»Natürlich! Er hat ja das Ganze auch nicht des Geldes wegen eingebrockt ...«

»Wozu denn sonst?«

»Fragen Sie Marko danach und nicht mich.«

Auch der Pfarrer sagte: »Ja, ja, ja, wollen wir Marko hören.«

»Und was sagt Marko?«

»Marko sagt: Traue dem Polen nicht.«

»Warum denn?«

»Weil er eben Pole und Ketzer ist.«

»Aber erlauben Sie doch! Ketzer ist eine Sache für sich, und Dieb wieder eine Sache für sich. Die Polen sind ein Volk mit großer Ambition, und es ist nicht ganz anständig, von ihnen so zu denken.«

»Aber erlauben Sie, erlauben Sie!« unterbricht der von Marko inspirierte Kamerad: »Sie sagen: Man darf von ihm nicht so denken; Sie wissen aber gar nicht, was für ein Denken ich meine ... Von einem Diebstahl ist nicht die Rede, nicht der geringste Verdacht liegt gegen ihn vor; der Pole hat aber das, was Sie vorhin selbst sagten: Ambition.«

»Was für ein Interesse hat er dann, daß das Geld verschwunden sein soll?«

»Was für ein Interesse er daran hat?«

»Jawohl!«

»Fällt Ihnen denn selbst gar nichts ein?«

Alle dachten angestrengt nach: Was kann mir dazu einfallen?

»Nein, uns fällt nichts ein.

»Das kommt eben davon, daß Ihre Köpfe mit Adel vollgestopft sind. Der einfache russische Bauer sieht aber, was der Pole will.«

»Nun, was will er denn? Sagen Sie es einmal, es geht uns doch alle an!«

»Ja, es geht uns alle an ... Es liegt im Interesse seiner Heimat, uns diese Schande anzutun.«

»Mein Gott!«

»Selbstverständlich! Nun kann er überall verbreiten, daß in der Gesellschaft russischer Offiziere ein gemeiner Diebstahl möglich ist.«

»Wenn es sich so verhält, wie Sie es meinen ...«

»Natürlich verhält es sich so!«

»Hol ihn der Teufel!«

»Was für ein tückisches Volk die Polen doch sind!«

Auch der Pfarrer war der gleichen Ansicht und sagte: »Ja, ja, ja!«

Wir überlegten uns die Sache noch weiter und kamen zum Entschluß, daß man Markos Kombination auch dem Kommandeur mitteilen müsse; man dürfe ihm aber nicht verraten, daß die Idee von Marko stamme, weil es den Eindruck abschwächen könnte; man müsse sich vielmehr auf eine andere Quelle von größerer Autorität und geringerer Verantwortlichkeit berufen.

»Jemand hat es im Wirtshaus beim Billardspiel erzählt ...«

»Nein, das klingt nicht gut. Der Oberst wird darauf sagen: Sie haben so etwas gehört und sind nicht eingeschritten? So einen Kerl hätten Sie doch auf der Stelle verhaften müssen!«

»Man muß eben etwas anderes ausdenken.«

»Was denn?«

Hier half uns der Pfarrer: »Sie sagen einfach, daß Sie es im Dampfbad gehört haben.«

Dieser Vorschlag gefiel allen. Das war ja in der Tat klug erdacht: Das Dampfbad ist ein öffentlicher Ort, da reden und schreien alle durcheinander, und alle sind nackt. Wer hat es gesagt? – Geh einer hin und stelle es fest; da müßte man doch alle verhaften, denn im Dampfbad sind alle Menschen nackt und gleich.

Man nahm diesen Vorschlag an und ersuchte den Pfarrer, ihn auch auszuführen.

Der Pfarrer ging am nächsten Tag zum Obersten und erzählte es ihm.

Der Oberst zeigte für das Gerücht Interesse und sagte: »Das Schlimmste dabei ist, daß es schon zu einem allgemeinen Gerede geworden ist. Selbst im Bade sprechen die Leute schon davon.«

Der Pfarrer fiel ein: »Ja, ja, ja! Ich habe es selbst im Bad gehört.«

»Und Sie konnten wirklich nicht feststellen, wer das gesagt hat?«,

»Nein, ich konnte es beim besten Willen nicht.«

»Das ist sehr schade.«

»Ja ... Ich hätte es selbst gerne festgestellt, konnte es aber nicht, weil im Bade alle Menschen gleich sind. Uns geistliche Personen kann man noch einigermaßen unterscheiden, weil wir zwar Männer sind, aber Zöpfe tragen. Doch die anderen Menschen sehen einander vollkommen gleich.«

»Sie hätten ja den, der es gesagt hat, bei der Hand packen können.«

»Bedenken Sie doch, ein eingeseifter Mensch kann mir leicht entschlüpfen! Außerdem befand ich mich gerade auf der obersten Dampfbank und konnte den Betreffenden nicht einmal mit der Hand erreichen.«

»Na ja – wenn Sie ihn nicht erreichen konnten, so ist eben nichts zu machen ... Nun glaube ich, das Beste wäre, die Sache jetzt auf sich beruhen zu lassen ... Es ist ja schon einige Zeit verstrichen, und der Pole hat uns das Wort gegeben, nach einem Jahre wieder herzukommen ... Ich glaube, daß er sein Wort halten wird. Sagen Sie mir bitte folgendes: Was halten Sie, als Geistlicher, von den Träumen? Sind die Träume Unsinn oder nicht?«

Der Pfarrer antwortete:

»Das hängt von den Überzeugungen ab ...«

»Von was für Überzeugungen?«

»Nein, ich wollte etwas anderes sagen ... Es gibt Träume, die von Gott kommen und den Menschen erleuchten; es gibt auch natürliche Träume, die von der Verdauung kommen; es gibt auch verderbliche Träume, und diese sind vom Bösen.«

»So ist es eben«, antwortete der Oberst. »Aber das ist wohl noch nicht alles. Wo würden Sie folgenden Traum einreihen: Meine Frau ist, wie Sie wissen, jung, und der verstorbene Kornett war ihr Vetter und Jugendfreund; sein Tod hat sie daher sehr erschüttert und abergläubisch gemacht. Außerdem ist unser Kind gestorben. Kurz vorher hatte sie aber einen Traum.«

»Was Sie nicht sagen!«

»Ja, ja, ja. Was die Träume betrifft, so beurteilt sie diese so, wie Sie eben sagten. Ich stehe nicht auf diesem Standpunkte, will aber dem auch nicht widersprechen. Obwohl ich aus eigener Erfahrung weiß, daß man schlechte Träume hat, wenn man spät zu Abend ißt; solche Träume kommen offenbar vom Magen.«

»Ja, vom Magen«, stimmte der Pfarrer zu. »Die meisten Träume kommen vom Magen.« Der Oberst ließ ihn aber noch nicht los.

»Jawohl«, fuhr der Oberst fort, »das ist eben die Sache, daß sie keinen Traum, sondern eine Vision gehabt hat ...«

»Was, eine Vision?«

»Ja, eine Vision: Sie sieht und hört es nicht im Schlafe und nicht mit geschlossenen Augen, sondern im Wachen ...«

»Das ist seltsam.«

»Sehr seltsam – um so mehr, als sie ihn noch nie gesehen hat!«

»Ja, ja, ja ... Wen hat sie nicht gesehen?«

»Den Polen natürlich!«

»Ach so! ... Ja, ja, ja! Ich verstehe.«

»Meine Frau hat ihn niemals gesehen, weil sie während jenes unglücklichen Ereignisses zu Bett lag. Sie konnte nicht einmal von der

Leiche des Unglücklichen Abschied nehmen – wir verheimlichten vor ihr seinen Tod, damit ihr die Milch nicht in den Kopf steige.«

»Behüte Gott!«

»Gewiß ... Natürlich wäre schon der Tod besser als das ... Es ist wohl Wahnsinn. Aber denken Sie sich nur: Er verfolgt sie auf Schritt und Tritt!«

»Der Verstorbene?«

»Aber nein – der Pole! Ich bin jetzt sogar sehr froh, daß Sie mich nach dem Bade aufgesucht haben und ich mit Ihnen darüber sprechen kann. Vielleicht können Sie mir dazu auf Grund Ihrer geistlichen Praxis etwas sagen.«

Und der Oberst erzählte dem Pfarrer, daß unsere junge, rosige Kommandeuse immer den Polen vor sich sehe. Sie schildere unseren Awgust Matwejitsch, wie er leibt und lebt, und er komme ihr wie eine altmodische englische Standuhr vor ...

Als der Pfarrer das hörte, sprang er förmlich auf.

»Das ist ja einfach unglaublich!« rief er aus. »Alle Offiziere nennen ihn ja ›die Standuhr‹!«

»Darum erzähle ich es eben, weil es so unglaublich ist! Stellen Sie sich nun vor, daß wir in unserm Salon just eine solche altmodische Standuhr, obendrein eine mit einem Glockenspiel stehen haben; wenn man sie aufzieht, so hört das Bimmeln gar nicht auf. Meine Frau fürchtet sich sogar, in der Dämmerung durch den Salon zu gehen. Wir können aber die Uhr nirgends fortschaffen; sie soll auch sehr wertvoll sein, und meine Frau hat sie jetzt auch selbst liebgewonnen.«

»Warum eigentlich?«

»Sie sinnt gerne ... sie glaubt, im Pendelschlag etwas zu hören ... Sie hört darin immer die Worte: ›Ich – such! – Ich – such!‹ Jawohl! Sie fühlt sich dadurch irgendwie angezogen und hat zugleich unheimliche Angst ... Sie schmiegt sich immer an mich und will, daß ich sie in den Armen halte. Ich glaube sogar, daß sie wieder in Umständen ist.«

»Ja, ja ... das ist ja bei einer verheirateten Frau wohl möglich ... Sogar sehr möglich!« platzte der Pfarrer heraus. Mit diesen Worten lief er davon und kam zu uns, so verschwitzt, wie wenn er tatsächlich aus dem Dampfbad käme. Er erzählte uns alles in einem Zug, ersuchte uns aber, alles geheimzuhalten.

Der Verlauf seiner Unterredung mit dem Obersten gefiel uns übrigens nicht. Wir waren der Ansicht, daß der Oberst der ihm mitgeteilten Entdeckung nicht die gebührende Beachtung geschenkt und sie auf eine ganz unpassende Weise mit seinen eigenen Eheangelegenheiten in Verbindung gebracht habe.

Einer von uns, ein Kleinrusse, fand dafür sofort eine Erklärung.

»Die Mutter des Obersten«, sagte er, »heißt Veronika Stanislawowna.«

Die anderen fragten ihn: »Was wollen Sie damit sagen?«

»Nichts weiter, als daß seine Mutter Veronika Stanislawowna heißt.«

Man deutete es natürlich in dem Sinne, daß die Mutter des Obersten Polin sei und er daher ungern derartige Ansichten über die Polen höre.

Unsere Offiziere beschlossen, den Obersten gänzlich aus dem Spiel zu lassen, und wählten einen Kameraden, der imstande war, jeden beliebigen Menschen tätlich zu beleidigen. Dieser Kamerad nahm Urlaub und begab sich auf die Suche nach Awgust Matwejitsch, um ihn zu zwingen, das Geld anzunehmen; falls er die Annahme verweigern sollte, würde er ihn ins Gesicht schlagen.

Er hätte diesen Beschluß auch sicher ausgeführt, wenn er ihn gefunden hätte. Nach der Fügung des Himmels kam es aber ganz anders.

18.

An einem heißen Tag Ende Mai kam ganz unerwartet Awgust Matwejitsch in eigener Person angefahren. Er lief schnell die Treppe hinauf und rief: »He, Marko!«

Marko, der in seiner Kammer war, wo er wohl vor den Heiligenbildern betete, kam sofort herausgesprungen.

»Awgust Matwejitsch«, ruft er, »nun sind Sie endlich wieder einmal hier!«

Jener aber antwortet: »Ja, mein Lieber, ich bin wieder hier. Und du, Schurke, gießt noch immer deine Kirchenglocken und verbreitest, damit sie besser läuten, unsinnige Gerüchte über anständige Menschen?«

Und mit diesen Worten schlägt er ihn ins Gesicht.

Marko fällt um und schreit: »Was ist denn das? ... Wofür? ...«

Wir alle, die gerade zu Hause waren, sprangen aus unseren Zimmern heraus und wollten schon für Marko eintreten. Was hat er denn für ein Recht, Marko zu schlagen: Marko ist ja so ehrlich!

Awgust Matwejitsch aber sagt: »Ich bitte Sie, einen Augenblick zu warten: Mir folgen auf dem Fuße noch andere Gäste, in deren Gegenwart ich Ihnen seine Ehrlichkeit beweisen werde. Ich bitte Sie nur, ihn nicht anzurühren, damit ich ihn für keinen Augenblick aus den Augen verliere.«

Wir traten etwas zurück, und im nächsten Augenblick kam schon die Polizei. Awgust Matwejitsch wandte sich an die Beamten und sagte: »Wollen Sie ihn verhaften: Ich übergebe Ihnen hiermit einen völlig überführten Dieb, und hier sind die Beweise.«

Und er legte eine Bestätigung vor, aus der hervorging, daß die Glockengießerei von Marko eine Banknote erhalten hatte, deren Nummer mit einer der Banknoten, die Awgust Matwejitsch am Tage vor dem Diebstahl ausgezahlt bekam, übereinstimmte.

Marko fiel auf die Knie und gestand, wie die Sache war. Awgust Matwejitsch hatte gleich nach seiner Ankunft die Banknoten aus der Tasche genommen und unter das Kopfkissen gesteckt. Diesen Umstand hatte er später vergessen und sich eingebildet, das Geld befinde sich noch in seiner Rocktasche. Als Marko ihm das Bett machte, fand er das Geld und eignete es sich an, in der Hoffnung, daß es ihm gelingen würde, jemand anderen in die Sache zu verwickeln, was ihm, wie wir gesehen haben, auch wirklich gelang. Um seine Sünde vor Gott wieder gutzumachen, bestellte er zu der bereits vorher angeschafften Kirchenglocke noch ein ganzes abgestimmtes Glockenspiel, das er mit einer der gestohlenen Banknoten bezahlte.

Die übrigen Banknoten fand man auch sofort im Kasten unter dem Heiligenschreine.

Und nun begannen bei uns die eigenen »Glocken von Corneville« zu läuten. Alle schlugen die Hände über den Köpfen zusammen, weinten dem unglücklichen Sascha noch eine Träne nach und beschlossen zuletzt, die erfreuliche Entdeckung gebührend zu feiern.

Alle waren Awgust Matwejitsch dankbar, und der Kommandeur veranstaltete, um ihm seinen Dank und seine Achtung zu zeigen, einen großen Abend ihm zu Ehren, zu dem er den ganzen Adel einlud. Selbst seine Mutter, die bereits erwähnte Veronika – sie war schon in den Siebzigern – kam zu dieser Festlichkeit gefahren; es stellte sich aber heraus, daß sie gar nicht »Stanislawowna« sondern Veronika »Wassiljewna« hieß; auch stammte sie aus dem geistlichen Stande und war die Tochter eines Protopopen. Der Name »Veronika« kommt aber auch im russischen Kalender vor. Warum man sie für eine »Stanislawowna« gehalten hatte, blieb unaufgeklärt.

Die Kommandeuse zeichnete Awgust Matwejitsch ganz besonders aus: Sie stand auf, ging ihm entgegen und reichte ihm beide Hände. Er bat sie, ihm seine »polnische Manier« zu entschuldigen, und küßte ihr beide Hände. Am nächsten Tage schickte er ihr aber einen Brief in französischer Sprache, in dem er ihr sagte, daß er das Geld gar nicht des Geldes wegen, sondern nur der Ehre wegen gesucht habe … Obwohl es nun gefunden worden sei, wolle er es nicht annehmen, »weil daran Blut klebe«. Und er bat die Frau Oberst, ihm die Gnade zu erweisen und mit diesem Gelde ein armes kleines Waisenmädchen groß zu ziehen, das er ausfindig gemacht habe; es sei just in derselben Nacht zur Welt gekommen, in der Sascha aus dem Leben geschieden. »Vielleicht wohnt in dem Kind seine Seele.«

Die junge Kommandeuse war sehr gerührt und erklärte sich bereit, das Kind anzunehmen. Awgust Matwejitsch überbrachte es ihr persönlich in einem sauberen weißen, mit Tüll und weißen Bändern garnierten Korbe.

»Der schlaue Pole!« Alle beneideten ihn, daß er es in einer so schönen, zarten und einschmeichelnden Form einzurichten verstand. Ja, dieser Mystiker!

Sie soll beim Abschied von ihm geweint haben; wir aber verabschiedeten uns von ihm unter Trinksprüchen und Schmollistrinken im Wäldchen vor der Stadt. Das war ganz zufällig gekommen: Wir zechten gerade draußen, als er vorbeifuhr. Wir entschuldigten uns zuvor, zogen ihn dann vom Wagen, tranken ohne Ende und erzählten ihm ganz aufrichtig, was für eine schlechte Meinung wir von ihm gehabt hatten.

»Erzähle uns nun, wie du das so eingerichtet hast!« drangen wir in ihn.

Er sagte: »Ich habe gar nichts eingerichtet, meine Herren, es ist alles ganz von selbst so gekommen …«

»Mache keine Ausflüchte«, sagten wir ihm, »du bist ja Pole, und wir können dir daraus keinen Vorwurf machen. Wie hast du es aber fertig gebracht, ein Kind zu finden, das just in der Nacht auf die Welt kam, in der Sascha gestorben ist, so daß es das gleiche Alter hat wie das verstorbene Kind der Kommandeuse?«

Der Pole lachte: »Meine Herren, wie habe ich das einrichten können?«

»Das ist es eben! Ihr Polen seid so fein, daß sich der Teufel in euch auskennt!«

»Glauben Sie mir: Ich höre heute zum erstenmal, ich sei so fein, daß ich mich selbst nicht sehe. Lassen Sie mich aber weiterfahren, sonst spannt der Postkutscher, wie es seine Pflicht ist, die Pferde aus.« Wir ließen von ihm ab, halfen ihm in den Wagen und riefen dem Kutscher zu: »Los!«

Er versuchte, sich vor uns möglichst graziös zu verbeugen, die Pferde zogen aber in diesem Augenblick an, und er verbeugte sich höchst zweideutig mit dem Rücken. So endete unsere traurige Geschichte. Sie finden darin keine Ideen, die irgendeine Beachtung verdienten; ich erzählte sie nur, weil sie mir interessant erscheint. Vor Zeiten war es so, daß jede noch so unbedeutende Sache leicht zu etwas Großem und Interessantem anwachsen konnte. Heute ist es aber umgekehrt: Eine Geschichte läßt sich Gott weiß wie groß an; wie sie aber den Leuten in die Hände kommt, wird sie immer kleiner und kleiner, bis von ihr schließlich nichts mehr zurückbleibt ... Gar mancher fängt zu lieben an und gibt es plötzlich auf, weil es ihm zu langweilig wird. Worauf mag das beruhen? Ich glaube, daß es viele Gründe hat. Und ist nicht einer der Hauptgründe unsere Gleichgültigkeit gegen das, was man persönliche Ehre nennt?

Die Lady Macbeth des Mzensker Landkreises

1.

In unserer Gegend kommen manchmal so seltsame Charaktere vor, daß man sich ihrer nicht ohne tiefste Erschütterung erinnern kann, selbst wenn schon viele Jahre nach der letzten Begegnung mit ihnen vergangen sind. Zu solchen Charakteren zählte die Kaufmannsfrau Katerina Lwowna Ismajlowa, die einst im Mittelpunkte eines grauenhaften Dramas gestanden hatte und bei unseren Gutsbesitzern unter dem treffenden Namen »Lady Macbeth des Mzensker Landkreises« bekannt war.

Katerina Lwowna war nicht, was man eine Schönheit nennt, doch von angenehmem Äußeren. Sie war erst vierundzwanzig Jahre alt, nicht sehr groß, doch schlank, hatte einen wie aus Marmor gemeißelten Hals, rundliche Schultern, einen prallen Busen, eine gerade, feine Nase, schwarze lebhafte Augen, eine hohe weiße Stirne und schwarzes, sogar blauschwarzes Haar. Man verheiratete sie mit einem Landsmann, dem Kaufmann Ismajlow aus Tuskarj im Kursker Gouvernement. Sie fühlte zwar keine Neigung zu ihm; Ismajlow hatte aber den Antrag gemacht, und sie durfte als armes Mädchen nicht wählerisch sein. Die Ismajlows waren in unserer Gegend angesehen: sie betrieben einen großen Mehlhandel, hatten auf dem Lande eine große Mühle in Pacht, einen einträglichen Garten vor der Stadt und ein schönes Haus in der Stadt und gehörten zu den wohlhabendsten Kaufleuten. Die Familie war obendrein nicht zu groß und bestand nur aus dem Schwiegervater Boris Timofejitsch Ismajlow, der schon an die achtzig Jahre alt und seit langem verwitwet war, seinem Sohn Sinowij Borissowitsch, Katerinas Mann, der auch nicht mehr jung – über fünfzig – war, und Katerina Lwowna selbst. Nach fünfjähriger Ehe hatte Katerina Lwowna noch immer kein Kind; Sinowij Borissowitsch hatte auch von seiner ersten Frau, mit der er zwanzig Jahre gelebt hatte, bevor er Katerina Lwowna heiratete, keine Kinder. Er hatte gehofft, daß Gott ihm wenigstens in seiner zweiten Ehe Kinder schenken würde, die seine Firma und sein Kapital erben könnten; er hatte aber auch mit Katerina Lwowna kein Glück.

Die Kinderlosigkeit machte Sinowij Borissowitsch großen Kummer, und nicht nur ihm allein, sondern auch dem alten Boris Timofejitsch; auch Katerina Lwowna selbst war darüber sehr traurig. Die tödliche Langeweile in dem verschlossenen Kaufmannshause mit dem hohen Zaun und den bösen Kettenhunden machte die junge Kaufmannsfrau oft erstarren, so daß sie Gott weiß wie froh gewesen wäre, wenn sie ein Kindchen zu pflegen gehabt hätte; dann hatte sie auch die ewigen Vorwürfe satt: »Warum bist du diese Ehe eingegangen, warum hast du dem Menschen sein Schicksal gebunden, du Unfruchtbare?!« Als ob sie tatsächlich ein Verbrechen an ihrem Manne, am Schwiegervater und am ganzen ehrbaren Kaufmannsgeschlecht begangen hätte!

Bei allem Reichtum war das Leben Katerina Lwownas im Hause des Schwiegervaters öde und traurig. Sie kam fast nie aus dem Hause, und selbst wenn sie mit ihrem Manne irgendwo in Kaufmannsfamilien Besuch machte, hatte sie wenig Freude daran. Es waren lauter strenge Leute, die immer beobachteten, wie sie saß, wie sie ging, wie sie stand, Katerina Lwowna hatte aber einen feurigen Charakter und war als Mädchen ein freies Leben gewohnt; einst durfte sie mit den Eimern zum Fluß laufen, im Hemd am Landungssteg baden oder einen vorbeigehenden Burschen über die Gartenpforte mit Schalen von Sonnenblumenkernen überschütten; hier ist aber alles anders. Der Schwiegervater und der Mann stehen in aller Herrgottsfrühe auf, trinken um sechs Uhr Tee und gehen gleich an ihre Geschäfte. Sie aber wandert von Zimmer zu Zimmer. Überall ist es so rein, so still und so leer, vor den Heiligenbildern brennen die Lämpchen, und im ganzen Hause ist kein lebender Ton, keine menschliche Stimme.

Katerina Lwowna irrt eine Zeitlang durch die leeren Zimmer, beginnt vor Langeweile zu gähnen und geht die Stiege in das eheliche Schlafzimmer im Mezzanin hinauf. Sie sitzt da, schaut zum Fenster hinaus, wie man vor den Speichern den Hanf aufhängt oder das Mehl in Säcke füllt; sie muß wieder gähnen und freut sich, daß sie eine oder zwei Stunden schlafen kann. Und wenn sie erwacht, überkommt sie wieder die Langeweile des altrussischen Kaufmannshauses, vor der man sich, wie es heißt, mit Freuden erhängt. Katerina Lwowna fand auch am Lesen keine Freude, und im Hause gab es keine Bücher außer dem Kiewer Heiligenbuch.

So öde war das Leben Katerina Lwownas in dem reichen Hause, in dem sie nun schon fünf Jahre an der Seite eines lieblosen Gatten lebte.

Aber, wie es so immer geht, niemand schenkte ihrer Langeweile auch nur die geringste Beachtung.

2.

Im Frühjahr des sechsten Jahres nach Katerina Lwownas Verheiratung gab es auf der Ismajlowschen Mühle ein Unglück: das Hochwasser hatte den Damm durchbrochen. Die Mühle hatte gerade viel Arbeit, und der Schaden war sehr groß: das Wasser kam unter den Lauftrog des leeren Gerinnes und ließ sich nicht wieder einfangen. Sinowij Borissowitsch trieb die Leute aus der ganzen Umgegend zusammen und überwachte Tag und Nacht die Arbeiten; die Geschäfte in der Stadt versah der Alte, und Katerina Lwowna war tagelang allein zu Hause. Als sie ohne Mann geblieben war, fühlte sie anfangs noch größere Langeweile; dieser Zustand gefiel ihr aber mit der Zeit nicht schlecht; sie konnte freier aufatmen. Sie hatte ihn ja niemals geliebt, nun hatte sie wenigstens einen Aufseher weniger.

Einmal saß sie in ihrem Mezzanin am Fenster, gähnte, dachte an nichts Bestimmtes und schämte sich zuletzt, immer so zu gähnen. Draußen war aber der herrlichste Tag: warm, heiter, lustig, und durch das grüne Holzgitter des Gartens waren flinke Vöglein zu sehen, die von Zweig zu Zweig hüpften.

›Warum gähne ich so?‹ fragte sich Katerina Lwowna. ›Ich will einmal aufstehen und in den Hof oder in den Garten gehen.‹

Sie warf sich einen alten Pelzumhang um und ging hinaus.

Unten auf dem Hofe ist es so hell, die Luft ist so erfrischend, und auf der Galerie bei den Speichern schallt lustiges Gelächter.

»Was freut ihr euch so?« fragte Katerina Lwowna die Angestellten des Schwiegervaters.

»Wir haben eben ein lebendes Schwein gewogen«, antwortete ihr der alte Verwalter.

»Was für ein Schwein?«

»Das Schwein Aksinja, das den Sohn Wassilij geboren und uns zur Taufe nicht eingeladen hat«, berichtete ihr frech und lustig ein Bursche mit kühnem, hübschem Gesicht, pechschwarzen Locken und einem kaum sprossenden Bärtchen.

Aus dem Mehlkübel, der am Waagbalken angehängt war, sah in diesem Augenblick das dicke rotbackige Gesicht der Köchin Aksinja heraus.

»Verdammte Teufel!« fluchte die Köchin, indem sie nach dem eisernen Waagbalken griff und sich Mühe gab, aus dem hin- und herpendelnden Kübel herauszukriechen.

»Acht Pud wiegt sie vor dem Essen, und wenn sie zu Mittag ein Fuder Heu gefressen hat, so langen die Gewichte nicht!« erklärte der gleiche hübsche Bursche. Mit diesen Worten drehte er den Kübel um und warf die Köchin auf die in der Ecke geschichteten Säcke.

Die Köchin fluchte noch immer, eigentlich mehr im Scherz, und zupfte sich das Kleid zurecht.

»Nun, und wieviel wiege ich?« fragte Katerina Lwowna. Sie stieg auf das Brett und hielt sich an den Stricken fest.

»Drei Pud sieben Pfund«, antwortete der hübsche Bursche Ssergej, nachdem er die Gewichte nachgezählt hatte. »Ein Wunder!«

»Was wunderst du dich so?«

»Daß Sie über drei Pud wiegen, Katerina Lwowna. Ich glaube, daß ich Sie den ganzen Tag auf den Armen herumtragen könnte, ohne dabei müde zu werden. Ich würde es sogar für das größte Vergnügen ansehen.«

»Bin ich denn etwa kein Mensch? Würdest wohl müde werden!« erwiderte leicht errötend Katerina Lwowna, die solche Reden nicht mehr gewohnt war und plötzlich das Verlangen fühlte, lustig zu plaudern und zu scherzen.

»Gott behüte! Ich würde Sie bis nach dem glückseligen Arabien tragen«, antwortete Ssergej auf ihre Bemerkung.

»Du redest Unsinn«, sagte der Bauer, der das Getreide aufschüttete. »Was ist unsere Schwere? Ist es denn unser Körper, der was wiegt? Unser Körper, mein Lieber, wiegt nicht, es ist nur unsere Kraft, die uns zur Erde zieht, und nicht der Körper!«

»Als Mädchen hatte ich eine große Kraft«, sagte Katerina Lwowna, die sich wieder nicht beherrschen konnte. »Mancher Mann konnte mich nicht niederringen!«

»Erlauben Sie mal Ihr Händchen, wenn das wahr ist«, bat der hübsche Bursche.

Katerina Lwowna errötete wieder, reichte ihm aber die Hand.

»Laß los, es tut weh!« schrie Katerina Lwowna auf, als Ssergej ihre Hand in der seinigen zusammendrückte. Mit der freien Hand stieß sie ihn vor die Brust.

Der Bursche ließ ihre Hand los und taumelte vor ihrem Stoß einige Schritte zur Seite.

»Und das will ein Frauenzimmer sein!« wunderte sich der Bauer.

»Nein, nicht so! Wollen wir einmal richtig ringen?« sagte Ssergej, seine Locken schüttelnd.

»Nun, versuch's«, antwortete Katerina Lwowna, immer lustiger werdend, und hob die Ellenbogen.

Ssergej umschlang die junge Frau und drückte ihre pralle Brust an sein rotes Hemd. Katerina Lwowna rührte nur die Schultern, Ssergej hatte sie aber schon in die Höhe gehoben, hielt sie eine Weile in den Armen, drückte sie zusammen und setzte sie zuletzt auf einen umgekehrten Scheffel.

Katerina Lwowna hatte nicht einmal Zeit gehabt, ihre Kraft, mit der sie so prahlte, zu zeigen. Über und über rot, zupfte sie den Pelzumhang, der ihr von der Schulter geglitten war, zurecht und ging langsam aus dem Speicher. Ssergej räusperte sich aber und rief:

»He, ihr Esel! Schüttet das Getreide auf, schont die Arme nicht! Wenn was übrig bleibt, so ist's unser Verdienst!«

Er tat so, als hätte auf ihn der Ringkampf mit Katerina Lwowna nicht den geringsten Eindruck gemacht.

»Dieser Ssergej ist ein verdammter Mädchenjäger!« berichtete die Köchin Aksinja, ihrer Herrin nachgehend. »Alles an ihm ist gleich schön: der Wuchs, das Gesicht, die Gestalt. Er kann jedes Frauenzimmer betören und zur Sünde verführen. Dabei ist er ein untreuer, gemeiner Kerl!«

»Sag einmal, Aksinja«, sagte die junge Frau, vor der Köchin hergehend, »lebt dein Kind noch?«

»Es lebt, Mütterchen, es lebt, was soll ihm geschehen? Wenn man ein Kind nicht braucht, so ist es immer zählebig.«

»Wo hast du nur das Kind her?«

»Ach, man kriegt es leicht, wenn man unter Menschen lebt.«

»Ist dieser Bursche schon lange bei uns?«

»Welcher? Meinen Sie Ssergej?«

»Ja.«

»An die vier Wochen. Vorher war er bei den Kontschonows in Stellung, wurde aber hinausgejagt.« Aksinja fuhr mit gedämpfter Stimme fort: »Man sagt, er hätte dort mit der Hausfrau selbst angebandelt, darum hat ihn auch der Herr hinausgejagt ... Er ist so furchtbar frech, der Verruchte!«

3.

Eine warme milchweiße Dämmerung schwebte über der Stadt. Sinowij Borissowitsch war noch immer nicht von der Mühle heimgekehrt. Auch der Schwiegervater Boris Timofejewitsch war nicht zu Hause: er war zu einem alten Freund zum Namenstag gefahren und hatte angesagt, daß man ihn zum Abendessen nicht erwarten solle. Katerina Lwowna aß früh zu Abend, stand dann wieder am Fenster ihres Schlafzimmers, lehnte sich mit der Wange an den Pfosten und knackte Sonnenblumenkerne. Die Leute hatten eben in der Küche genachtmahlt und begaben sich zur Ruhe: der eine in die Tenne, der andere in den Speicher, der dritte auf den duftenden Heuboden. Als letzter kam aus der Küche Ssergej. Er schlenderte durch den Hof, ließ die Kettenhunde los, pfiff ein Liedchen, ging am Fenster Katerina Lwownas vorbei, blickte zu ihr hinauf und verneigte sich vor ihr.

»Guten Abend«, sagte Katerina Lwowna leise von ihrem Fenster herab, und auf dem Hofe wurde es plötzlich so still wie in einer Wüste.

»Gnädige Frau!« tönte es zwei Minuten später vor der versperrten Türe des Schlafzimmers.

»Wer ist da?« fragte Katerina Lwowna erschrocken.

»Erschrecken Sie nicht: ich bin es, Ssergej.«

»Was willst du, Ssergej?«

»Ich habe eine Bitte an Sie, Katerina Lwowna. Gestatten Sie mir, daß ich für einen Augenblick eintrete.«

Katerina Lwowna sperrte die Türe auf und ließ ihn ein.

»Was willst du?« fragte sie, wieder ans Fenster tretend.

»Ich möchte Sie fragen, Katerina Lwowna, ob Sie mir nicht irgendein Büchlein zum Lesen geben können. Ich vergehe vor Langeweile.«

»Ich habe gar keine Bücher, Ssergej, ich lese niemals«, antwortete Katerina Lwowna.

»So furchtbar langweilig ist es hier«, klagte Ssergej.

»Was weißt du von Langeweile?«

»Erlauben Sie einmal! Wie soll ich mich nicht langweilen? Ich bin ja ein junger Mensch, wir leben hier wie in einem Kloster, und ich habe vor mir keine andere Aussicht, als hier in der Einsamkeit zugrunde zu gehen. Zuweilen verzweifle ich an meinem Leben.«

»Warum heiratest du nicht?«

»Ja, heiraten, das ist leicht gesagt! Wen soll ich hier heiraten? Ich bin ja ein unbedeutender Mensch; ein Mädchen aus dem Kaufmannsstande wird mich nicht nehmen, und die von unserem armen Stande sind viel zu ungebildet, das wissen Sie doch selbst. Kann denn so ein Mädchen die Liebe richtig verstehen? Aber auch die Reichen verstehen sie nicht viel besser. Für jeden andern Menschen wären Sie wohl der Trost seines Lebens, Ihr Gemahl hält Sie aber wie einen Kanarienvogel im Bauer.«

»Ja, ich langweile mich«, sagte Katerina Lwowna unwillkürlich.

»Wie soll man sich auch nicht langweilen bei solch einem Leben, gnädige Frau! Selbst wenn Sie einen Geliebten hätten, wie die andern Frauen, so hätten Sie gar keine Möglichkeit, mit ihm zusammenzukommen.«

»Nein, du redest Unsinn. Ich glaube aber, daß es mir lustiger zumute wäre, wenn ich ein Kindchen hätte.«

»Erlauben Sie die Bemerkung, gnädige Frau: ein Kind kann man auch nicht so von heute auf morgen bekommen. Ich habe ja genug in den Kaufmannsfamilien gelebt und kenne mich in diesen Dingen gut aus. In einem Liede heißt es: ›Wenn du keinen Liebsten hast, stirbt das Herz vor Schmerzenslast.‹ Diesen Schmerz empfinde ich so stark, Katerina Lwowna, daß ich mir das Herz aus der Brust schneiden und es Ihnen vor die Füßchen werfen könnte. Und es würde mir dann viel leichter zumute werden ...«

Seine Stimme zitterte.

»Was erzählst du mir von deinem Herzen? Ich brauche es nicht. Geh ...«

»Nein, erlauben Sie, gnädige Frau«, sagte Ssergej, am ganzen Leibe zitternd und einen Schritt näher kommend. »Ich weiß, ich sehe und begreife, daß auch Sie es nicht leichter haben als ich. Alles hängt jetzt aber nur von Ihnen ab, alles ruht in Ihrer Hand!« Die letzten Worte hauchte er nur.

»Was willst du? Was willst du? Was bist du zu mir gekommen? Ich werde mich aus dem Fenster stürzen«, sagte Katerina Lwowna, von einer namenlosen Angst erfaßt, und griff mit den Händen nach dem Fensterbrett.

»Du Unvergleichliche, du mein Leben! Was sollst du dich aus dem Fenster stürzen?« flüsterte Ssergej frech. Er riß die junge Frau vom Fenster los und umschlang sie mit seinen Armen.

»Laß los! Laß los!« stöhnte Katerina Lwowna leise, unter Ssergejs heißen Küssen ermattend und sich unwillkürlich an seine mächtige Brust schmiegend.

Ssergej nahm sie wie ein kleines Kind auf die Arme und trug sie in eine dunkle Ecke.

Im Zimmer trat nun eine Stille ein, die nur durch das gleichmäßige Ticken der Taschenuhr Sinowij Borissowitschs unterbrochen wurde, die über dem Bette Katerina Lwownas hing. Dieses Ticken störte aber niemand.

»Geh«, sagte Lwowna nach einer halben Stunde, ohne Ssergej anzublicken, ihr zerzaustes Haar vor dem kleinen Spiegel richtend.

»Was soll ich jetzt von hier fortgehen?« fragte Ssergej mit seliger Stimme.

»Der Schwiegervater wird die Türe zusperren.«

»Ach, meine liebe Seele! Hast du denn nur solche Männer gekannt, die eine Türe brauchen, um zur Geliebten zu gelangen? Wenn ich zu dir oder von dir will, so finde ich überall eine Tür«, antwortete der Bursche, auf die Balken, die die Galerie stützten, zeigend.

4.

Sinowij Borissowitsch blieb noch eine Woche auf der Mühle, und seine Frau ergötzte sich diese ganze Zeit allnächtlich bis an den lichten Tag mit Ssergej.

In diesen Nächten wurde im Schlafzimmer Sinowij Borissowitschs gar viel Wein aus dem Keller des Schwiegervaters ausgetrunken, viel Süßes gegessen, viel geküßt und viel mit den schwarzen Locken auf den weichen Kopfkissen gespielt. Die Landstraße ist aber nicht immer so eben wie eine Tischdecke, es gibt auch Löcher und Buckel.

Boris Timofejitsch konnte keinen Schlaf finden. Der Alte irrte in seinem bunten Kattunhemd durch das stille Haus, trat bald an das eine, bald an das andere Fenster und sah plötzlich das rote Hemd Ssergejs langsam den Balken unter dem Fenster der Schwiegertochter hinuntergleiten. Eine schöne Bescherung! Boris Timofejitsch ging in den Hof und packte den Burschen bei den Beinen. Dieser holte zuerst zu einem Schlage aus, überlegte sich aber, daß es zu viel Lärm geben würde.

»Sag einmal«, fragte Boris Timofejitsch, »wo warst du eben, du Dieb?«

»Wo ich war, da bin ich nicht mehr, Boris Timofejitsch«, antwortete Ssergej.

»Hast du bei der Schwiegertochter übernachtet?«

»Das ist meine Sache, Herr, wo ich übernachtet habe. Höre aber auf meine Worte, Boris Timofejitsch: was gewesen ist, läßt sich nicht mehr ändern. Tu wenigstens deinem Kaufmannshause keine Schande an. Sag mir, was willst du jetzt von mir? Was für eine Genugtuung soll ich dir geben?«

»Du sollst, Verruchter, fünfhundert Peitschenschläge bekommen«, antwortete Boris Timofejitsch.

»Die Schuld ist mein, der Wille ist dein«, sagte der Bursche. »Sag, wohin ich dir folgen soll, trinke mein Blut.«

Boris Timofejitsch führte Ssergej in seine gemauerte Vorratskammer und schlug ihn so lange mit der Peitsche, bis sein Arm erlahmte. Ssergej gab keinen Ton von sich, zerkaute aber die Hälfte seines Hemdärmels mit den Zähnen.

Boris Timofejitsch ließ Ssergej in der Kammer liegen, bis sein blutiggeschlagener Rücken verheilen würde, stellte ihm einen irdenen Krug mit Wasser hin, versperrte die Kammer mit einem großen Schloß und schickte nach dem Sohn.

Auch heute noch legt man hundert Werst auf einer russischen Landstraße nicht an einem Tag zurück, Katerina Lwowna kann aber ohne ihren Ssergej auch nicht eine Stunde aushalten. Ihre ganze zügellose Natur kam zum Durchbruch, und sie wurde sehr kühn und entschlossen. Sie erfuhr, wo Ssergej eingesperrt war, sprach mit ihm durch die Eisentür einige Worte und machte sich auf die Suche nach den Schlüsseln. »Väterchen, laß doch den Ssergej heraus!« wandte sie sich an den Schwiegervater.

Der Alte wurde ganz grün vor Wut. Von seiner sündigen, bisher aber noch immer gehorsamen Schwiegertochter hatte er eine solche Frechheit nicht erwartet.

»Was fällt dir ein?« Und er fiel über Katerina Lwowna mit Schimpfworten her.

»Laß ihn heraus«, bestürmte sie ihn, »ich schwöre dir bei meinem Gewissen, daß es zwischen uns nichts Schlimmes gegeben hat.«

»So, es hat nichts Schlimmes gegeben!« sagt er und knirscht mit den Zähnen. »Was habt ihr dann in den Nächten getrieben? Die Kissen deines Mannes durchgeklopft?«

Sie aber hört gar nicht auf: »Laß ihn heraus!«

»Wenn die Dinge so stehen«, sagt Boris Timofejitsch, »so will ich dir folgendes sagen: wenn dein Mann zurückkommt, werden wir dich, du treulose Frau, im Pferdestalle mit eigenen Händen durchpeitschen. Ihn aber, den Schurken, werde ich gleich morgen ins Zuchthaus schicken.«

So hatte Boris Timofejitsch beschlossen; sein Beschluß wurde aber nicht zur Tat.

5.

Boris Timofejitsch aß an diesem Abend einen Brei mit Pilzen und fühlte gleich darauf ein Brennen im Schlund; es zwickte ihn im Magen, er bekam Erbrechen und starb gegen Morgen auf die gleiche Weise, wie die Ratten in seinem Speicher. Für die Ratten aber pflegte Katerina Lwowna mit eigenen Händen eine Speise mit einem gefährlichen weißen Pulver, das sie in Verwahrung hatte, anzurichten.

Katerina Lwowna ließ ihren Ssergej sofort aus der gemauerten Kammer heraus und legte ihn, ganz ohne Scheu vor den Leuten, auf das Bett ihres Mannes, damit er sich nach den Schlägen des Schwiegervaters erhole; dem Schwiegervater Boris Timofejitsch gab sie aber ein christliches Begräbnis. Seltsamerweise machte sich niemand über den Tod des Alten irgendwelche Gedanken. Boris Timofejitsch war eben gestorben, wie viele nach dem Genuß von Pilzen starben. Man beerdigte ihn in aller Eile, ohne selbst die Rückkehr des Sohnes abzuwarten, denn die Tage waren heiß; der nach Sinowij Borissowitsch geschickte Bote hatte ihn auf der Mühle nicht angetroffen. Sinowij

Borissowitsch hatte gerade die Gelegenheit, einen Wald, der hundert Werst weiter lag, billig zu kaufen; er war hingefahren, um sich den Wald anzusehen, und hatte niemandem angesagt, wo dieser Wald liege.

Nachdem Katerina Lwowna dieses erledigt hatte, geriet sie ganz außer Rand und Band. Sie war ja auch sonst keine schüchterne Frau; jetzt konnte man aber unmöglich erraten, was sie noch alles vorhatte. Sie geht stolz einher, kommandiert das ganze Haus und läßt Ssergej nicht von ihrer Seite. Das kam dem Hausgesinde anfangs etwas merkwürdig vor, Katerina Lwowna verstand aber, die Leute so reich zu beschenken, daß ihnen das Staunen verging. Sie sagten sich nur: Die Frau hat wohl mit dem Ssergej angebandelt. Das ist ihre Sache, und nur sie allein wird sich dafür zu verantworten haben.

Ssergej genas indessen von seinen Wunden, ging wieder aufrecht einher, tänzelte stolz wie ein Falke um Katerina Lwowna, und die beiden hatten wieder das allerschönste Leben. Die Zeit rollte aber nicht nur für sie beide dahin: der beleidigte Gatte Sinowij Borissowitsch eilte nach langer Abwesenheit nach Hause.

6.

Es war ein glühheißer Nachmittag, und die Fliegen ließen keine Ruhe. Katerina Lwowna schloß die Fenster des Schlafzimmers, verhängte es von innen mit einem wollenen Tuche und legte sich mit Ssergej auf das hochgetürmte Bett, um nach dem Essen auszuruhen. Katerina Lwowna weiß nicht, ob sie schläft oder wacht, es ist aber so furchtbar heiß, der Schweiß läuft ihr von der Stirn, und sie kann vor Hitze kaum atmen. Katerina Lwowna fühlt, daß es nun Zeit ist, aufzuwachen; daß es Zeit ist, in den Garten zu gehen, um Tee zu trinken; sie kann aber unmöglich aufstehen. Endlich kommt die Köchin vor die Schlafzimmertüre und klopft: »Der Samowar unter dem Apfelbaume wird kalt.« Katerina Lwowna erwacht und beginnt den Kater zu tätscheln. Zwischen ihr und Ssergej wälzt sich auf dem Bette ein prächtiger, grauer Kater; er ist groß und wohlgenährt und hat einen so mächtigen Schnurrbart wie ein Amtmann. Katerina Lwowna streichelt ihm das weiche Fell, und er schnuppert immer mit seiner stumpfen Schnauze an ihrem prallen Busen und schnurrt ein leises Lied, wie wenn er von der Liebe sprechen wollte. »Wie kommt nur der Kater her?« fragt sich

Katerina Lwowna. »Ich habe hier auf dem Fenster Sahne stehen, er wird sie sicher fressen. Ich muß ihn hinauswerfen!« sagt sie sich und greift nach dem Kater. Er ist aber unter ihren Fingern wie ein Nebel verschwunden. »Wie kommt nur der Kater zu uns her?« denkt sich Katerina Lwowna im Halbschlummer. »In unserm Schlafzimmer hat es doch niemals einen Kater gegeben, und auf einmal ist so ein Vieh da!« Sie will wieder nach dem Kater greifen, und er ist schon wieder weg. »Was ist denn das? Ist es denn nur ein Kater?« fragt sich Katerina Lwowna wieder. Sie bekommt Angst, und ihre ganze Schläfrigkeit ist auf einmal wie weggeblasen. Sie sieht sich um – es ist gar kein Kater in der Stube, an ihrer Seite liegt nur der hübsche Ssergej und drückt mit seiner starken Hand ihre Brust gegen sein glühendes Gesicht.

Katerina Lwowna stand auf, setzte sich auf das Bett und begann ihren Ssergej zu küssen und zu liebkosen. Dann richtete sie die zerwühlten Kissen und ging in den Garten, um Tee zu trinken. Die Sonne stand aber schon tief am Himmel, und auf die warme Erde senkte sich ein märchenhaft schöner Abend.

»Ich habe zu lange geschlafen«, sagte Katerina Lwowna zu Aksinja und setzte sich auf den Teppich unter den blühenden Apfelbaum. »Aksinja, was mag das bedeuten?« fragte sie die Köchin, die Tassen mit dem Handtuch abwischend.

»Was denn, Mütterchen?«

»Es war kein Traum, ich sah es im Wachen, wie sich an mich irgendein Kater schmiegte.«

»Was redest du?«

»Es war wirklich ein Kater.«

Und Katerina Lwowna erzählte ihr, was sie eben erlebt hatte.

»Was brauchtest du ihn zu streicheln?«

»Das weiß ich selbst nicht, warum ich ihn gestreichelt habe.«

»Es ist doch seltsam!« rief die Köchin aus.

»Es kommt auch mir seltsam vor.«

»Das bedeutet sicher, daß dir etwas zustößt.«

»Was soll mir zustoßen?«

»*Was* dir zustoßen wird, kann dir, meine Liebe, niemand erklären. Es wird dir aber sicher etwas zustoßen.«

»Ich habe den Mond im Traume gesehen, und dann kam dieser Kater«, fuhr Katerina Lwowna fort.

»Der Mond bedeutet ein Kind.«

Katerina Lwowna errötete.

»Soll ich dir nicht den Ssergej herschicken?« fragte Aksinja mit der Vertraulichkeit einer Freundin.

»Meinetwegen«, antwortete Katerina Lwowna. »Schick ihn mir wirklich her: ich will mit ihm Tee trinken.«

»Darum frage ich auch, ob ich ihn herschicken soll«, sagte Aksinja und wackelte wie eine Ente zum Gartentor.

Katerina Lwowna erzählte auch Ssergej das von dem Kater.

»Es ist nichts als Einbildung«, antwortete Ssergej.

»Warum habe ich aber früher diese Einbildung niemals gehabt, Sserjoscha?«

»Ja, früher war manches anders! Früher verschmachtete mir das Herz, wenn ich dich auch nur mit einem Auge ansah, und heute habe ich deinen ganzen weißen Leib in meiner Gewalt.«

Ssergej nahm Katerina Lwowna auf die Arme, drehte sie einmal in der Luft um und warf sie auf den weichen Teppich.

»Ach, es schwindelt mir!« sagte Katerina Lwowna.

»Sserjoscha, komm einmal her, setz dich zu mir«, rief sie, sich wollüstig streckend.

Ssergej beugte sich, trat unter die tief herabhängenden, mit weißen Blüten beladenen Äste des Apfelbaumes und setzte sich auf den Teppich Katerina Lwowna zu Füßen.

»Hast du wirklich nach mir geschmachtet, Sserjoscha?«

»Gewiß, ich habe wohl geschmachtet.«

»Wie hast du geschmachtet? Erzähl es mir!«

»Kann man es denn erklären, wie man schmachtet? Ich habe mich halt nach dir gesehnt.«

»Warum habe ich nicht gefühlt, daß du dich nach mir sehntest, Sserjoscha? Es heißt ja, daß man so was immer fühlt.«

Ssergej gab keine Antwort.

»Warum hast du immer gesungen, wenn du dich wirklich nach mir gesehnt hast? Ich hab ja gehört, wie du auf der Galerie deine Lieder sangst«, fragte Katerina Lwowna unter Küssen und Liebkosungen.

»Was folgt daraus, daß ich gesungen habe? Auch die Mücke singt ihr Leben lang, doch nicht vor Freude«, antwortete Ssergej trocken.

Es entstand eine Pause. Ssergejs Geständnis erfüllte Katerina Lwowna mit höchster Freude.

Sie wollte noch mehr darüber sprechen, aber Ssergej runzelte die Stirne und schwieg.

»Schau nur, Sserjoscha, was das für ein Paradies ist!« rief Katerina Lwowna aus, durch die dichten Zweige des blühenden Apfelbaumes in den heiteren blauen Himmel mit dem Vollmond blickend.

Das Mondlicht drang durch die Blüten und Blätter des Apfelbaumes und überschüttete die Figur und das Gesicht der auf dem Rücken liegenden Katerina Lwowna mit zauberhaften Lichtflecken. Ein leiser warmer Windhauch bewegte kaum die schlafenden Blätter und brachte den feinen Duft der blühenden Gräser und Bäume. Die Luft flößte eine süße Mattigkeit, Wollust und dunkles Sehnen ein.

Ssergej sagte noch immer nichts, und Katerina Lwowna hielt wieder inne und blickte durch die blaßrosa Apfelblüten zum Himmel empor. Auch Ssergej schwieg; der Himmel schien ihn aber nicht zu interessieren. Er saß, seine Knie mit beiden Armen umschlingend, und betrachtete aufmerksam seine Stiefel.

Eine goldene Nacht! Stille, Licht, Duft und belebende Wärme. In der Ferne hinter dem Garten stimmte jemand ein wohlklingendes Lied an. In den dichten Faulbeersträuchern am Zaun begann eine Nachtigall zu schlagen; im Bauer an der hohen Stange zwitscherte eine verschlafene Wachtel. Man hörte das wohlgenährte Pferd im Stalle atmen und sah eine lustige Hundeschar über die Wiese hinter dem Gartenzaune lautlos rennen und in dem formlosen schwarzen Schatten der zerfallenen alten Salzspeicher verschwinden.

Katerina Lwowna stützte sich auf einen Ellenbogen und blickte auf das hohe Gras, das im Mondlichte schimmerte. Es sah wie vergoldet aus, seltsame Mondflecken huschten wie leuchtende Falter durch die Halme, und das Gras unter den Bäumen schien, in das Netz der Mondlichtstrahlen verfangen, hin und her zu schwanken.

»Ach, Sserjoscha, schau nur, wie schön es ist!« rief Katerina Lwowna aus.

Ssergej sah sich gleichgültig um.

»Was bist du heute so freudlos, Sserjoscha? Bist du vielleicht meiner Liebe schon überdrüssig?«

»Sprich nicht solchen Unsinn!« antwortete Ssergej trocken. Er beugte sich träge zu ihr und küßte sie.

»Du bist treulos, Sserjoscha«, sagte Katerina Lwowna, »du bist gar zu unbeständig.«

»Ich kann diese Worte gar nicht auf mich beziehen«, antwortete Ssergej ruhig.

»Warum küßt du mich dann so lässig?«

Ssergej gab keine Antwort.

»Nur die Ehemänner küssen ihre Frauen so«, fuhr Katerina Lwowna fort, mit seinen Locken spielend, »wie wenn sie die Lippen nur abstauben wollten. Küsse mich, daß die jungen Blüten vom Apfelbaume, unter dem wir sitzen, herabfallen!«

»Siehst du, so!« flüsterte Katerina Lwowna, ihren Geliebten umschlingend und mit leidenschaftlichen Küssen überschüttend.

»Hör einmal, Sserjoscha«, fuhr Katerina Lwowna nach einer Weile fort, »warum sagen die Leute, daß du treulos bist?«

»Wer wird mich so verleumden?«

»Alle sagen es.«

»Es mag ja sein, daß ich gegen solche treulos war, die meine Liebe gar nicht verdienten.«

»Warum hast du dich denn mit solchen eingelassen? Eine, die es nicht verdient, soll man gar nicht lieben.«

»Ja, das ist leicht gesagt! Überlegt man sich denn so eine Sache zuvor? In solchen Dingen wirkt die Versuchung allein. Kaum hat unsereiner so ganz ohne jede Absicht sein Gebot übertreten, als sie sich ihm gleich an den Hals hängt. Das ist die ganze Liebe!«

»Hör einmal, Sserjoscha! Wie die andern waren, weiß ich nicht und will es auch gar nicht wissen. Zu unserer Liebe hast du mich aber selbst verführt, du weißt, daß deine Verführungskünste ebenso stark waren wie mein eigener Wille. Darum muß ich es dir sagen: und wenn du mir auch einmal untreu wirst, und wenn du mir eine andere vorziehst, so werde ich, nimm es mir nicht übel, solange ich lebe, nicht von dir lassen!«

Ssergej fuhr zusammen.

»Katerina Lwowna, du Licht meiner Seele!« sagte er. »Betrachte einmal selbst, wie unsere Sache steht. Du siehst nur, daß ich heute nachdenklich bin; du fragst dich gar nicht, warum ich es bin. Vielleicht ertrinkt jetzt mein Herz in geronnenem Blut.«

»Sserjoscha, erzähle alles, was dich so bedrückt.«

»Was soll ich viel erzählen! Da wird bald mit Gottes Hilfe dein Mann gefahren kommen, und es wird gleich heißen: Ssergej Philippowitsch, geh jetzt auf den Hinterhof zu den Spielleuten und sieh hinter der Scheune zu, wie im Schlafzimmer Katerina Lwownas ein Lichtlein brennt, wie sie ihr Bett aufrüttelt und sich mit ihrem ehelichen Gemahl Sinowij Borissowitsch zur Ruhe begibt.«

»Das wird niemals sein!« rief Katerina Lwowna voll ausgelassener Freude und winkte mit der Hand.

»Warum sollte das nicht sein? Ich glaube, daß es unbedingt so sein wird. Aber auch ich habe ein Herz, Katerina Lwowna, das jede Pein empfindet.«

»Genug davon!«

Ssergejs Eifersucht machte Katerina Lwowna großes Vergnügen. Sie lachte auf und begann ihn wieder zu küssen.

»Und dann muß ich noch dieses sagen«, fuhr Ssergej fort, seinen Kopf behutsam aus den nackten Armen Katerina Lwownas befreiend: »Und dann muß ich noch dieses sagen: mein niederer Stand zwingt mich, mir die Sache doppelt und zehnfach zu überlegen. Wäre ich Ihnen gleich, wäre ich ein vornehmer Herr oder Kaufmann, so würde ich mich von Ihnen, Katerina Lwowna, niemals trennen. Wie stehe ich aber vor Ihnen da? Wenn ich sehe, wie man Sie bei Ihren weißen Händchen nimmt und ins Schlafzimmer führt, wenn mein Herz das alles über sich ergehen lassen muß, so werde ich mir selbst vielleicht mein ganzes Leben lang ein Ekel sein. Katerina Lwowna! Ich bin nicht wie die andern, die bei der Frau nur Vergnügen suchen. Ich weiß, was die Liebe ist, und fühle, wie sie als schwarze Schlange an meinem Herzen saugt ...«

»Was redest du heute in einem fort?« unterbrach ihn Katerina Lwowna.

Sie hatte mit Ssergej Mitleid.

»Katerina Lwowna! Wie sollte ich davon nicht reden? Wenn es vielleicht schon bestimmt und beschlossen ist, daß Ssergej nicht etwa in der Zukunft, sondern schon morgen dieses Haus räumen muß ...«

»Nein, nein, sprich nicht davon, Sserjoscha! Es ist unmöglich, daß ich ohne dich bleibe«, suchte ihn Katerina Lwowna zu beruhigen. »Wenn es einmal so weit ist, so muß entweder er oder ich aus dem Leben scheiden. Du aber bleibst in jedem Falle bei mir.«

»Das kann unmöglich sein, Katerina Lwowna«, sagte Ssergej, mit traurigem Kopfschütteln. »Diese Liebe macht mich nicht froh. Wenn ich jemanden liebte, der mir gleich wäre, so wäre ich zufrieden. Wie kann ich aber daran auch nur denken, daß Sie immer mit mir bleiben?

Ist es denn eine Ehre für Sie, meine Geliebte zu sein? Ich wollte, ich könnte vor dem heiligen Altar des ewigen Gottes Ihr Gatte werden; ich würde mich dann zwar immer für geringer halten als Sie, wäre aber froh, den Leuten zu zeigen, was für Ehren ich bei meiner Frau dank meiner Liebe genieße ...«

Katerina Lwowna war von diesen Worten Ssergejs, von seiner Eifersucht und seinem Wunsche, sie zu heiraten, wie berauscht: solch ein Wunsch ist der Frau stets angenehm, selbst wenn sie vor der Verheiratung ein noch so kurzes Verhältnis mit dem Manne gehabt hat. Katerina Lwowna war jetzt bereit, für Ssergej ins Feuer und Wasser zu gehen, Kerker und Kreuz zu erdulden. Er hatte sie so verliebt gemacht, daß ihre Ergebenheit ganz grenzenlos war. Sie war vor Glück wie wahnsinnig; ihr Blut siedete, und sie konnte nichts mehr hören. Sie drückte ihm den Mund mit der Hand zu, schmiegte seinen Kopf an ihre Brust und sagte:

»Ich weiß schon, wie ich es einrichte, daß du ein Kaufmann wirst und ich mit dir in richtiger Ehe zusammenleben kann. Mache mir aber jetzt keinen Kummer, solange wir noch nicht so weit sind.«

Und sie überschüttete ihn wieder mit ihren Küssen.

Der alte Verwalter, der in der Scheune schlief, hörte in der Stille der Nacht bald ein Flüstern und Kichern, als ob ausgelassene Kinder sich berieten, wie sie den Alten einen Streich spielen könnten; bald ein helles lustiges Lachen, wie wenn die Nixen im See jemand kitzelten. Katerina Lwowna wälzte sich, vom Mondlichte übergossen, auf dem weichen Teppich und spielte mit dem jungen Burschen. Die weißen Blüten des Apfelbaums regneten auf sie herab und hörten schließlich zu regnen auf. Die kurze Sommernacht ging aber zu Ende, der Mond zog sich hinter den steilen Giebel des hohen Speichers zurück und blickte auf die Erde immer trüber herab; vom Küchendache herab erklang ein durchdringendes Katzenduett; dann hörte man ein böses Fauchen, und gleich darauf rollten zwei oder drei Katzen vom Dach herab.

»Komm schlafen«, sagte Katerina Lwowna, langsam, wie zerschlagen, stand vom Teppich auf und ging im bloßen Hemd und Unterrock, so wie sie war, durch den stillen, wie ausgestorbenen Hof. Ssergej trug ihr aber den Teppich und die Jacke nach, die sie im mutwilligen Spiel von sich geworfen hatte.

7.

Kaum hatte Katerina Lwowna die Kerze ausgeblasen und sich auf dem weichen Pfühle ausgestreckt, als sie auch sofort einschlief. Nach den ausgelassenen Spielen dieser Nacht schläft sie so fest, daß auch Arme und Beine wie erstarrt sind; und sie hört durch den Schlaf, wie die Türe aufgeht und der gestrige Kater als ein schweres Knäuel aufs Bett springt.

»Was ist das für eine Plage mit diesem Kater?« fragt sich die todmüde Katerina Lwowna. »Ich habe ja die Türe mit eigenen Händen zugesperrt und auch das Fenster geschlossen, und er ist schon wieder da. Gleich werde ich ihn hinauswerfen!« Katerina Lwowna wollte schon aufstehen, aber die schlafenden Arme und Beine gehorchten ihr nicht. Der Kater stieg aber auf ihrem Körper umher und schnurrte so seltsam, wie wenn er Menschenworte spräche. Katerina Lwowna überlief es kalt.

»Morgen muß ich ganz bestimmt Weihwasser mit ins Bett nehmen«, sagt sie sich, »anders kann ich diesen seltsamen Kater gar nicht los werden!«

Der Kater aber schnurrt ihr dicht vor dem Ohr und spricht: »Bin ich denn ein Kater? Du urteilst nicht klug, Katerina Lwowna, wenn du mich für einen Kater hältst. Ich bin ja der ehrengeachtete Kaufmann Boris Timofejitsch. Ich sehe jetzt bloß darum so schlecht aus, weil mir nach dem Imbiß, den mir meine liebe Schwiegertochter vorgesetzt hat, alle Gedärme gesprungen sind. Darum erscheine ich auch denen, die von der Sache wenig verstehen, als ein Kater. Wie geht es dir nun jetzt, Katerina Lwowna? Wie beobachtest du Gottes Gebot? Ich bin vom Friedhofe hergekommen, um zu sehen, wie du mit Ssergej Philippowitsch das Bett deines Mannes wärmst. Schnurr – Murr, ich sehe ja nichts. Fürchte mich nicht: nach deinem Imbiß sind mir, wie du siehst, auch die Augen ausgelaufen. Schau mir doch in die Augen, meine Liebe, fürchte dich nicht!«

Katerina Lwowna sah hin und schrie vor Entsetzen auf. Zwischen ihr und Ssergej liegt wieder der Kater. Er hat den Kopf des Boris Timofejitsch in der gleichen Größe, wie ihn der Verstorbene bei Lebzeiten gehabt hat, und statt der Augen Feuerkreise, die sich nach verschiedenen Richtungen drehen.

Ssergej erwachte, beruhigte Katerina Lwowna und schlief wieder ein. Sie konnte aber nicht mehr einschlafen, und das war gut.

Sie liegt mit offenen Augen da, und plötzlich kommt es ihr vor, als ob jemand über das Tor in den Hof gestiegen wäre. Sie hört, wie die Hunde aufspringen, sich aber gleich wieder beruhigen, wie wenn sie jemand streichelte. Es vergeht eine Minute, und sie hört, wie der Riegel unten zurückgeschoben wird und wie die Haustür aufgeht. »Entweder kommt mir das alles nur so vor, oder mein Sinowij Borissowitsch ist eben zurückgekehrt und hat die Türe mit seinem Schlüssel aufgemacht«, dachte sich Katerina Lwowna und stieß Ssergej in die Seite.

»Sserjoscha, hör einmal«, sagte sie, sich auf einen Ellenbogen aufrichtend und die Ohren spitzend.

Jemand stieg tatsächlich die Treppe hinauf und näherte sich langsam mit leisen Schritten der versperrten Schlafzimmertür.

Katerina Lwowna sprang schnell im bloßen Hemd aus dem Bett und machte das Fenster auf. Ssergej stürzte im gleichen Augenblick auf die Galerie und umschlang mit den Beinen den Balken, an dem er schon mehr als einmal aus dem Schlafzimmer der Hausfrau hinuntergeglitten war.

»Nein, du sollst nicht fort! Leg dich hier nieder … Bleib in meiner Nähe«, flüsterte Katerina Lwowna und warf ihm durch das Fenster seine Kleider und Schuhe zu. Sie selbst schlüpfte aber wieder unter die Bettdecke und wartete.

Ssergej hörte auf Katerina Lwowna; er glitt den Balken nicht hinunter, sondern kauerte sich auf der Galerie unter dem Dachvorsprung nieder.

Katerina Lwowna hört indessen, wie ihr Mann dicht vor die Türe kommt und mit verhaltenem Atem lauscht. Sie hört sogar sein Herz vor Eifersucht klopfen; sie fühlt aber kein Mitleid, sondern nur ein böses Lachen in sich aufsteigen.

»Ja, suche nur den gestrigen Tag!« denkt sie sich und lächelt so unschuldig wie ein neugeborenes Kind.

Das dauerte an die zehn Minuten. Schließlich wurde es Sinowij Borissowitsch zu dumm, draußen zu stehen und zu lauschen, wie seine Frau schläft. Er klopfte an.

»Wer ist da?« rief Katerina Lwowna nach einer Weile mit verschlafener Stimme.

»Einer von der Familie«, antwortete Sinowij Borissowitsch.

»Bist du es, Sinowij Borissowitsch?«

»Natürlich! Als ob du es nicht hörtest!«

Katerina Lwowna sprang im bloßen Hemd auf, ließ den Mann ein und schlüpfte wieder in das warme Bett.

»Vor Sonnenaufgang ist es immer so kalt«, sagte sie, sich in die Decke hüllend.

Sinowij Borissowitsch trat ein, sah sich um, betete vor dem Heiligenbilde und sah sich wieder um.

»Nun, wie geht es dir?« fragte er seine Frau.

»Es geht«, antwortete Katerina Lwowna, sich aufsetzend und eine vorne offene Jacke anziehend.

»Ich soll wohl den Samowar bereiten?« fragte sie.

»Nein, wecke die Aksinja, daß sie es macht.«

Katerina Lwowna schlüpfte in die Schuhe und lief hinaus. Eine halbe Stunde blieb sie fort. In dieser Zeit machte sie den Samowar und schlich sich leise auf die Galerie hinaus.

»Bleib da!« flüsterte sie Ssergej zu.

»Wie lange soll ich noch sitzen?« fragte Sserjoscha gleichfalls flüsternd.

»Wie dumm du doch bist! Sitz, bis ich dich rufe.«

Und Katerina Lwowna setzte ihn wieder auf die gleiche Stelle hin.

Ssergej konnte aber von der Galerie alles hören, was im Schlafzimmer vorging. Er hörte, wie die Türe wieder aufging und wie Katerina Lwowna zu ihrem Mann zurückkehrte. Jedes Wort konnte er hören.

»Was hast du so lange getrieben?« fragte Sinowij Borissowitsch seine Frau.

»Den Samowar habe ich gemacht«, antwortet sie ruhig.

Es vergehen wieder einige Minuten. Ssergej hört, wie Sinowij Borissowitsch seinen Rock auf den Kleiderrechen hängt. Nun wäscht er sich und spritzt mit dem Wasser umher; dann läßt er sich ein Handtuch geben; dann beginnt er wieder ein Gespräch.

»Wie habt ihr den Vater beerdigt?« fragt er.

»Er ist verschieden, und wir haben ihn beerdigt«, antwortet sie.

»Das ist doch wirklich sonderbar!«

»Gott allein weiß, wie es gekommen ist«, antwortet Katerina Lwowna, mit den Teetassen klappernd.

Sinowij Borissowitsch geht nachdenklich durch das Zimmer.

»Nun, und wie hast du die Zeit verbracht?« fragt Sinowij Borissowitsch seine Frau von neuem aus.

»Ich glaube, unser Zeitvertreib ist jedermann bekannt; Bälle besuchen wir nicht, Theater ebenfalls nicht.«

»Du scheinst dich aber wenig über die Rückkehr des Gatten zu freuen!« beginnt Sinowij Borissowitsch wieder, sie scheel anblickend.

»Wir beide sind ja nicht mehr so jung, daß wir vor Freude den Verstand verlieren sollen! Was soll ich mich auch freuen? Nun muß ich wieder für dich arbeiten und herumrennen!«

Katerina Lwowna lief hinaus, um den Samowar zu holen, machte wieder einen Sprung auf die Galerie zu Ssergej, zupfte ihn am Ärmel und sagte ihm: »Sserjoscha, paß jetzt auf!«

Ssergej wußte zwar nicht recht, was jetzt kommen sollte, machte sich aber bereit.

Katerina Lwowna kehrte ins Schlafzimmer zurück. Sinowij Borissowitsch kniete eben auf dem Bett und hängte über dem Kopfende seine silberne Uhr mit der Glasperlenkette auf.

»Sagen Sie mir einmal, Katerina Lwowna, warum haben Sie, wo Sie allein waren, beide Betten aufgedeckt?« fragte er plötzlich die Frau mit seltsamem Ausdruck.

»Ich habe Sie immer erwartet«, antwortete Katerina Lwowna, ihn ruhig anblickend.

»Dafür bin ich Ihnen sehr dankbar ... Wie kommt aber dieser Gegenstand zu Ihnen ins Bett?«

Sinowij Borissowitsch hob von ihrem Bett den wollenen Gürtel Ssergejs auf und hielt ihn ihr vor die Augen.

Katerina Lwowna verlor gar nicht die Fassung.

»Ich habe ihn im Garten gefunden und mir damit den Rock festgebunden.«

»So, so!« sagte Sinowij Borissowitsch mit eigentümlicher Betonung. »Von Ihren Röcken haben wir ja auch manches gehört.«

»Was haben Sie gehört?«

»Manches von Ihren Heldentaten!«

»Ich weiß nichts von Heldentaten.«

»Das werden wir alles untersuchen«, antwortete Sinowij Borissowitsch, der Frau seine geleerte Teetasse zuschiebend.

»Wir werden alle Ihre Taten ans Licht bringen«, sagte Sinowij Borissowitsch nach einer langen Pause, die Brauen runzelnd.

»Ihre Katerina Lwowna ist gar nicht so furchtsam. Sie hat keine Angst davor«, antwortet sie.

»Was?!« herrschte sie Sinowij Borissowitsch mit erhobener Stimme an.

»Nichts, ist schon vorbei«, antwortete die Frau.

»Du, paß auf! Du bist mir hier allzu gesprächig geworden!«

»Warum soll ich auch nicht gesprächig sein?« erwiderte Katerina Lwowna.

»Hättest doch mehr acht auf dein Benehmen gegeben!«

»Das brauche ich nicht. Ich kann gar nicht wissen, was die bösen Zungen über mich alles gesagt haben, und nun muß ich alle diese Schimpfreden über mich ergehen lassen. Das ist doch wirklich unerhört!«

»Ich spreche nicht von den bösen Zungen, mir sind aber alle Ihre Liebesabenteuer bekannt.«

»Was für Liebesabenteuer?« schrie Katerina Lwowna in aufrichtigem Zorne auf.

»Das weiß ich schon selbst.«

»Und wenn Sie es wissen, so sagen Sie es mir bitte!«

Sinowij Borissowitsch antwortete nichts und schob der Frau wieder die geleerte Tasse hin.

»Offenbar wissen Sie selbst nicht, was zu sagen«, sagte Katerina Lwowna verachtungsvoll und warf wütend den Teelöffel in die leere Tasse des Mannes. »Nun, sagen Sie einmal, was Sie gehört haben? Wer soll mein Geliebter sein?«

»Keine Eile, Sie werden es schon hören.«

»Hat man Ihnen vielleicht etwas von Ssergej gesagt?«

»Das werden wir bald alles erfahren, Katerina Lwowna. Niemand hat mir noch meine Gewalt über Sie genommen und niemand kann sie mir nehmen ... Sie werden bald selbst alles sagen ...«

»Ach! Das kann ich nicht leiden!« schrie Katerina Lwowna, mit den Zähnen knirschend, auf, wurde kreideblaß und sprang plötzlich durch die *Türe* hinaus.

»Da ist er!« sagte sie nach wenigen Augenblicken, Ssergej bei der Hand ins Zimmer führend. »Fragen Sie ihn und mich aus. Vielleicht wirst du sogar etwas mehr erfahren, als dir lieb ist.«

Sinowij Borissowitsch war ganz bestürzt. Er blickte bald Ssergej an, der an der Schwelle stand, bald seine Frau, die ruhig, mit gekreuzten

Armen auf dem Bettrande saß, und wußte gar nicht, womit das alles enden sollte.

»Was hast du vor, du Schlange?« brachte er mit Mühe hervor, ohne vom Sessel aufzustehen.

»Frage mich nun aus, was du so gut weißt«, antwortete Katerina Lwowna frech. »Du willst mich mit Schlägen einschüchtern«, fuhr sie fort, bedeutungsvoll mit den Augen zwinkernd. »Das wird niemals sein! Was ich aber vielleicht noch vor allen deinen Drohungen über dich beschlossen habe, das werde ich jetzt tun.«

»Was? Hinaus!« schrie Sinowij Borissowitsch Ssergej an.

»Warum nicht gar!« höhnte Katerina Lwowna.

Sie sperrte schnell die Türe zu, steckte den Schlüssel in die Tasche und legte sich wieder in ihrer offenen Jacke aufs Bett.

»Nun, Sserjoscha, mein Liebster, komm einmal her!« rief sie den Burschen zu sich heran.

Ssergej schüttelte seinen Lockenkopf und setzte sich kühn neben die Hausfrau.

»Mein Gott! Was ist denn das? Was wollt ihr, ihr Barbaren?!« schrie Sinowij Borissowitsch, ganz rot vor Zorn, sich vom Sessel erhebend.

»Wie? Paßt dir das nicht? Schau nur, schau nur, mein Liebster, wie schön das ist!«

Katerina Lwowna lachte auf und küßte vor den Augen ihres Mannes Ssergej mit großer Leidenschaft.

Im gleichen Augenblick brannte auf ihrer Wange ein betäubender Schlag, und Sinowij Borissowitsch stürzte ans offene Fenster.

8.

»Ach so! … Ich danke dir, lieber Freund: nur darauf habe ich gewartet!« schrie Katerina Lwowna auf. »Nun wird es wohl weder nach meinem noch nach deinem Willen gehen …«

Mit einem Ruck stieß sie Ssergej von sich, stürzte sich auf den Mann, packte ihn, noch ehe Sinowij Borissowitsch das Fenster erreicht hatte, mit ihren feinen Fingern an der Kehle und warf ihn wie eine Hanfgarbe zu Boden.

Sinowij Borissowitsch schlug sich mit dem Nacken am Fußboden an und wurde ganz wahnsinnig vor Entsetzen. Ein so schnelles Ende hatte er nicht erwartet. Die erste Gewalttätigkeit seiner Frau gegen ihn zeigte ihm, daß sie zu allem entschlossen sei, um ihn loszuwerden, und daß er sich in höchster Gefahr befinde. Sinowij Borissowitsch hatte das alles blitzartig im Augenblick seines Sturzes erfaßt; er schrie nicht einmal auf, denn er wußte, daß seine Stimme kein Ohr erreichen und die Sache nur noch beschleunigen würde. Er ließ seinen Blick schweigend um sich schweifen, und richtete ihn zuletzt mit einem Ausdruck von Haß, Vorwurf und Schmerz auf seine Frau, deren feine Finger seine Kehle zusammenpreßten.

Sinowij Borissowitsch wehrte sich nicht, seine Arme mit den geballten Fäusten lagen ausgestreckt da und zuckten wie in einem Krampfe. Der eine Arm war frei, den andern hatte Katerina Lwowna mit dem Knie gegen den Boden gedrückt.

»Halt ihn einmal fest«, flüsterte sie gleichgültig Ssergej zu und wandte sich wieder zum Mann.

Ssergej setzte sich rittlings auf seinen Herrn und drückte dessen beide Hände mit den Knien gegen den Boden. Er wollte ihn unter den Händen Katerina Lwownas an der Kehle fassen, schrie aber in diesem selben Augenblick selbst wahnsinnig auf. Als Sinowij Borissowitsch seinen Todfeind so nahe vor sich sah, nahm er seine letzten Kräfte zusammen: mit einem verzweifelten Ruck befreite er seine Hände unter Ssergejs Knie, packte ihn an den schwarzen Locken und biß sich wie ein wildes Tier in seine Kehle fest. Dies dauerte aber nur wenige Augenblicke; Sinowij Borissowitsch stöhnte schwer auf, und sein Kopf fiel wieder zurück.

Katerina Lwowna stand blaß, fast ohne zu atmen über den Mann und den Geliebten gebeugt; in der rechten Hand hielt sie einen schweren gegossenen Leuchter am oberen Ende, so daß der schwere Fuß nach unten gerichtet war. Über die Schläfe und Wange Sinowij Borissowitschs rieselte ein dünnes Bächlein hellroten Blutes.

»Einen Popen ...« stöhnte Sinowij Borissowitsch dumpf, den Kopf voller Ekel so weit es ging vor dem auf ihm sitzenden Ssergej zurückwerfend. »Beichten ...« sagte er noch dumpfer, am ganzen Leibe zitternd und auf das über sein Gesicht fließende warme Blut schielend.

»Bist auch ohne Beichte gut«, flüsterte Katerina Lwowna.

»Mach keine langen Geschichten«, sagte sie zu Ssergej. »Pack ihn einmal ordentlich an der Gurgel.«

Sinowij Borissowitsch röchelte.

Katerina Lwowna beugte sich über ihn, preßte mit ihren Händen Ssergejs Hände, die die Kehle ihres Mannes umklammerten, noch fester zusammen und drückte ihr Ohr an dessen Brust. Nach fünf stummen Minuten stand sie auf und sagte:

»Es ist genug, er ist fertig.«

Ssergej stand ebenfalls auf und holte tief Atem. Sinowij Borissowitsch lag leblos mit eingedrückter Kehle und zerschmetterter Schläfe da. Auf dem Fußboden links von seinem Kopfe war ein kleiner Blutfleck; aus der kleinen Wunde, an der schon die Haare klebten, kam aber kein neues Blut mehr.

Ssergej trug die Leiche in den Keller unter der gemauerten Vorratskammer, in die ihn vor nicht langer Zeit der selige Boris Timofejitsch eingesperrt hatte, und kehrte bald ins Schlafzimmer zurück. Katerina Lwowna hatte die Ärmel ihrer Jacke aufgekrempelt und den Saum ihres Rockes gerafft und wusch mit Seife den Blutfleck, den Sinowij Borissowitsch auf dem Fußboden seines Schlafzimmers hinterlassen hatte. Der Samowar, aus dem er soeben den vergifteten Tee getrunken hatte, war noch nicht erkaltet, und der Blutfleck ließ sich mit dem heißen Wasser spurlos abwaschen.

Katerina Lwowna nahm die kupferne Spülschale und einen eingeseiften Bastwisch in die Hand.

»Leuchte mir einmal«, sagte sie zu Ssergej, zu der Türe gehend. »Halte die Kerze tiefer!« sagte sie, die Dielenbretter untersuchend, über die Ssergej die Leiche in den Keller geschleppt hatte.

Nur an zwei Stellen waren auf der gestrichenen Diele zwei kirschengroße Flecke zu sehen. Katerina Lwowna rieb sie mit dem Bastwisch, und sie verschwanden spurlos.

»Nun wirst du nicht mehr wie ein Dieb zu deiner Frau schleichen und sie belauern«, sagte Katerina Lwowna, sich aufrichtend und einen Blick zur Vorratskammer werfend.

»Jetzt ist Schluß«, sagte Ssergej und fuhr vor dem Klang seiner eigenen Stimme zusammen.

Als sie ins Schlafzimmer zurückkehrten, zeigte sich im Osten schon der erste feine Streif des Morgenrots, das die blühenden Apfelbäume mit schwachem goldenem Scheine übergoß und durch das grüne Gartengitter in das Schlafzimmer Katerina Lwownas hereinblickte.

Über den Hof ging aus der Scheune in die Küche, den Schafspelz über die Schultern geworfen, gähnend und sich bekreuzigend, der alte Verwalter.

Katerina Lwowna schloß leise den Fensterladen und warf einen durchdringenden Blick auf Ssergej, als wollte sie ihm in die Tiefe seiner Seele blicken.

»Nun bist du Kaufmann«, sagte sie, ihm ihre weißen Hände auf die Schultern legend.

Ssergej erwiderte nichts.

Er zitterte wie im Fieber. Katerina Lwowna fühlte nur Kälte um die Lippen.

Nach zwei Tagen hatte Ssergej an beiden Händen Schwielen, die vom Brecheisen und dem schweren Spaten herrührten. Sinowij Borissowitsch war dafür so gut verwahrt, daß ihn vor der allgemeinen Auferstehung wohl niemand ohne Beihilfe Katerina Lwownas und ihres Geliebten finden würde.

9.

Ssergej trug ein rotes wollenes Halstuch und klagte über Halsschmerzen. Ehe aber die Male von den Zähnen Sinowij Borissowitschs auf seinem Halse vernarbt waren, fiel den Leuten die allzu lange Abwesenheit des Hausherrn auf. Ssergej selbst sprach am häufigsten von ihm. Wenn er abends mit den anderen Burschen auf der Bank vor dem Tore saß, brachte er oft die Rede auf ihn: »Was bleibt unser Herr so lange aus?«

Auch die Burschen wunderten sich.

Von der Mühle kam aber die Nachricht, daß Sinowij Borissowitsch schon längst einen Wagen gedungen hatte und nach Hause abgereist war. Der Kutscher, der ihn gefahren hatte, berichtete, daß Sinowij Borissowitsch in einer seltsamen Aufregung gewesen sei; am Kloster, etwa drei Werst vor der Stadt, sei er mit seiner Reisetasche aus dem Wagen gestiegen und hätte den Kutscher entlassen. Als die Leute diesen Bericht hörten, staunten sie noch mehr.

Sinowij Borissowitsch schien spurlos verschwunden zu sein.

Man fing zu suchen an, konnte aber auch nicht die geringste Spur finden. Der Kutscher, den man bald verhaftete, wußte nur zu berichten, daß der Kaufmann vor dem Kloster den Wagen verlassen und zu Fuß weitergegangen sei. Die Sache blieb rätselhaft. Katerina Lwowna erfreute sich indessen ihrer Witwenfreiheit und lebte mit Ssergej ohne jede Scheu zusammen. Man meldete zwar ab und zu, daß man Sinowij Borissowitsch bald hier und bald dort gesehen hätte, er kam aber nicht zurück, und Katerina Lwowna wußte am besten, daß er überhaupt nicht mehr zurückkehren konnte.

So verging ein Monat, ein zweiter und ein dritter, und Katerina Lwowna fühlte sich in anderen Umständen.

»Das Kapital wird uns zufallen, Sserjoscha: ich habe jetzt einen Erben«, sagte sie zu Ssergej. Sie ging auf das Kaufmannsgericht und meldete, daß sie in Umständen sei; die Geschäfte lägen brach; man möchte ihr daher die Vollmacht geben, das Geschäft selbständig zu führen.

Man durfte das alte Handelshaus doch nicht zugrunde gehen lassen; Katerina Lwowna war ja die eheliche Gemahlin Sinowij Borissowitschs, Schulden waren keine vorhanden, also konnte man ihr ohne Bedenken die Vollmacht geben.

Katerina Lwowna ist nun unumschränkte Herrin, und Ssergej wird auf ihren Wunsch von allen Ssergej Philippowitsch genannt. Plötzlich kommt eine ganz neue Sorge. Man meldet dem Bürgermeister aus Liwny, daß Sinowij Borissowitsch nicht bloß mit eigenem Kapital Handel getrieben habe; in seinem Geschäft hätte auch das Geld seines minderjährigen Neffen Fjodor Ignatjewitsch Ljamin gesteckt, das sein eigenes Kapital um ein Beträchtliches überstiegen habe; diese Sache müsse noch genauer untersucht werden, und man dürfe nicht das ganze Geschäft Katerina Lwowna allein anvertrauen. Als diese Nachricht eintraf, ließ der Bürgermeister Katerina Lwowna zu sich kommen und teilte ihr alles mit. Nach acht Tagen kommt aber aus Liwny eine alte Frau mit einem halbwüchsigen Jungen.

»Ich bin eine Base des seligen Boris Timofejitsch«, sagt sie, »und der Junge ist mein Großneffe Fjodor Ljamin.«

Katerina Lwowna nahm sie huldvoll auf.

Als Ssergej die Gäste und den Empfang, den ihnen Katerina Lwowna bereitete, sah, wurde er kreidebleich.

»Was hast du?« fragte ihn Katerina Lwowna, als er gleich nach den Gästen ins Haus trat und aufgeregt im Vorzimmer stehen blieb.

»Nichts«, antwortete der Bursche, aus dem Vorzimmer wieder in den Hausflur gehend. »Ich denke mir nur, was für eine wunderbare Stadt dieses Liwny ist«, fügte er seufzend hinzu, die Haustüre hinter sich schließend.

»Was sollen wir jetzt anfangen?« fragte Ssergej Philippowitsch nachts am Teetisch Katerina Lwowna. »Unsere Sache steht jetzt wohl sehr schlecht.«

»Warum sollte sie schlecht stehen, Sserjoscha?«

»Weil die Erbschaft geteilt werden wird. Wie willst du wirtschaften, wenn dir kein Geld im Geschäfte bleibt?«

»Glaubst du, daß es für dich nicht langen wird, Sserjoscha?«

»Ich spreche nicht von mir, ich glaube nur, daß wir beide jetzt nicht mehr so glücklich werden leben können.«

»Warum glaubst du das, Sserjoscha?«

»Ich liebe Sie, Katerina Lwowna, und möchte Sie als wirkliche Dame sehen und nicht in der Lage, in der Sie vor Ihrer Heirat gelebt haben«, antwortete Ssergej Philippowitsch. »Nun wird aber das Kapital so sehr verringert, daß Sie noch ärmer sein werden, als Sie es als Mädchen waren.«

»Brauche ich denn das viele Geld, Sserjoscha?«

»Es ist wohl möglich, Katerina Lwowna, daß Sie für das Geld gar kein Interesse haben. Ich achte Sie aber so sehr, daß es mir schmerzlich sein wird, zu sehen, wie die gemeinen und neidischen Menschen Sie anschauen werden. Sie können darüber natürlich urteilen, wie es Ihnen beliebt, ich bin aber der Ansicht, daß ich dann unmöglich so glücklich sein kann, wie ich es bisher gewesen.«

Und er redete in einem fort, daß dieser Fedja Ljamin ihn zum unglücklichsten Menschen mache und daß er nicht mehr die Möglichkeit habe, sie, Katerina Lwowna, vor den Augen der ganzen Kaufmannschaft zu erhöhen und zu ehren. Wenn dieser Fedja nicht wäre, so bekäme Katerina Lwowna, nachdem sie vor Ablauf der neunmonatlichen Frist nach dem Verschwinden ihres Mannes ein Kind geboren haben würde, das ganze Kapital; dann würde ihr gemeinsames Glück ganz grenzenlos sein.

10.

Nach einiger Zeit hörte aber Ssergej ganz auf, von der Erbschaft zu sprechen. Dafür nahm jetzt Fedja Ljamin alle Gedanken und Regungen Katerina Lwownas gefangen. Sie war nun immer nachdenklich und gegen Ssergej oft sogar unfreundlich. Ob sie schläft, oder den Geschäften nachgeht, oder betet, – immer denkt sie an das eine: »Wie ist es nun? Warum muß ich seinetwegen das ganze Kapital verlieren? Ich habe so viel durchgemacht, habe eine solche Sünde auf mich genommen, und er kommt gefahren und nimmt mir ruhig alles ab ... Wenn er wenigstens ein erwachsener Mensch wäre, aber er ist nur ein kleines Kind ...«

In diesem Jahre kamen die Fröste früh. Von Sinowij Borissowitsch war natürlich nichts zu hören. Katerina Lwowna nahm von Tag zu Tag an Leibesumfang zu und war immer nachdenklich. In der Stadt sprachen die Leute nur noch von ihr: die junge Ismajlowa ist doch immer kinderlos und mager gewesen, und nun ist sie plötzlich so aufgedunsen. Das ist doch seltsam! Der junge Miterbe Fedja Ljamin ging aber indessen in einem leichten Halbpelz aus Eichhornfellen auf dem Hofe herum und brach mit den Absätzen das Eis in den Pfützen ein.

»Du, Fjodor Ignatjewitsch!« schrie ihm manchmal die Köchin Aksinja zu. »Paßt es denn für dich, den Kaufmannssohn, in den Pfützen herumzustapfen?«

Der Miterbe, der Katerina Lwowna und ihrem Geliebten solche Sorgen machte, sprang aber so vergnügt wie ein Böcklein den ganzen Tag herum; nachts schlief er ruhig und sorglos unter der Obhut seiner Großtante und dachte gar nicht daran, daß jemand ihm in den Weg treten und sein glückliches Dasein verdunkeln könnte.

Fedja lief so lange auf dem Hofe herum, bis er eines Tages die Windpocken bekam. Zu den Windpocken gesellte sich auch eine Lungenentzündung. Der Junge lag krank darnieder. Man behandelte ihn zuerst mit allerlei Hausmitteln und ließ schließlich auch den Arzt kommen.

Der Arzt kam alle paar Tage ins Haus und schrieb Arzneien auf. Der Junge bekam sie alle paar Stunden nach der Uhr. Die Großtante selbst gab sie ihm ein. Manchmal mußte es auch Katerina Lwowna tun.

»Bemühe dich einmal, Katerina«, sagte sie ihr. »Du bist gesegneten Leibes, erwartest das Gericht Gottes, also kannst du dich auch einmal bemühen.«

Katerina Lwowna tat der Alten den Gefallen. Wenn jene in die Kirche ging, um »für den auf dem Krankenlager liegenden Knaben Fjodor« zu beten oder ein Stückchen Hostie für ihn zu holen, saß Katerina Lwowna am Bette des Kranken und gab ihm pünktlich seine Arzneien ein.

So ging die Alte auch am Festtage der Darstellung Mariä in die Kirche zur Abendmesse und Frühmesse und bat Katerina Lwowna wieder, nach dem Jungen zu sehen. Fedja ging es schon viel besser.

Katerina Lwowna kommt zu Fedja ins Zimmer, er sitzt aber schon in seinem Eichhornpelz auf dem Bette und liest.

»Was liest du, Fedja?« fragte Katerina Lwowna, sich in den Sessel vor seinem Bette setzend.

»Ich lese im Heiligenleben, Tantchen.«

»Ist es interessant?«

»Sehr interessant, Tantchen.«

Katerina Lwowna stützt den Kopf in die Hand und blickt auf Fedja, der lautlos die Lippen bewegt. Wie wenn sich alle Dämonen von den Ketten losgerissen hätten, bemächtigt sich ihrer plötzlich wieder der alte Gedanke, daß dieser Junge ihr soviel Böses zufüge und daß es viel besser wäre, wenn es ihn gar nicht auf der Welt gäbe.

›Er ist krank‹, dachte sich Katerina Lwowna. ›Er nimmt Arzneien ein ... Einem kranken Kind kann ja manches zustoßen ... Hinterher kann man sagen, daß der Arzt eine unrechte Medizin verordnet hat ...‹

»Ist es nicht Zeit, die Medizin zu nehmen, Fedja?«

»Bitte, Tantchen!« sagte der Junge. Er schluckte die Medizin herunter und fügte hinzu: »Das Buch ist sehr interessant, Tantchen, es wird darin das Leben der Heiligen beschrieben.«

»Lies nur, lies«, versetzte Katerina Lwowna. Sie sah sich kaltblütig im Zimmer um und richtete den Blick auf das mit Eisblumen überzogene Fenster.

»Man muß die Fenster schließen lassen«, sagte sie. Dann ging sie durch das Gastzimmer in den Saal und von dort zu sich ins Schlafzimmer. Hier setzte sie sich hin.

Nach etwa fünf Minuten trat ins Schlafzimmer in einem mit Seebärenfell besetzten Halbpelz Ssergej.

»Hat man die Fenster geschlossen?« fragte ihn Katerina Lwowna.

»Man hat sie geschlossen«, antwortete Ssergej. Er putzte die Kerze und stellte sich vor den Ofen.

Beide schwiegen.

»Heute geht die Abendmesse wohl nicht so bald zu Ende?« fragte Katerina Lwowna.

»Morgen ist ein großer Feiertag, der Gottesdienst wird heute lange dauern«, antwortete Ssergej.

Es entstand wieder eine Pause.

»Ich muß nach Fedja schauen, er ist allein«, sagte Katerina Lwowna, sich erhebend.

»Allein?« fragte Ssergej, sie mürrisch anblickend.

»Ja, allein«, antwortete sie leise: »Warum?«

Von einem Augenpaar zum andern zuckten schnelle Blitze; aber keiner von ihnen sagte ein Wort.

Katerina Lwowna ging hinunter und machte eine Runde durch die leeren Zimmer. Überall war es still; vor den Heiligenbildern brannten ruhig die Lämpchen; ihr eigener Schatten huschte über die Wände; die Außenläden waren schon geschlossen, und die Fensterscheiben tauten auf und tränten. Fedja saß auf dem Bett und las. Als er Katerina erblickte, sagte er ihr:

»Tantchen, legen Sie, bitte, dieses Buch weg und geben Sie mir das andere, das auf dem Heiligenschrein liegt.«

Katerina Lwowna erfüllte die Bitte des Neffen und gab ihm das Buch.

»Willst du nicht einschlafen, Fedja?«

»Nein, Tantchen, ich möchte auf die Großtante warten.«

»Warum willst du auf sie warten?«

»Sie versprach mir, geweihtes Brot von der Abendmesse mitzubringen.«

Katerina Lwowna wurde plötzlich blaß: ihr eigenes Kind regte sich eben zum erstenmal unter ihrem Herzen, und sie fühlte Kälte in der

Brust. Sie stand noch eine Weile mitten im Zimmer da und ging hinaus, die erkaltenden Hände gegeneinander reibend.

»Nun!« flüsterte sie, leise ins Schlafzimmer tretend, wo Ssergej noch immer vor dem Ofen stand.

»Was denn?« fragte Ssergej kaum hörbar. Ihm stockte der Atem.

»Er ist allein.«

Ssergej runzelte die Brauen und begann schwer zu atmen.

»Komm!« sagte Katerina Lwowna hastig, sich zur Türe wendend.

Ssergej zog sich schnell die Stiefel aus und fragte:

»Was soll ich mitnehmen?«

»Nichts!« hauchte Katerina Lwowna und führte ihn leise hinaus.

11.

Der kranke Knabe fuhr zusammen und ließ das Buch auf den Schoß sinken, als Katerina Lwowna zum drittenmal zu ihm hereinkam.

»Was hast du, Fedja?«

»Ach, Tantchen, ich habe solche Angst, ich weiß selbst nicht warum«, antwortete er, lächelnd und sich unruhig in eine Ecke des Bettes drückend.

»Wovor hast du Angst?«

»Wer war eben mit Ihnen, Tantchen?«

»Wo? Niemand war mit mir, mein Liebling.«

»Niemand?«

Der Knabe beugte sich zum Fußende des Bettes vor, kniff die Augen zusammen, blickte zur Türe, durch die seine Tante soeben gekommen war, und beruhigte sich.

»Es ist mir wohl nur so vorgekommen«, sagte er.

Katerina Lwowna lehnte sich an die Kopfwand seines Bettes.

Fedja blickte die Tante an und fragte sie, warum sie so blaß sei.

Katerina Lwowna hüstelte nur und blickte erwartungsvoll auf die Türe des Gastzimmers. Dort knarrte leise ein Dielenbrett.

»Ich lese eben die Lebensgeschichte meines Namenspatrons Fjodors des Stratilaten. Was der für ein gottgefälliges Leben führte!«

Katerina Lwowna stand schweigend da.

»Tantchen, wollen Sie sich nicht hinsetzen? Ich möchte Ihnen vorlesen!« sagte der Neffe, sie liebevoll anblickend.

»Wart, ich komme gleich, ich will nur das Lämpchen im Saal richten«, antwortete Katerina Lwowna und verließ schnell das Zimmer.

Im Gastzimmer wurde ganz leise, fast unhörbar geflüstert; das Kind hörte es aber in der tiefen Stille mit seinen scharfen Ohren.

»Tantchen! Was ist denn das? Mit wem tuscheln Sie denn?« schrie der Knabe mit tränenerstickter Stimme. »Tantchen, kommen Sie doch her, ich habe solche Angst!« rief er nach einem Augenblick noch klagender: es kam ihm vor, als ob die Tante im Gastzimmer zu jemand »Jetzt!« gesagt hätte. Der Knabe bezog es auf sich.

»Was hast du Angst?« fragte Katerina Lwowna heiser, mit festen, entschlossenen Schritten ins Zimmer tretend. Sie stellte sich vor das Bett so hin, daß ihr Körper die Gastzimmertür vor den Blicken des Kranken verdeckte. »Leg dich!« sagte sie ihm.

»Ich will nicht, Tantchen.«

»Nein, Fedja, hör auf mich, leg dich ... Es ist spät ... Leg dich ...« wiederholte Katerina Lwowna.

»Was fällt Ihnen ein, Tantchen! Ich will noch gar nicht liegen.«

»Nein, leg dich, leg dich«, sagte Katerina Lwowna mit veränderter, abgerissener Stimme. Sie nahm den Jungen unter den Achseln und legte ihn gewaltsam hin.

In diesem Augenblick stieß Fedja einen wahnsinnigen Schrei aus: er sah Ssergej, blaß und barfuß ins Zimmer treten.

Katerina Lwowna drückte ihre Hand auf den vor Entsetzen weit geöffneten Mund des Kindes und schrie:

»Schnell! Halt ihn einmal, damit er nicht zappelt!«

Ssergej packte Fedja an Armen und Beinen, Katerina Lwowna warf mit einem schnellen Ruck ein großes Daunenkissen auf das Gesicht des unglücklichen Kindes und legte sich mit der ganzen Schwere ihres Rumpfes darauf.

An die vier Minuten herrschte im Zimmer eine Grabesstille.

»Er hat genug«, flüsterte Katerina Lwowna. Kaum hatte sie sich aber erhoben, um alles in Ordnung zu bringen, als die Wände des stillen Hauses, das so viele Verbrechen in sich barg, von wuchtigen Schlägen erdröhnten: die Fenster klirrten, die Böden bebten, die Lämpchen vor den Heiligenbildern zitterten an ihren Ketten, und unheimliche Schatten huschten über die Wände.

Ssergej fuhr zusammen und stürzte hinaus; Katerina Lwowna rannte ihm nach, und das Dröhnen folgte ihnen. Es war, wie wenn überirdische Kräfte das sündige Haus bis auf den Grund erschütterten.

Katerina Lwowna fürchtete, daß der von Entsetzen gepeitschte Ssergej hinauslaufen und sich durch seinen Schreck verraten könnte; er lief aber in das Schlafzimmer hinauf.

Als Ssergej die Treppe hinaufgelaufen war, schlug er im Finstern mit der Stirne an die Tür und stürzte, ganz wahnsinnig vor Entsetzen, die Stufen hinunter.

»Sinowij Borissowitsch, Sinowij Borissowitsch!« stammelte er, kopfüber die Treppe hinunterstürzend und Katerina Lwowna umwerfend und mit sich reißend.

»Wo?« fragte sie.

»Da flog er eben als ein eisernes Blech über uns vorbei! Da fliegt er!« schrie Ssergej auf. »Da dröhnt er schon wieder!«

Nun war es klar, daß viele Hände von außen gegen alle Fenster hämmerten und auch die Türe einzuschlagen versuchten.

»Narr! Steh auf, Narr!« schrie Katerina Lwowna. Mit diesen Worten lief sie schnell wie der Blitz in Fedjas Zimmer, legte seinen toten Kopf in der natürlichen Stellung eines Schlafenden auf die Kissen hin und machte mit fester Hand die Türe auf, in die ein großer Haufen Menschen einzudringen suchte.

Das Bild, das sich ihr bot, war schrecklich. Katerina Lwowna blickte über die Köpfe der Menge, die die Haustüre belagerte, sah viele unbekannte Menschen über den hohen Zaun in den Hof klettern und hörte das Brausen vieler Stimmen.

Katerina Lwowna hatte noch nicht Zeit gehabt, die Sachlage zu erfassen, als die Menschen, die vor der Türe standen, über sie herfielen und sie zurück ins Haus drängten.

12.

Dieser Menschenauflauf war aber folgendermaßen entstanden. In allen Gotteshäusern der recht großen und lebhaften Kreisstadt, in der Katerina Lwowna lebte, hatte sich am Vorabend des großen Festes eine Menge Menschen angesammelt; in der Kirche aber, die morgen ihr Altarfest feiern sollte, war das Gedränge so groß, daß keine Stecknadel zu Boden fallen konnte. In dieser Kirche sang ein Chor, der aus Handelsgehilfen bestand und von einem bekannten Liebhaber der Gesangskunst dirigiert wurde.

Unser Volk ist religiös und dem Gottesdienste zugetan; außerdem haben die Leute bei uns eine künstlerische Ader, und schöner Chorgesang und prunkvoller Gottesdienst sind für sie der reinste Hochgenuß. Wenn in einer Kirche ein Chor singt, läuft gleich die halbe Stadt zusammen; in erster Linie aber der Handels- und der Arbeiterstand: Handelsgehilfen, Lehrjungen, Handlanger, Fabrikarbeiter und auch die Geschäftsinhaber selbst mit ihren Gemahlinnen. Alle drängen sich in einer der Kirchen zusammen, ein jeder will wenigstens vor der Kirchentüre oder vor dem Fenster, selbst bei brennender Sonnenglut, selbst bei strengstem Frost stehen und den tiefen Bässen und kunstvollen Tenören, wenn sie ihre Variationen singen, lauschen.

In der Kirche, zu deren Sprengel das Ismajlowsche Haus gehörte, gab es einen Altar zur Darstellung Mariä. Zu derselben Zeit, als sich alles oben Beschriebene mit Fedja abspielte, hatte sich die Jugend der ganzen Stadt in dieser Kirche versammelt; die Leute verzogen sich nach dem Gottesdienste in Scharen und besprachen die Vorzüge des bekannten Tenors und die Fehler des ebenso bekannten Basses.

Aber nicht alle interessierten sich so für die musikalischen Dinge; in der Menge gab es auch Leute, die andere Fragen erörterten.

»Seltsame Dinge erzählt man sich von der jungen Ismajlowa«, sagte der junge Maschinist, den sich einer der Kaufleute für seine Dampfmühle aus Petersburg verschrieben hatte, mit seinen Freunden am Ismajlowschen Hause vorbeigehend. »Man sagt, daß sie mit ihrem Angestellten Ssergej ein Liebesverhältnis hat ...«

»Das ist ja allen bekannt«, sagte ein Mann in einem mit blauem Nanking besetzten Schafspelz. »Sie war heute wohl auch gar nicht in der Kirche.«

»Ach was, Kirche! Die Frau ist so tief gesunken, daß sie weder vor Gott, noch vor ihrem Gewissen, noch vor den Menschen Angst hat!«

»Schaut nur, da brennt bei ihr Licht«, sagte der Maschinist, auf einen Spalt im Fensterladen zeigend, durch den ein Lichtschein drang.

»Sieh mal hinein, was sie jetzt treiben«, schlugen einige Stimmen vor.

Der Maschinist stützte sich auf die Schultern zweier Freunde, blickte durch den Spalt hinein und schrie entsetzt auf:

»Brüder! Da wird gerade jemand erwürgt!«

Der Maschinist begann mit aller Kraft an den Fensterladen zu klopfen. An die zehn Mann folgten seinem Beispiel und hämmerten mit den Fäusten gegen die Fenster.

Die Menge wuchs von Augenblick zu Augenblick an, und so entstand die uns bereits bekannte Belagerung des Ismajlowschen Hauses.

»Ich hab es gesehen, mit meinen eigenen Augen hab ich es gesehen«, bezeugte der Maschinist vor Fedjas Leiche. »Das Kind lag auf dem Bett, und die beiden würgten es.«

Ssergej wurde noch am gleichen Abend ins Gefängnis abgeführt; Katerina Lwowna sperrte man aber in ihrem Schlafzimmer ein und stellte zwei Wachtposten vor die Türe.

Im Ismajlowschen Hause war es nun unerträglich kalt; die Öfen wurden nicht geheizt, die Türen standen den ganzen Tag offen, und eine neugierige Volksmenge löste die andere ab. Die Leute sahen sich den offenen Sarg mit Fedjas Leiche an, und auch den andern großen geschlossenen Sarg, der daneben stand. Fedja hatte an der Stirne ein weißes Atlasband, das den von der Sektion herrührenden Schnitt verdecken sollte. Die gerichtsärztliche Untersuchung hatte ergeben, daß Fedja an Erstickung gestorben war, und Ssergej, den man vor die Leiche führte, brach, gleich nach den ersten Worten des Geistlichen vom Jüngsten Gericht und von den ewigen Qualen der unbußfertigen Sünder, in Tränen aus und gestand nicht nur den Mord an Fedja ein, sondern bat auch, die Leiche des von ihm ohne christliches Begräbnis verscharrten Sinowij Borissowitsch auszugraben. Die Leiche des letzteren, die im trockenen Sande lag, war noch nicht verwest; man grub sie aus und legte sie in den großen Sarg. Zum allgemeinen Entsetzen bezeichnete Ssergej Katerina Lwowna als die Mitschuldige an den beiden Verbrechen. Katerina Lwowna antwortete auf alle Fragen: »Ich weiß von nichts.« Als man sie aber mit Ssergej konfrontierte, und sie sein Geständnis hörte, blickte sie ihn erstaunt, doch ohne Zorn an und sagte gleichgültig:

»Wenn es ihm schon einmal eingefallen ist, alles zu gestehen, so will auch ich nicht länger leugnen: ich habe die Morde begangen.«

»Zu welchem Zweck?« fragte man sie.

»Nur ihm zuliebe«, antwortete sie, auf Ssergej zeigend, der mit gesenktem Kopf dastand.

Die beiden Verbrecher wurden in getrennte Gefängniszellen gesperrt, und der grauenhafte Fall, der weit und breit Aufsehen und Empörung erregte, kam bald vors Gericht. Ende Februar wurde das Urteil verkündet: Ssergej und die Kaufmannswitwe Katerina Lwowna Ismajlowa sollten auf dem Marktplatze ihrer Stadt mit der Knute bestraft und dann auf die Katorga nach Sibirien verschickt werden. An einem frostigen Märzmorgen zeichnete der Scharfrichter Katerina Lwownas entblößten weißen Rücken mit der vorgeschriebenen Zahl von blauroten Striemen; dann verabreichte er die gleiche Portion auch Ssergej und brannte ihm in sein hübsches Gesicht die drei Katorgamale.

Ssergej erregte bei den Leuten aus irgendeinem Grunde viel mehr Mitgefühl als Katerina Lwowna. Als er blutbefleckt die Stufen des schwarzen Schafotts herunterging, fiel er beinahe um. Katerina Lwowna hielt sich aber aufrecht und ruhig und war nur darauf bedacht, daß das grobe Hemd ihr nicht den zerfetzten Rücken scheuere.

Als man ihr im Gefängnisspital ihr neugeborenes Kind reichte, sagte sie nur: »Hol es der Kuckuck!« Dann wandte sie sich ohne einen Ton von sich zu geben zur Wand und fiel mit der Brust auf das harte Bett.

13.

Der Sträflingstransport, mit dem Ssergej und Katerina Lwowna nach Sibirien verschickt wurden, brach zu einer Zeit auf, wo der Frühling nur im Kalender stand und die Sonne zwar leuchtete aber noch nicht wärmte.

Katerina Lwownas Kind wurde der alten Base des seligen Boris Timofejitsch zur Pflege gegeben: das Kind war nach dem Gesetz ein ehelicher Sohn des ermordeten Sinowij Borissowitsch und einziger Erbe des ganzen Ismajlowschen Vermögens. Katerina Lwowna war damit sehr zufrieden und gab ihr Kind gleichgültig hin. Wie es bei leidenschaftlichen Frauen oft der Fall ist, hatte sich ihre Liebe zum Vater in keiner Weise auf das Kind übertragen.

Es gab für sie übrigens kein Licht und kein Dunkel, kein Gut und kein Böse, keine Freude und keine Langeweile; sie begriff nichts; liebte niemand, nicht einmal sich selbst. Sie wartete mit Ungeduld auf den

Ausmarsch; sie hoffte unterwegs ihren Ssergej zu sehen, ihr Kind hatte sie aber schon ganz vergessen.

Katerina Lwownas Hoffnung wurde nicht getäuscht: der gebrandmarkte, mit schweren Ketten beladene Ssergej verließ zugleich mit ihr das Gefängnistor.

Der Mensch gewöhnt sich an jedes noch so schreckliche Elend und behält in jeder Lage die Fähigkeit, seinen kümmerlichen Freuden nachzugehen. Katerina Lwowna aber brauchte sich an nichts zu gewöhnen; sie sah ihren Ssergej wieder, und der Weg nach Sibirien bedeutete für sie an seiner Seite den Weg zum Glück.

Katerina Lwowna konnte in ihrem Leinensack nur wenig Wertgegenstände und noch weniger bares Geld mitnehmen. Dies alles verteilte sie, noch ehe der Transport Nischnij-Nowgorod erreicht hatte, unter den Gefängnisaufsehern für die Erlaubnis, an Ssergejs Seite zu marschieren und manchmal bei finsterer Nacht ein Stündchen mit ihm in einer kalten Ecke des schmalen Gefängniskorridors zu verbringen.

Der gebrandmarkte Freund Katerina Lwownas war aber gegen sie lieblos geworden; sie bekam von ihm kein einziges freundliches Wort mehr zu hören; er legte auch wenig Wert auf die geheimen Zusammenkünfte mit ihr, für die sie ihr letztes Geld hergeben mußte, und sagte ihr sogar mehr als einmal:

»Statt mit mir im Korridor herumzustehen, hättest du doch lieber das Geld, das du dafür dem Aufseher zahlst, mir gegeben!«

»Es waren ja nur fünfundzwanzig Kopeken, Sserjoscha!« rechtfertigte sich Katerina Lwowna.

»Sind denn fünfundzwanzig Kopeken kein Geld? Du hast doch unterwegs noch kein einziges Geldstück gefunden, hast aber schon eine ganze Menge ausgegeben.«

»Dafür habe ich dich sehen dürfen, Sserjoscha!«

»Das Wiedersehen nach all dem Elend ist doch wirklich keine Freude! Ich verfluche mein Leben und will an diese Zusammenkünfte gar nicht denken!«

»Mir ist aber alles gleich, Sserjoscha! Wenn ich dich nur sehen kann!«

»Das sind Dummheiten«, entgegnete Ssergej.

Als Katerina Lwowna solche Antworten zu hören bekam, biß sie sich oft die Lippen blutig. Bei den nächtlichen Zusammenkünften traten ihr oft Tränen der Erbitterung in die Augen, die sonst niemals weinten. Sie trug aber alles schweigend und suchte sich selbst zu betrügen.

So sehr hatten sich ihre Beziehungen zueinander geändert, als sie Nischnij-Nowgorod erreichten. Hier schloß sich an ihren Transport ein anderer an, der aus Moskau kam.

In diesem sehr großen Transport befanden sich unter anderm zwei interessante weibliche Individuen: die Soldatenfrau Fiona aus Jaroslawl, ein üppiges, großes, schönes Weib mit langem, schwarzem Zopf und schmachtenden dunklen Augen, die von den langen Wimpern wie von einem geheimnisvollen Schleier beschattet waren. Die andere war ein siebzehnjähriges Ding mit spitzigem Gesicht und zarter, rosiger Haut, kleinem Mündchen, Grübchen in den frischen Wangen und goldblonden Locken, die unter dem leinenen Kopftuch lustig auf die Stirne niederfielen. Dieses Mädel wurde von den Sträflingen Ssonetka genannt.

Die schöne Fiona war sanft und faul. Alle Sträflinge kannten sie; keiner von den Männern zeigte besondere Freude, wenn sie ihm ihre Huld schenkte; niemand grämte sich auch, wenn sie diese Huld auf einen andern übertrug.

»Fiona ist ein guter Mensch, sie benachteiligt niemand«, scherzten die Sträflinge.

Ssonetka war aber ganz anders.

Von ihr sagte man:

»Sie ist wie ein Aal: sie gleitet einem durch die Finger und läßt sich von niemand einfangen.«

Ssonetka hatte Geschmack und war wählerisch; sie wollte, daß man ihr die Leidenschaft nicht im rohen Zustande, sondern mit einer pikanten Sauce entgegenbringe; sie verlangte Leiden und Opfer. Fiona war aber die verkörperte russische Einfalt, die viel zu faul ist, um jemand »Nein« zu sagen und die nur das eine weiß, daß sie ein Weib ist. Solche Frauen werden in den Räuberbanden, Sträflingstransporten und Petersburger sozialistischen Kommunen sehr geschätzt.

Das Erscheinen dieser beiden Frauen in dem gleichen Transport, in dem sich Ssergej und Katerina Lwowna befanden, hatte für diese letztere eine tragische Bedeutung.

14.

Gleich in den ersten Tagen nach dem Ausmarsche aus Nischnij-Nowgorod begann sich Ssergej in auffälliger Weise um die Gunst der Soldatenfrau Fiona zu bewerben. Er hatte auch bald Erfolg. Die schöne Fiona ließ ihn nicht allzu lange zappeln und erfüllte sein Sehnen, wie sie in ihrer Herzensgüte auch jeden anderen beglückte. Auf der dritten oder vierten Etappe hatte Katerina Lwowna sich wieder die Möglichkeit einer Zusammenkunft mit Ssergej erkauft. Sie liegt auf ihrem Lager und wartet: gleich wird der Aufseher kommen und ihr zuraunen: »Lauf schnell hinaus!« Die Türe geht einmal auf, und eine der Frauen huscht hinaus; die Türe geht wieder auf, und von der Pritsche springt eine andere Frau und verschwindet im Korridor. Endlich zupft jemand Katerina Lwowna am Kittel. Sie springt schnell von der von so vielen Sträflingsrücken glattgescheuerten Pritsche, wirft sich den Kittel um und folgt dem Aufseher.

Als Katerina Lwowna durch den Korridor ging, der nur an einer Stelle ganz schwach von einem kleinen Lämpchen beleuchtet war, stieß sie auf zwei oder drei Paare, die sie aus der Entfernung nicht sehen konnte. Aus der Männerabteilung tönte durch das Türgitter verhaltenes Lachen.

»Wie die wiehern!« brummte der Begleiter Katerina Lwownas. Er nahm sie bei den Schultern, stieß sie in eine Ecke und zog sich zurück.

Katerina Lwowna stieß mit der Hand auf einen groben Kittel und einen Bart; ihre andere Hand berührte ein heißes Frauengesicht.

»Wer ist's?« fragte Ssergej leise.

»Und mit wem bist du hier?«

Katerina Lwowna riß der Nebenbuhlerin im Finstern das Tuch vom Kopfe. Jene taumelte auf die Seite, fing zu laufen an, stolperte aber und fiel hin.

Aus der Männerabteilung erscholl lautes Lachen.

»Schurke!« flüsterte Katerina Lwowna und schlug Ssergej mit den Enden des Tuches, das sie seiner neuen Geliebten vom Kopfe gerissen hatte, ins Gesicht.

Ssergej erhob seine Hand; Katerina Lwowna huschte aber durch den Korridor zur Türe ihrer Zelle. Aus der Männerabteilung klang nun so lautes Lachen, daß der Wachtposten, der vor dem Lämpchen stand und sich gleichgültig auf die Spitze seines Stiefels spuckte, den Kopf hob und rief:

»Ruhe!«

Katerina Lwowna legte sich schweigend auf ihre Pritsche und lag so bis zum Morgen da. Sie wollte sich sagen: »Ich liebe ihn nicht mehr«, fühlte aber, daß sie ihn noch mehr, noch glühender liebte. Und sie malte sich aus, wie seine Hand, mit der er die Andere am Kinn gehalten, bei der Berührung mit der ihrigen gezittert, wie seine andere Hand die warmen Schultern der Andern umschlungen hatte.

Die arme Frau brach in Tränen aus und wünschte sich, daß die gleichen Hände in diesen Augenblicken ihr Gesicht streicheln und ihre krampfhaft zuckenden Schultern umfassen möchten.

»Gib mir mein Tuch zurück«, mit diesen Worten wurde sie am Morgen von der Soldatenfrau Fiona geweckt.

»Du warst es also?«

»Gib's mir, bitte, zurück!«

»Warum trennst du uns voneinander?«

»Trenne ich euch denn? Ist es eine Liebe, oder habe ich irgendeinen Vorteil davon, daß du mir zürnen sollst?«

Katerina Lwowna dachte einen Augenblick nach, holte unter dem Kissen das Tuch, das sie der andern nachts vom Kopfe gerissen hatte, warf es Fiona zu und wandte sich zur Wand.

Sie fühlte sich ein wenig erleichtert.

»Pfui«, sagte sie sich, »werde ich denn auf so einen angemalten Mistkübel eifersüchtig sein? Mag sie in die Erde versinken. Es täte mir weh, mich mit ihr auch nur zu vergleichen.«

»Hör einmal, Katerina Lwowna«, sagte ihr am nächsten Tage Ssergej, an ihrer Seite gehend, »merke dir bitte, daß ich nicht Sinowij Borissowitsch, sondern ein Anderer bin und daß du nicht mehr die feine Dame bist. Tu darum, bitte, nicht so stolz. Bockigkeit gilt hier nicht.«

Katerina Lwowna erwiderte nichts. In den nächsten acht Tagen wechselte sie mit Ssergej weder ein Wort, noch einen Blick. Sie fühlte sich beleidigt und war stolz genug, um nicht den ersten Schritt zur Versöhnung mit Ssergej, mit dem sie sich zum erstenmal im Leben entzweit hatte, zu machen.

Während Katerina Lwowna ihm schmollte, begann Ssergej mit der weißen Ssonetka anzubandeln. Bald begrüßte er sie als »Ergebenster Diener«, bald lächelte er ihr zu, bald versuchte er sie zu umarmen und an sich zu drücken. Katerina Lwowna sah alles, und in ihrem Herzen siedete es noch mehr.

»Soll ich mich mit ihm vielleicht doch aussöhnen?« fragte sie sich, in einemfort stolpernd.

Ihr Stolz erlaubte es ihr nun noch weniger als früher, den ersten Schritt zu tun. Ssergej klebte aber immer fester an Ssonetka, und allen kam es vor, als ob die unzugängliche Ssonetka, die sonst allen wie ein Aal durch die Finger glitt, etwas gefügiger geworden wäre.

»Du warst mir böse«, sagte einmal Fiona zu Katerina Lwowna, »was habe ich dir aber getan? Mit mir hat er ja nur ganz kurz angebandelt. Ich rate dir aber, auf die Ssonetka aufzupassen.«

›Jetzt gebe ich aber meinen Stolz auf: heute noch will ich mich mit ihm aussöhnen!‹ sagte sich Katerina Lwowna. Sie überlegte sich nur noch, wie sie am besten den ersten Schritt machen sollte.

Aus dieser schwierigen Lage befreite sie Ssergej selbst.

»Katerina Lwowna!« sagte er ihr auf einer Station. »Komm heute Nacht für einen Augenblick zu mir heraus: ich muß dich sprechen.«

Katerina Lwowna sagte nichts.

»Zürnst du mir vielleicht noch immer? Wirst du nicht kommen?«

Katerina Lwowna sagte noch immer nichts.

Ssergej und alle, die Katerina Lwowna beobachteten, sahen aber, wie sie sich vor dem Etappengebäude an den Oberaufseher heranmachte und ihm die siebzehn Kopeken, die sie unterwegs zusammengebettelt hatte, in die Hand drückte.

»Wenn ich noch mehr zusammengebettelt habe, kriegst du noch zehn Kopeken«, flüsterte sie ihm zu.

Der Oberaufseher steckte das Geld in den Ärmelaufschlag und sagte: »Gut.«

Als diese Unterhandlungen zu Ende waren, blinzelte Ssergej mit einem vielsagenden Hüsteln Ssonetka zu.

»Ach, Katerina Lwowna!« sagte er, sie auf den Stufen des Etappengebäudes umarmend. »Kinder, es gibt auf der ganzen Welt kein zweites Weib wie dieses!«

Katerina Lwowna errötete vor Glück, und ihr stockte der Atem.

Als nachts die Türe leise aufging, sprang sie ungestüm hinaus. Am ganzen Leibe zitternd, tastete sie den dunklen Korridor nach Ssergej ab.

»Meine liebe Katja!« sagte Ssergej, sie umarmend.

»Ach, du Böser!« antwortete Katerina Lwowna unter Tränen und drückte ihre Lippen auf die seinigen.

Der Wachtposten ging im Korridor auf und ab, blieb manchmal stehen, um sich auf die Stiefel zu spucken; die müden Sträflinge schnarchten in ihren Zellen; irgendwo knabberte eine Maus an einem Federkiel; hinter dem Ofen zirpten die Heimchen; Katerina Lwowna aber genoß in vollen Zügen ihr höchstes Glück.

Die Verzückung legte sich, und es begann die unvermeidliche Prosa des Alltags.

»Ich halt es nicht länger aus; das Bein schmerzt mir vom Knöchel bis zum Knie«, jammerte Ssergej, an ihrer Seite in einem Korridorwinkel sitzend.

»Was kann man dagegen tun?« fragte sie, sich unter seinen Kittel schmiegend.

»Soll ich mich vielleicht in Kasan ins Lazarett legen?«

»Was fällt dir ein, Sserjoscha?«

»Was soll ich denn machen, wenn es mir so weh tut?«

»Du wirst im Lazarett bleiben, und ich soll allein weiter marschieren? ...«

»Was soll ich machen? Die Ketten werden mir bald die Knochen durchwetzen. – Wenn ich wenigstens ein Paar wollene Strümpfe unter die Ketten tun könnte«, fügte Ssergej nach einer Weile hinzu.

»Strümpfe? Sserjoscha, ich habe noch ein paar neue Strümpfe.«

»Ach, behalt sie nur!«

Katerina Lwowna sagte kein Wort. Sie lief in ihre Zelle, packte in aller Eile ihren Sack aus und brachte Ssergej ein Paar dicke blaue wollene Strümpfe mit grellfarbigen Zwickeln.

»Jetzt wird es irgendwie gehen«, sagte Ssergej, sich von ihr verabschiedend und ihr letztes Paar Strümpfe mitnehmend.

Katerina Lwowna kehrte überglücklich in ihre Zelle zurück und schlief sofort ein.

Sie hörte gar nicht, wie gleich darauf Ssonetka in den Korridor kam und wie sie erst bei Morgengrauen wieder zurückging.

Das spielte sich nur zwei Tagemärsche vor Kasan ab.

15.

Ein kalter trüber Tag mit durchdringendem Wind und einem mit Schnee vermengten Regen empfing den Transport vor dem Tore des dumpfen Etappengefängnisses. Katerina Lwowna trat recht frisch und munter ins Freie. Als sie sich aber an ihren Platz stellte, erbebte sie am ganzen Leibe und wurde grün. Es wurde ihr finster vor den Augen, und alle ihre Glieder begannen zu schmerzen. Sie hatte Ssonetka in den ihr wohlbekannten blauen wollenen Strümpfen mit den grellfarbigen Zwickeln erblickt.

Katerina Lwowna schleppte sich mehr tot als lebendig vorwärts; sie blickte wie irrsinnig und wandte ihre Augen nicht von Ssergej.

Auf der ersten Station ging sie ruhig auf ihn zu, flüsterte »Schurke!« und spuckte ihm ganz unerwartet in die Augen.

Ssergej wollte sich auf sie stürzen, man hielt ihn aber zurück.

»Warte nur!« sagte er, sich das Gesicht abwischend.

»Wie tapfer sie doch gegen dich ist!« spotteten unterwegs die Sträflinge über Ssergej. Am lustigsten lachte Ssonetka.

Dieses Zwischenspiel war ganz nach ihrem Geschmack.

»Ich werde es dir schon zeigen!« drohte Ssergej Katerina Lwowna.

Vom anstrengenden Marsch bei dem schlechten Wetter ermüdet, schlief Katerina Lwowna mit blutendem Herzen auf der Pritsche der nächsten Etappe ein. Sie hörte gar nicht, wie in die Frauenabteilung zwei Männer kamen.

Bei ihrem Erscheinen erhob sich Ssonetka von der Pritsche, zeigte stumm auf Katerina Lwowna, legte sich wieder hin und hüllte sich in ihren Kittel.

In diesem Augenblick wurde Katerina Lwowna der Kittel über den Kopf gezogen, und auf ihren Rücken, der nur noch mit dem groben Hemd bekleidet war, sauste das dicke Ende eines doppelt zusammengedrehten Strickes nieder.

Katerina Lwowna schrie auf. Der Kittel, der ihr über den Kopf geworfen war, erstickte aber ihre Stimme. Sie versuchte aufzuspringen, konnte sich aber nicht rühren; auf ihren Schultern saß ein kräftiger Mann, der sie an den Händen festhielt.

»Fünfzig!« zählte schließlich eine Stimme, in der sie unschwer die Stimme Ssergejs erkennen konnte. Die nächtlichen Gäste verschwanden ebenso plötzlich, wie sie gekommen waren.

Katerina Lwowna befreite ihren Kopf und sprang auf. Niemand war mehr in der Zelle. In der Nähe kicherte aber jemand. Katerina Lwowna erkannte Ssonetkas Stimme.

Ihr Schmerz wurde nun grenzenlos; grenzenlos war auch der Haß, der in diesem Augenblick in ihrem Herzen aufloderte. Sie sprang auf, um sich auf Ssonetka zu stürzen und fiel ohnmächtig in die Arme Fionas, die ihr zu Hilfe eilte.

An der Brust der stumpfsinnigen Nebenbuhlerin, die erst vor kurzem den ungetreuen Geliebten Katerina Lwownas vor Wollust zittern ließ, weinte sie nun vor unerträglichem Schmerz. Sie schmiegte sich an Fiona, wie sich ein Kind an seine Mutter schmiegt. Nun waren sie beide gleich: beide waren im Werte gesunken, beide waren verlassen.

Die sich jedem Zufall hingebende Fiona und die Heldin der Liebestragödie, Katerina Lwowna, waren nun einander gleich!

Katerina Lwowna fühlte sich aber dadurch gar nicht verletzt. Als sie alle ihre Tränen ausgeweint hatte, erstarrte sie zu Stein und machte sich bereit, zum Appell zu gehen.

Die Trommel wirbelt; die gefesselten und nicht gefesselten Sträflinge stürzen in den Hof; auch Ssergej ist darunter, auch Fiona, Ssonetka und Katerina Lwowna; ein mit einem Juden zusammengeketteter Sektierer, und ein Pole an der gleichen Kette mit einem Tataren.

Alle drängten sich zuerst zu einem unordentlichen Haufen zusammen, stellten sich dann in Reihen auf, und der Zug setzte sich in Bewegung.

Ein furchtbar trauriges Bild: ein Häuflein Menschen, die von der Welt losgerissen sind und auch nicht den Schatten einer Hoffnung auf eine bessere Zukunft haben, watet durch den kalten schwarzen Straßenkot. Alles ist so häßlich: der unendliche Schmutz, der graue Himmel, die entblätterten, nassen Weiden und die mürrische Krähe, die zusammengekauert in den nackten Ästen hockt. Der Wind stöhnt und wütet, heult und brüllt.

Aus diesen höllischen, herzzerreißenden Tönen, die das Grauen des Bildes vervollständigen, klingen die Worte der Frau des biblischen Hiob: »Verfluche den Tag deiner Geburt und stirb!«

Wer diesen Worten nicht lauschen will, wen der Gedanke an den Tod selbst in dieser traurigen Lage nicht erfreut, sondern erschreckt, der muß alle die heulenden Stimmen mit einem noch häßlicheren Geheul übertönen. Das einfache Volk weiß das sehr gut: es entfesselt dann seine ganze tierische Natur und beginnt, sich selbst, die andern Menschen und alle Gefühle zu verhöhnen. Es ist auch sonst nicht besonders zartfühlend; unter solchen Umständen wird es aber noch einmal so roh und boshaft.

»Wie geht's, Kaufmannsfrau? Sind Euer Wohlgeboren bei guter Gesundheit?« fragte Ssergej in frechem Tone Katerina Lwowna, als das Dorf, in dem der Transport die letzte Nacht verbracht hatte, hinter dem nassen Hügel verschwunden war.

Gleich darauf wandte er sich an Ssonetka, hüllte sich in den Schoß seines Mantels und begann mit hoher Stimme zu singen:

»Hinterm Fenster leuchten deine Locken, Schätzchen,
Ach, mein Jammer schläft nicht, und du schläfst nicht, Kätzchen,
Mit des Mantels Saume will ich dich bedecken ...«

Bei diesen Worten umarmte er Ssonetka und küßte sie vor aller Augen ...

Katerina Lwowna sah es und sah es nicht. Sie war wie geistesabwesend. Die Leute stießen sie in die Seite und machten sie darauf aufmerksam, wie sich Ssergej gegen Ssonetka benahm. Sie wurde zur Zielscheibe des allgemeinen Spottes.

»Laßt sie in Ruhe«, trat Fiona für sie ein, sooft jemand von den Sträflingen über die halbohnmächtige Katerina Lwowna zu spotten anfing. »Seht ihr denn nicht, daß die Frau ganz krank ist?«

»Sie hat sich wohl die Füßchen durchnäßt«, scherzte ein junger Sträfling.

»Natürlich: sie ist ja vom Kaufmannsstande und verwöhnt«, versetzte Ssergej.

»Wenn sie wenigstens warme Strümpfe hätte, würde es ihr wohl weniger machen«, fügte er hinzu.

Katerina Lwowna fuhr wie aus dem Schlafe auf.

»Gemeine Schlange!« sagte sie, unfähig, sich länger zu beherrschen. »Spotte nur, du Schuft, spotte nur!«

»Ich spotte ja gar nicht, sondern meine es ganz ernst: Ssonetka hat ein paar vortreffliche Strümpfe zu verkaufen. Ich frage mich, ob die Kaufmannsfrau sie nicht kaufen will.«

Viele lachten. Katerina Lwowna ging wie ein aufgezogener Automat weiter.

Das Wetter wurde immer schlechter. Aus den grauen Wolken, die den Himmel bedeckten, fielen nasse Schneeflocken herab, die, sobald sie nur den Boden berührten, tauten und den Straßenschmutz noch vergrößerten. Endlich zeigte sich am Horizont ein dunkler bleigrauer Streif, dessen Breite man gar nicht überblicken konnte: es war die Wolga. Über dem Strome zog ein steifer Wind, der breite, dunkle Wellen vor sich trieb.

Die durchnäßten und halberfrorenen Sträflinge gingen langsam zum Landungssteg und blieben in Erwartung der Fähre stehen.

Die nasse dunkle Fähre kam ans Ufer. Die Begleitmannschaften trieben die Sträflinge auf die Fähre.

»Auf dieser Fähre gibt es Schnaps zu kaufen«, sagte einer der Sträflinge, als die von nassen Schneeflocken überschüttete Fähre vom Ufer stieß und auf den Wellen des Stromes zu schwanken begann.

»Es wäre wirklich gut, einen Tropfen zu trinken!« sagte Ssergej. Zur Belustigung Ssonetkas machte er sich wieder an Katerina Lwowna heran und sagte: »Kaufmannsfrau, wir sind ja alte Freunde: kauf mir etwas Schnaps. Geize nicht. Gedenke doch, Liebste, unserer alten Liebe! Weißt du noch, meine Freude, wie wir die langen Herbstnächte miteinander verbrachten und deine Verwandten ohne Popen und ohne Küster ins Jenseits schickten?«

Katerina Lwowna zitterte vor Kälte, die ihr unter den nassen Kleidern durch Mark und Bein drang. In ihr ging aber auch etwas anderes vor. Ihr Kopf brannte wie im Feuer; die Pupillen waren erweitert, von einem irren, scharfen Glanz belebt und starr auf die Wellen gerichtet.

»Auch ich würde gerne etwas Schnaps trinken: es ist so unerträglich kalt!« sagte Ssonetka mit ihrer hellen Stimme.

»Kaufmannsfrau, kauf uns doch Schnaps!« drang Ssergej in sie ein.

»Du hast wirklich kein Gewissen im Leibe!« sagte Fiona, vorwurfsvoll den Kopf schüttelnd.

»Das macht dir keine Ehre«, unterstützte der junge Sträfling Gordjuschka die Soldatenfrau.

»Wenn du dich vor ihr nicht schämst, so solltest du dich wenigstens vor den Leuten schämen!«

»Ach, du, Allerwelts-Schnupftabaksdose!« schrie Ssergej Fiona an. »Was redest du vom Gewissen? Vor wem brauche ich mich zu schämen? Vielleicht habe ich sie überhaupt niemals geliebt, und jetzt … jetzt ist mir Ssonetkas ausgetretener Schuh lieber als die Fratze dieser geschundenen Katze. Was hast du mir vorzuwerfen? Soll sie nur den schiefmäuligen Gordjuschka lieben, oder … (er blickte auf den kleinen Wachsoldaten, der in Uniformmütze und langhaarigem Filzmantel im Sattel saß) oder diesen Soldaten da: unter seinem Filzmantel ist sie wenigstens vom Regen geschützt.«

»Und dann wird sie Offiziersfrau heißen«, lachte Ssonetka.

»Gewiß! Und hat auch Geld, um sich Strümpfe zu kaufen«, fügte Ssergej hinzu.

Katerina Lwowna wehrte sich nicht; sie blickte immer starrer auf die Wellen und bewegte lautlos die Lippen. Zwischen den häßlichen Worten Ssergejs hörte sie die Wogen dröhnen und heulen. In einem sich brechenden Wolkenkamm erscheint plötzlich der blaue Kopf Boris Timofejewitschs; aus einer anderen Welle erhebt sich die Gestalt ihres Mannes; er schwankt und hält Fedja, der den Kopf gesenkt hat, umarmt. Katerina Lwowna will sich auf irgendein Gebet besinnen, ihre Lippen flüstern aber: »Wie wir die langen Herbstnächte miteinander verbrachten und die Verwandten ohne Popen und ohne Küster ins Jenseits schickten.«

Katerina Lwowna zitterte. Ihre irren Blicke waren auf einen Punkt gerichtet. Sie hob einige Male die Arme, streckte sie vor sich aus und ließ sie wieder sinken. Noch einen Augenblick – und sie beugte sich, ohne die Augen von einer dunklen Woge zu wenden, vor, packte Ssonetka an den Beinen und sprang mit ihr über das Geländer der Fähre.

Alle waren vor Schreck wie erstarrt.

Katerina Lwowna erschien auf dem Kamm einer Woge und ging wieder unter; aus einer andern Welle tauchte Ssonetka auf.

»Den Bootshaken her! Werft den Bootshaken aus!« schrien die Leute auf der Fähre.

Der schwere Bootshaken flog am langen Strick durch die Luft und fiel ins Wasser. Von Ssonetka war wieder nichts zu sehen. Nach zwei Sekunden warf sie, von der Strömung um ein weites Stück von der

Fähre fortgetrieben, beide Arme aus dem Wasser empor; in diesem Augenblick tauchte aus einer anderen Welle fast bis zu den Hüften Katerina Lwowna empor. Sie stürzte sich wie ein kräftiger Hecht über eine schwache Plötze auf Ssonetka, und beide kamen nicht mehr zum Vorschein.

Der Linkshänder

Was man vom Tulaer schieläugigen Linkser erzählt

und von einem stählernen Floh

1.

Als Kaiser Alexander Pawlowitsch die Wiener Plauderei beendet hatte, wollte er in Europa herumfahren und sich in den einzelnen Ländern die Wunderdinge anschauen. Er bereiste alle Staaten, und überall hatte er seiner Freundlichkeit wegen die vertraulichsten Gespräche mit allen Leuten, und alle wollten ihn durch irgend etwas in Staunen setzen und für sich gewinnen. Mit ihm war aber der Donsche Kosak Platow, der solche Neigungen nicht liebte, sich ständig nach seiner Häuslichkeit sehnte und deshalb den Kaiser immer antrieb, zurückzukehren. Und kaum merkte Platow, daß der Kaiser sich für irgend etwas Ausländisches interessierte, das ganze Gefolge aber schwieg, so sagte er auch schon alsogleich: »So und so, auch bei uns zu Hause ist das Unsrige nicht schlechter«, und lenkte irgendwie den Kaiser ab.

Die Engländer wußten das und dachten sich zur Ankunft des Kaisers allerlei Listen aus, um ihn für das Ausländische zu gewinnen und den Russen zu entfremden. In vielen Fällen erreichten sie das auch, besonders auf großen Versammlungen, wo Platow nicht perfekt französisch sprechen konnte. Er interessierte sich indes auch wenig dafür: er war ein verheirateter Mann, und alle französischen Gespräche hielt er für Nichtigkeiten, die der Aufmerksamkeit nicht wert seien. Als aber die Engländer den Kaiser in ihre mannigfaltigen Zeughäuser, Waffen-, Seifen- und Sägewerke einluden, um ihm zu zeigen, wie überlegen sie uns in allen diesen Dingen seien und um sich dessen zu rühmen – da sagte Platow zu sich selber:

»Nein, damit aber Schluß. Bis jetzt habe ich noch ruhig zugesehen, weiter geht das aber nicht mehr. Ob ich zu sprechen verstehe oder nicht, die Meinigen werde ich nicht preisgeben!«

Und kaum hatte er zu sich selber ein solches Wort gesagt, da sprach auch der Kaiser zu ihm:

»So und so, morgen werde ich mit dir fahren, ihre Waffenkunstkammer zu besichtigen. Dort«, spricht er, »sind solche Vollkommenheiten der Natur, daß, wenn du nur hinschaust, du weiter nicht mehr bestreiten wirst, daß wir Russen mit unserm Wissen gar nichts taugen.«

Platow antwortete dem Kaiser gar nichts. Er senkte nur seine gekrümmte Nase auf seinen zottigen Überwurf; als er aber in seine Wohnung kam, befahl er seinem Burschen, ihm aus dem Keller eine Flasche kaukasischen Branntwein zu bringen, goß ein schönes Glas davon hinter die Binde, betete vor seinem Reiseheiligenbilde zu Gott, hüllte sich in seinen Überwurf und fing derart zu schnarchen an, daß in dem ganzen Hause kein Engländer schlafen konnte.

Er dachte: »Morgenstund' hat Gold im Mund'«.

2.

Am andern Tage fuhr der Kaiser mit Platow in die Kunstkammern. Sonst hatte der Kaiser niemanden von den Russen mitgenommen, weil man ihm nur einen zweisitzigen Wagen geschickt hatte.

Sie langten bei einem nicht allzu großen Gebäude an – die Auffahrt ist unbeschreiblich, Korridore ins Unendliche, die Zimmer gehen eines in das andere, und endlich in dem hauptsächlichsten Saale stehen verschiedene gewaltige Büsten, und in der Mitte unter einem Baldachin steht »Abolon von Polwedere«.

Der Kaiser blickt auf Platow, ob er wohl sehr erstaunt sei, und worauf er schaue. Der aber geht, die Augen zu Boden gesenkt, so dahin, als sehe er gar nichts – und dreht nur Ringe aus seinem Schnurrbart.

Die Engländer begannen alsogleich, verschiedene Wunder zu zeigen und zu erklären, was bei ihnen für kriegerische Zwecke eingerichtet ist. »Sturmmesser« für die Marine, »Pontonen« für das Fußvolk und geteerte Segeltücher für die Reiterei. Der Kaiser hat an dem allen seine Freude, alles kommt ihm sehr schön vor, Platow aber bleibt dabei, daß für ihn das alles gar nichts bedeute.

Der Kaiser spricht: »Wie ist denn das möglich? – Weshalb ist in dir eine solche Gefühllosigkeit? Gibt es denn wirklich hier gar nichts für dich zu bewundern?«

Platow antwortet: »Mir ist hier nur das Eine erstaunlich, daß meine forschen Kerle vom Don ohne dies alles Krieg führten und zwölf Heidenvölker davonjagten!«

Der Kaiser spricht: »Das ist Unsinn!«

Platow antwortet: »Ich weiß nicht, worauf ich das beziehen soll, zu streiten wage ich aber nicht und muß schweigen.«

Als aber die Engländer eine solche Auseinandersetzung zwischen ihnen wahrnahmen, führten sie ihn sogleich gerade zu dem »Abolon von Polwedere« und nahmen dem aus der einen Hand ein Mortimergewehr, aus der andern eine Pistole.

»Sehen Sie«, sprachen sie, »wie bei uns gearbeitet wird«, und zeigten ihm das Gewehr.

Der Kaiser schaute ruhig auf das Mortimergewehr, weil er solche in Zarskoje Ssjelo selber besitzt, jene aber geben ihm darauf die Pistole und sagen:

»Diese Pistole ist von unbekannter, unnachahmlicher Meisterschaft. Unser Admiral zog sie einem Räuberhauptmann in ›Kandelabrien‹ aus dem Gürtel.«

Der Kaiser schaut auf die Pistole und kann sich nicht satt sehen. Er seufzt furchtbar.

»Ach, ach, ach ...«, spricht er, »wie kann man nur so, wie kann man das denn überhaupt so fein machen!« Und er wendet sich zu Platow und spricht zu ihm auf russisch: »Siehst du, wenn bei mir in Rußland auch nur *ein* solcher Meister wäre, würde ich darüber äußerst glücklich und stolz sein und diesen Meister sogleich in den Adelstand erheben!«

Platow aber versenkte auf diese Worte hin sofort seine rechte Hand in seine weiten Pluderhosen und zog von dort einen Gewehrschraubenzieher heraus. Die Engländer sagen: »Das läßt sich nicht öffnen!« Er aber gibt gar nicht darauf acht und beginnt das Schloß aufzudrehen. Er dreht einmal um, zweimal – das Schloß ist herausgefallen. Platow zeigt dem Kaiser den Drücker und grade auf der Rundung die russische Aufschrift: »Iwan Moskwin aus der Stadt Tula«.

Die Engländer erstaunen, und einer stößt den andern an:

»O je, da sind wir hereingefallen!«

Der Kaiser aber spricht kummervoll:

»Weshalb hast du sie so in Verlegenheit gebracht, mir tun sie jetzt sehr leid. Laßt uns abfahren.«

Sie setzten sich wiederum in denselben zweisitzigen Wagen und fuhren ab; und der Kaiser war an diesem Tage auf einem Ball. Platow aber goß ein noch größeres Glas Branntwein hinter die Binde und entschlummerte eines festen Kosakenschlafes.

Es war ihm froh zumute, daß er die Engländer in Verlegenheit gebracht und ihnen den Tulaer Meister zum Vorbild gegeben hatte. Dabei war es ihm aber auch verdrießlich: Weshalb hatte der Kaiser bei einer solchen Gelegenheit die Engländer bemitleidet!

»Worüber hat sich denn da der Kaiser gegrämt«, dachte Platow, »ich verstehe das ganz und gar nicht«, und in solchen Gedanken stand er zweimal auf, bekreuzte sich und trank Schnaps, bis er sich gewaltsam einen starken Schlaf zugezogen hatte.

Die Engländer aber konnten zu dieser selben Zeit gleichfalls nicht schlafen, weil es auch ihnen »wirbelte«. Während der Kaiser sich auf dem Ball vergnügte, bereiteten sie ihm ein derartiges neues Wunderwerk vor, daß diesmal auch Platow alle Phantasie ausging.

3.

Am andern Tage, als Platow beim Kaiser erschien, um ihm einen guten Morgen zu wünschen, spricht er zu ihm:

»Laß sogleich den zweisitzigen Wagen anspannen, um die neuen Kunstkammern anzusehen!«

Platow erkühnte sich sogar, zu bemerken, ob es nicht etwa genug sei, die fremdländischen Erzeugnisse anzuschauen und ob es nicht besser wäre, sich auf den Weg nach Rußland zu machen.

Der Kaiser aber spricht:

»Nein, ich wünsche noch andere Neuigkeiten zu sehen: man hat sich vor mir gebrüstet, daß man bei ihnen die erste Sorte Zucker bereite.«

Sie fuhren ab.

Die Engländer zeigten dem Kaiser, was sie für verschiedene erste Sorten haben, Platow aber schaut und schaut und spricht plötzlich:

»Aber zeigt uns doch aus Euern Fabriken den Zucker ›Chalva‹!«

Die Engländer wissen nicht, was das bedeutet »Chalva«. Sie flüstern untereinander, zwinkern einander zu und wiederholen »Chalva?« – »Chalva?«, können aber nicht verstehen, daß bei uns ein solcher Zucker hergestellt wird, und müssen zugeben, daß es bei ihnen alle Arten Zucker gibt, »Chalva« aber nicht.

Platow spricht:

»Nun, so ist auch kein Grund, zu prahlen. Kommt zu uns, wir werden Euch Tee zu trinken geben mit echtem ›Chalva‹ aus der Bobrinskijschen Fabrik.«

Aber der Kaiser zupfte ihn am Ärmel und sprach leise zu ihm: »Bitte, verdirb mir nicht die Politik!«

Da riefen die Engländer den Kaiser in die allerletzte Kunstkammer, wo in der ganzen Welt gesammelte Mineralien und »Nymphusorien« lagen, von der allergrößten ägyptischen Pyramide bis zu einem »unterhäutigen« Floh, den man mit bloßem Auge selber gar nicht wahrnehmen, wohl aber seine Bisse zwischen Haut und Körper verspüren konnte.

Der Kaiser fuhr dorthin.

Man beschaute die Pyramiden und allerhand ausgestopfte Tiere und ging weg. Platow aber denkt bei sich:

»Nun, Gott sei Dank, alles steht gut – der Kaiser staunt über gar nichts.«

Kaum aber waren sie in die allerletzte Kammer getreten, so stehen dort ihre Arbeiter in Arbeitskleidung und Schürzen und halten eine »Tablette«, auf der gar nichts liegt.

Der Kaiser erstaunte sich plötzlich – daß man ihm eine leere »Tablette« hinhält.

»Was bedeutet das?« fragte er; die englischen Meister aber antworten: »Das ist unser untertäniges Geschenk an Eure Majestät!«

»Was ist es denn?«

»Aber«, sprechen sie, »geruhen Sie dort ein Körnchen zu sehen?«

Der Kaiser schaute hin und sieht, auf der silbernen »Tablette« liegt wirklich das allerwinzigste Körnchen.

Die Arbeiter sprechen:

»Geruhen Sie Ihre Fingerchen anzuspeicheln und es aufs Händchen zu nehmen.«

»Was soll mir aber denn das Körnchen?«

»Dies«, antworten sie, »ist kein Körnchen, vielmehr ein ›Nymphusorium‹.«

»Ist es lebendig?«

»Keineswegs«, antworten sie, »es ist nicht lebendig, vielmehr ganz aus englischem Stahl in Gestalt eines Flohs von uns ausgeschmiedet, und in seiner Mitte ist ein Uhrwerk und eine Feder. Geruhen Sie es mit dem Schlüssel aufzuziehen: es wird sogleich zu tanzen beginnen!« Der Kaiser ward neugierig und fragt: »Wo ist denn aber das Schlüsselchen?«

Die Engländer sagen:

»Hier ist auch der Schlüssel, vor Ihren Augen.«

»Weshalb aber«, spricht der Kaiser, »sehe ich ihn nicht?«

»Deshalb«, antworten sie, »weil man dazu ein ›Winzigglas‹ braucht.«

Man reichte ein »Winzigglas«, und der Kaiser sah, daß tatsächlich neben dem Floh ein Schlüsselchen auf der »Tablette« lag.

»Geruhen Sie«, sprachen sie, »es ins Händchen zu nehmen. Bei ihm im Bäuchelchen ist ein Aufziehlöchelchen, der Schlüssel macht sieben Umdrehungen, und dann wird es zu tanzen anfangen ...«

Mit Mühe erfaßte der Kaiser dieses Schlüsselchen und kaum vermochte er es mit den Fingerspitzen zu halten. Mit der anderen Hand aber nahm er das Flöhchen, und kaum hatte er das Schlüsselchen hineingesteckt, als er fühlte, wie der Floh sein Schnurrbärtchen zu bewegen begann, dann mit den Füßchen zu trippeln und endlich zu springen und in einem Flug gleich ein »Dansé« und zwei »Variationen« nach der einen Seite zu machen, dann nach der anderen, und so tanzte er in drei »Variationen« die ganze Quadrille.

Der Kaiser befahl sogleich, den Engländern eine Million zu geben, in was für Geld sie selber wollten – sei es in silbernen Fünfkopekenstücken, sei es in kleinen Assignaten.

Die Engländer baten, man möchte es ihnen in Silber auszahlen, weil sie sich in den Papierchen nicht auskennten; dabei aber offenbarten sie aufs neue ihre Schlauheit: den Floh gaben sie zum Geschenk, ein Futteral für ihn hatten sie indes nicht mitgebracht. Ohne Futteral konnte man aber weder ihn noch das Schlüsselchen halten, weil sie sich sonst verlieren, und man sie dann mit dem Kehricht hinauswirft. Das Futteral zu ihm bestand aber in einer Diamantnuß, aus einem Stück gemacht – dem Floh war ein Plätzchen in der Mitte ausgeschliffen. Dies Futteral gaben sie nicht, weil es, so sagen sie, dem Staate gehöre, und in dieser Beziehung sei es bei ihnen streng: nicht einmal für den Kaiser dürfe man es opfern.

Platow wollte sich schon sehr erzürnen. »Wozu«, so spricht er, »ein solcher Betrug! Das Geschenk haben sie dargebracht und eine Million dafür erhalten, und immer noch nicht genug! Ein Futteral«, spricht er, »gehört immer zu jeder Sache.«

Der Kaiser aber spricht:

»Hör' bitte auf, das ist nicht deine Sache – verdirb' mir nicht die Politik. Sie haben ihre Gebräuche.« Und er fragt: »Wieviel kostet diese Nuß, in die der Floh hineingeht?«

Die Engländer setzen dafür noch Fünftausend fest.

Kaiser Alexander Pawlowitsch sagt:

»Man soll es ihnen auszahlen«, selber aber steckt er den Floh in dies Nüßchen, und mit ihm zugleich auch das Schlüsselchen. Um aber nicht die Nuß zu verlieren, legte er sie in seine goldene Tabaksdose; die Tabaksdose aber befahl er in seine Reiseschatulle zu legen, die ganz ausgelegt war mit Perlmutter und Fischbein. Die englischen Meister entließ der Kaiser in Ehren und sagte ihnen: »Ihr seid die ersten Meister in der ganzen Welt, und meine Leute verstehen im Vergleich zu Euch gar nichts.«

Jene blieben sehr zufrieden, Platow aber konnte den Worten des Kaisers nichts widersprechen. Er nahm nur das »Winzigglas«, ja, und ohne ein Wort zu sagen, steckte er es in seine Tasche. »Weil«, spricht er, »es auch dazu gehört, und ihr so schon viel Geld von uns genommen habt!«

Der Kaiser wußte das gar nicht bis ganz zu seiner Ankunft in Rußland. Sie reisten aber sehr bald ab, weil der Kaiser von allen diesen »Militärangelegenheiten« in Melancholie verfiel, und er eine geistige Beichte haben wollte in Taganrog beim Popen Fjedot. Unterwegs hatten er und Platow sehr wenig angenehme Unterhaltung, weil sie völlig verschiedene Gedanken hegten: der Kaiser glaubte, den Engländern sei niemand an Kunstfertigkeit gleich, Platow hingegen bestand darauf, daß auch die Unsrigen alles machen können, was sie anschauen, nur fehle es ihnen an nützlicher Lehre. Und er hielt dem Kaiser vor, daß bei den englischen Meistern durchaus in allem andere Regeln des Lebens, der Wissenschaft und der »Verpflegung« gelten und jeder Mensch bei ihnen alle »absoluten« Möglichkeiten für sich habe, und deshalb sei in ihm auch ein ganz anderer Geist.

Der Kaiser wollte das nicht lange anhören, Platow aber steigt auf jeder Station aus und trinkt vor Verdruß ein Wasserglas Schnaps, beißt gesalzene Bretzel zu, raucht seine Weichselpfeife, in die ein ganzes Pfund Schukowscher Tabak hineinging, setzt sich dann hin und sitzt so schweigend neben dem Kaiser im Wagen. Der Kaiser schaut auf eine Seite, Platow steckt durch das andere Fenster seine Pfeife hinaus und läßt den Rauch in die Luft. So reisten sie bis Petersburg; zum Popen Fjedot nahm aber der Kaiser den Platow schon gar nicht mehr mit.

»Du«, spricht er, »bist in geistlicher Unterhaltung unenthaltsam und rauchst so viel, daß sich von deinem Qualm nur Ruß im Kopfe ansetzt!« Platow blieb gekränkt zurück und legte sich zu Hause auf sein »Verdrußsofa«, und er lag dort immerfort und rauchte ohne Unterlaß Schukowschen Tabak.

4.

Der erstaunliche Floh aus gehärtetem Stahl blieb bei Alexander Pawlowitsch in der Schatulle unter dem Fischbein, bis der Kaiser in Taganrog starb, nachdem er ihn dem Popen Fjedot gegeben hatte, damit der ihn später der Kaiserin gebe, wenn sie sich getröstet habe. Die Kaiserin Jelisaweta Alexejewna schaute die Variationen des Flohs an und lächelte, beschäftigte sich aber weiter nicht mehr mit ihm.

»Meine Sache«, spricht sie, »ist die einer Witwe, und mir sind keinerlei Unterhaltungen verführerisch«, und als sie nach Petersburg zurückgekehrt war, übergab sie dies Wunderding mit allen andern Kostbarkeiten dem neuen Kaiser zum Erbe.

Kaiser Nikolai Pawlowitsch schenkte gleichfalls anfangs dem Floh nicht die geringste Aufmerksamkeit, weil bei seiner Thronbesteigung eine »Verwirrung« war, später aber begann er einmal die ihm von seinem Bruder hinterlassene Schatulle durchzusehen und nahm aus ihr die Tabaksdose heraus, aus der Tabaksdose die Brillantnuß, und in ihr fand er den stählernen Floh, der schon lange nicht mehr aufgezogen war, und sich deshalb nicht bewegte, vielmehr friedlich dalag, als ob er versteinert wäre.

Der Kaiser schaute hin und staunte.

»Was ist denn da noch für eine Nichtigkeit, und wozu ward sie dort von meinem Bruder so aufbewahrt?«

Die Hofleute wollten es wegwerfen, der Kaiser aber spricht:

»Nein – das bedeutet irgend etwas!«

Man rief von der Anitschkin-Brücke aus der gegenüberliegenden Apotheke einen Chemiker, der auf der allerkleinsten Waage Gift abzuwiegen pflegte, und zeigte ihm das Ding; der aber nahm sogleich den Floh, legte ihn auf die Zunge und spricht: »Ich empfinde Kälte wie von einem festen Metall«. Darauf drückte er es leicht mit den Zähnen und erklärte:

»Wie es Ihnen beliebt, dies ist aber kein wirklicher Floh, vielmehr ein ›Nymphusorium‹, und es ist aus Metall gemacht, und die Arbeit ist nicht die unsrige, nicht russische.«

Der Kaiser befahl zu erkunden, woher dies stamme, und was es bedeute. Man stürzte sich sogleich in die Akten, um Verzeichnisse einzusehen – in den Akten aber war nichts eingetragen. Man begann diesen und jenen auszufragen – niemand wußte etwas. Zum Glück weilte aber damals noch der Donsche Kosak Platow unter den Lebenden und lag sogar immer noch auf seinem Verdrußsofa und rauchte seine Pfeife. Als der nun vernahm, daß bei Hof eine solche Unruhe sei, erhob er sich sogleich von seiner Kouschette, warf die Pfeife fort und erschien beim Kaiser in allen seinen Orden. Der Kaiser spricht: »Was willst du von mir, tapferer Greis?«

Platow aber antwortet:

»Mir, Eure Majestät, ist nichts für mich selber nötig, da ich esse und trinke, wozu ich Lust habe, und mit allem zufrieden bin; ich bin aber«, spricht er, »gekommen, wegen dieses ›Nymphusoriums‹ zu berichten, das man ausfindig machte; das«, spricht er, »war so und so, und folgendermaßen hat es sich vor meinen Augen in England zugetragen – und dort bei ihm liegt ein Schlüsselchen, ich aber besitze ihren ›Winzigseher‹, in dem man es sehen kann; und mit diesem Schlüssel durch das Löchelchen in seinem Bäuchelchen kann man dies ›Nymphusorium‹ aufziehen, und es wird hüpfen, wo und wann man es wünscht und zur Seite Variationen machen.«

Man zog den Floh auf, er begann zu springen. Platow aber spricht:

»Dies«, spricht er, »Eure Majestät, ist wirklich eine sehr feine und interessante Arbeit; nur ziemt es sich nicht, daß wir uns darüber lediglich wundern mit entzücktem Gefühl, vielmehr muß man sie russischen Meistern in Tula oder in Sesterbek (damals nannte man noch Sestrorezk – Sesterbek) zeigen – ob nicht unsere Meister erreichen können, daß die Engländer sich nicht mehr über die Russen überheben.«

Kaiser Nikolai Pawlowitsch hegte großes Zutrauen zu seinen Leuten und liebte es nicht, sie irgend einem Ausländer hintanzusetzen, er antwortete denn auch Platow:

»Das sprichst du gut, wackerer Greis! Und ich übertrage dir diese Sache. Ich brauche sowieso dieses Schächtelchen nicht, bei meinen vielen Sorgen. Du aber nimm es mit dir und lege dich nicht mehr auf dein ›Verdrußsofa‹, fahre vielmehr zum stillen Don und führe dort mit meinen Donzern vertrauliche Gespräche über ihr Leben, ihre Ergebenheit und was ihnen beliebt. Wenn du aber durch Tula kommen wirst, so zeige meinen Tulaer Meistern dieses ›Nymphusorium‹, dann mögen sie darüber nachdenken. Sage ihnen von mir, daß mein Bruder sich über dies Ding erstaunte und die Fremdländer, die das ›Nymphusorium‹ machten, über alles lobte; daß ich aber auf die Meinen baue, daß sie durchaus nicht schlechter sind. Sie werden mein Wort nicht zuschanden werden lassen und irgend etwas erfinden.«

5.

Platow nahm den stählernen Floh, und als er durch Tula zum Don fuhr, zeigte er ihn den Tulaer Waffenschmieden, überbrachte ihnen das Wort des Kaisers und fragte sie dann:

»Wie soll es jetzt mit uns sein, Rechtgläubige?«

Die Waffenschmiede antworteten:

»Wir, Väterchen, fühlen das gnädige Wort des Zaren und können es niemals vergessen, deshalb, weil er auf seine Leute hofft. Wie es aber im vorliegenden Falle sein wird, das können wir in einem Augenblick nicht entscheiden, weil die englische Nation gleichfalls nicht dumm ist, vielmehr sogar ziemlich schlau, und die Kunst in ihr mit großem Verstande betrieben wird. Ihr gegenüber«, sprechen sie, »muß man sich nach reiflicher Überlegung und mit Gottes Segen ans Werk machen. Du aber, wenn deine Gnaden zu uns ebensolches Vertrauen hegt, wie unser Zar, so fahre in deine Heimat nach dem stillen Don, uns aber hinterlasse das Flöhchen, wie es ist, im Futteral und in der goldenen zarischen Tabaksdose. Lustwandle am Don und heile die Wunden, die du fürs Vaterland erhieltest. Wenn du aber durch Tula zurückkehren wirst – so mache Halt und laß uns rufen: Wir werden bis zu dieser Zeit, wenn Gott es will, irgend etwas ausdenken«.

Platow war nicht völlig damit zufrieden, daß die Tulaer so viel Zeit verlangten und dabei noch nicht einmal deutlich aussprachen, was sie eigentlich zu tun gedächten. Er frug sie so und anders und sprach auf jede Weise mit ihnen, schlau, auf Donsche Art. Die Tulaer gaben ihm aber an Schläue nicht das Geringste nach, weil sie sogleich schon einen solchen Gedanken hegten, von dem sie nicht einmal hofften, daß sogar Platow ihnen glauben werde. Sie wollten vielmehr unmittelbar ihren Gedanken ausführen, und dann auch die Sache übergeben.

Sie sprechen:

»Wir wissen selber noch nicht, was wir tun werden. Wir hoffen nur auf Gott, und das Wort des Zaren wird wohl nicht durch uns zuschanden werden.«

So versuchte es denn Platow mit Kniffen, die Tulaer aber gleichfalls.

Platow verstellte sich, verstellte sich lange und sah, daß er die Tulaer nicht überlisten werde. Er gab ihnen endlich die Tabaksdose mit dem »Nymphusorium« und sprach:

»Nun, da ist nichts zu machen; möge es«, spricht er, »nach eurem Willen gehen. Ich kenne euch, was ihr für Leute seid, nun, gleichwohl, da ist nichts zu machen. Ich vertraue euch, schaut nur zu, daß ihr den Brillanten nicht umtauscht und verderbt nicht die feine englische Arbeit und braucht auch nicht zulange Zeit, weil ich rasch reise; es werden nicht zwei Wochen vergangen sein, so werde ich vom stillen Don wiederum nach Petersburg zurückkehren – daß dann unbedingt etwas dem Kaiser zu zeigen da sei.«

Die Waffenschmiede beruhigten ihn vollauf:

»Der feinen Arbeit werden wir«, sprechen sie, »keinen Schaden tun, und den Brillanten werden wir nicht umtauschen. Zwei Wochen ist uns aber Zeit genug, und wann du zurückkehren wirst, wird dir *irgend etwas* dargeboten, was würdig ist der Herrlichkeit des Zaren vorgelegt zu werden!«

Aber *was* eigentlich, das haben sie nicht gesagt!

6.

Platow reiste aus Tula ab, die Waffenschmiede aber, drei Mann, die allerkunstfertigsten – einer von ihnen schieläugig und linkshändig, trägt auf der Backe ein Muttermal, und an den Schläfen sind ihm die

Haare schon in seiner Lehrzeit ausgerissen worden – verabschiedeten sich von ihren Kameraden und Familienangehörigen, und ohne irgend wem irgend etwas zu sagen, nahmen sie eine Tasche, legten da hinein, was zu essen nötig ist, und verschwanden aus der Stadt.

Man hatte nur bemerkt, daß sie nicht nach dem Moskauer Stadttor gingen, vielmehr auf die entgegengesetzte Kiewer Seite, und man glaubte, sie seien nach Kiew gegangen, die verstorbenen Wundertäter anzubeten oder sich dort mit irgend einem von den noch lebenden heiligen Männern zu beraten, die es immer im Überfluß in Kiew gab.

Das war alles nur der Wahrheit nahe, nicht aber die Wahrheit selber. Weder die Zeit noch die Entfernung erlaubten es den Tulaer Meistern, in drei Wochen zu Fuß nach Kiew zu ziehen, und dazu noch eine für die englische Nation beschämende Arbeit zu verrichten. Eher hätten sie noch nach Moskau beten gehen können, wohin es im ganzen zweimal 90 Werst sind, und heilige Wundertäter gibt es auch dort zu verehren nicht weniger. Nach der anderen Seite – bis Orjol, sind es ebensolche zweimal 90 Werst, und über Orjol hinaus bis Kiew sind es wiederum noch gute 500 Werst. Einen solchen Weg wirst du nicht rasch zurücklegen, und wenn du ihn zurückgelegt hast, wirst du nicht so rasch ausruhen – lange noch werden dir die Beine steif sein und die Hände zittern.

Einigen kam es sogar so vor, als ob die Meister sich vor Platow nur gebrüstet hätten, nachher aber, nachdem sie sich die Sache überlegt hatten, bange geworden und ganz davongelaufen wären, sowohl die goldene Tabaksdose mit sich fortnehmend, wie den Brillanten und den englischen stählernen Floh im Futteral, der ihnen soviel Aufregung verursacht hatte.

Indes war eine solche Annahme gleichfalls völlig unbegründet und kunstfertiger Leute, auf denen nunmehr die Hoffnung der Nation beruhte, unwürdig.

7.

Die Tulaer, gescheite Leute und erfahren in Metallarbeiten, sind gleichfalls berühmt als erstklassige Kenner in der Religion. Ihres Ruhmes in dieser Hinsicht ist sowohl die heimische Erde voll wie sogar der heilige Athos: sie sind nicht nur Meister im Singen mit Variationen, sie wissen vielmehr auch, wie das Bild »Der abendliche Klang« gemalt wird. Und wenn jemand von ihnen sich größere Opfer auferlegt und ins Mönchstum übertritt, so werden aus ihnen die allerbesten Klosterökonomen und gehen aus ihnen die allerfähigsten Gabeneinsammler hervor. Auf dem heiligen Athos aber weiß man, daß die Tulaer – das allergewinnbringendste Volk sind, und wenn sie nicht wären, so hätten die dunklen Winkel Rußlands wahrscheinlich nicht sehr viele Heiligtümer des fernen Ostens gesehen, und der Athos hätte viele nützliche Darbringungen russischer Freigebigkeit und Frömmigkeit entbehren müssen. Jetzt aber fahren die Tulaer vom Athos Heiligtümer in unserm ganzen Vaterlande umher und sammeln meisterhaft milde Gaben auch dort, wo eigentlich gar nichts zu holen ist. Der Tulaer ist erfüllt von kirchlicher Frömmigkeit und dabei ein großer Praktiker in dieser Sache, und deshalb begingen auch die drei Meister, die es auf sich genommen hatten, Platow zu unterstützen und mit ihm ganz Rußland, durchaus keinen Fehler, als sie sich nicht nach Moskau, vielmehr nach dem Süden aufmachten. Sie gingen aber nicht nach Kiew, vielmehr nach Mzensk, einer Kreisstadt im Orlowschen Gouvernement, in der ein altes steingemeißeltes Heiligenbild des heiligen Nikolai steht, das in den allerältesten Zeiten auf einem großen, gleichfalls steinernen Kreuz auf dem Fluß Suscha dahergeschwommen kam. Dies Heiligenbild ist von strengem und schrecklichem Aussehen, der Heilige ist auf ihm in Lebensgröße dargestellt, ganz angetan mit einem vergoldeten Silbergewand, dunkel von Angesicht, und in einer Hand hält er einen Tempel, in der andern – das Schwert, das Zeichen des Sieges. Und grade in diesem »Zeichen des Sieges« war auch der Sinn der Sache beschlossen: der heilige Nikolai ist überhaupt der Beschützer in Handels- und Kriegsangelegenheiten, und der Nikolai von Mzensk ganz im Besondern, und grade vor ihm sich zu verneigen, waren auch die Tulaer gekommen. Sie ließen einen Bittgottesdienst unmittelbar beim Heiligenbilde halten, dann beim steinernen Kreuz, endlich kehrten sie bei Nacht nach Hause zurück, und ohne irgendwem irgend etwas zu sagen, machten sie sich in furchtbarer Heimlichkeit ans Werk. Sie gingen alle drei in ein und dasselbe Häuschen zum Linkser, schlossen die Türen und die Fensterläden, entzündeten vor dem Heiligenbild des Nikolai das Lämpchen und begannen zu arbeiten.

Einen Tag, zwei, drei sitzen sie und gehen nicht aus, immer klopfen sie nur mit den Hämmerchen. Sie schmieden irgend etwas, was sie aber schmieden – ist unbekannt.

Alle sind neugierig, aber niemand kann etwas erfahren, weil die Arbeitenden gar nichts erzählen und sich nach außen nicht zeigen. Verschiedene Leute gingen zum Häuschen, klopften unter mannigfachen Vorwänden an die Türe, um Feuer oder um Salz zu bitten. Die drei Meister öffneten aber auf gar keine Bitte, und sogar womit sie sich nährten – war unbekannt. Man versuchte sie zu erschrecken: man tat so, als brenne in der Nachbarschaft ein Haus – ob sie nicht vor Schrecken herausspringen würden, und es sich dann offenbaren werde, was von ihnen geschmiedet sei. Nichts aber verführte diese schlauen Meister: einmal nur streckte sich der Linkser bis zur Schulter aus dem Fenster heraus und schrie:

»Brennt ihr nur für euch, wir aber haben keine Zeit«, und wiederum verbarg er seinen zerrupften Kopf, warf den Laden zu und machte sich an seine Arbeit.

Nur durch die kleinen Spalten war zu sehen, wie im Innern des Hauses das Feuerchen leuchtete, es war auch zu hören, daß feine Hämmerchen auf feinen Ambossen pochten.

Mit einem Worte, die ganze Sache ward in so furchtbarem Geheimnis ausgeführt, daß es unmöglich war, irgend etwas zu erfahren, und dabei zog sie sich hin bis gerade zur Rückkehr des Kosaken Platow vom stillen Don zum Kaiser; und in dieser ganzen Zeit sahen und sprachen die Meister niemanden.

8.

Platow fuhr sehr rasch und mit »Zeremonie«: Selber saß er im Wagen, auf dem Bock aber befanden sich zwei Kosaken mit Knuten zu beiden Seiten des Fuhrmanns und schlugen ihn erbarmungslos, damit er galoppieren lasse. Wenn aber einer der Kosaken einschlafen wollte, so stieß ihn Platow selber aus dem Wagen heraus mit dem Fuß, und noch böser jagten sie dahin. Die Maßnahmen zur Ermunterung wirkten derart erfolgreich, daß man auf keiner Station die Pferde anhalten konnte, sie vielmehr hundert Sprünge an dem Anhaltsorte vorbeigaloppierten. Dann »wirkte« wiederum der Kosak auf den Fuhrmann in umgekehrter Richtung, und sie kehrten zur Auffahrt zurück.

So kamen sie auch in Tula an – sie flogen um hundert Galoppsprünge an dem Moskauer Schlagbaum vorüber, darauf aber wirkte der Kosak auf den Fuhrmann nach der entgegengesetzten Richtung ein, und sie begannen dann bei dem Haustor frische Pferde anzuspannen.

Platow stieg gar nicht aus, er befahl nur einem Kurier, möglichst rasch die Handwerker zu ihm zu führen, denen er den Floh hinterlassen hatte.

Der Kurier kam herbeigelaufen: sie möchten möglichst rasch kommen und seinem Herrn die Arbeit bringen, durch die sie die Engländer zuschanden machen sollten; und kaum war dieser Kurier fortgelaufen, als Platow ihm noch neue Boten nachsandte, damit es möglichst rasch gehe.

Alle seine Leute hatte er ausgeschickt und begann bereits einfache Leute aus dem neugierigen Publikum auszusenden, ja sogar selber streckt er vor Ungeduld seinen Fuß aus dem Wagen und selber will er vor Ungeduld hinlaufen und mit den Zähnen knirscht er nur so – immer scheint es ihm noch nicht rasch genug.

So ward in damaliger Zeit alles genau und rasch verlangt, damit auch keine Minute für den Nutzen Rußlands verloren gehe.

9.

Die Tulaer Meister, die ein erstaunliches Werk verrichtet hatten, beendeten in dieser Zeit grade nur eben ihre Arbeit. Die Boten kamen keuchend zu ihnen gelaufen, die einfachen Leute aber aus dem neugierigen Publikum kamen überhaupt nicht bis ans Ziel, weil sie aus Ungewohntheit unterwegs ihre Beine verloren hatten und hingestürzt waren, und dann auch aus Furcht, um Platow nicht vor die Augen zu treten, sich nach Hause geschlichen, ja, und wo es sich grade traf, sich versteckt hatten.

Als aber die Kuriere herbeigaloppiert kamen, fingen sie sogleich zu schreien an, und wie sie sahen, daß die Meister nicht öffneten, begannen sie sofort ohne Zeremonie die Riegel an den Läden abzureißen; die Bolzen saßen aber so fest, daß sie nicht im Geringsten nachgaben; sie rissen an den Türen, die Türen waren aber von innen zugeriegelt mit eichenen Riegeln. Da nahmen die Boten einen Balken von der Straße, stemmten ihn nach Art der Feuerwehrleute unter den Dachsattel und schoben das Dach von dem kleinen Hause auf einmal weg. Sie nahmen das Dach ab und selber stürzten sie sogleich zu Boden, weil von den Meistern im engen Häuschen von der ununterbrochenen Arbeit in der Luft eine solche »Schweißspirale« entstanden war, daß der Ungewohnte, der aus der frischen Luft kommt, kein einziges Mal atmen kann.

Die Boten schreien:

»Was macht ihr denn, ihr, so und so, ihr Pack, daß ihr uns auch noch mit einer solchen ›Spirale‹ zu betäuben wagt! Habt ihr etwa keinen Gott mehr?«

Die aber antworten:

»Wir sind ja sogleich fertig. Wir schlagen soeben noch das letzte Nägelchen ein, und wenn wir es eingeschlagen haben, dann werden wir unsere Arbeit selber hinaustragen.«

Die Boten aber sprechen:

»Er wird uns bis dahin lebendig auffressen und nichts zum Gedächtnis der Seele zurücklassen.«

Die Meister aber sagen:

»Er wird nicht Zeit haben, euch zu verschlucken, weil, bis ihr gesprochen habt, bei uns auch schon dieser letzte Nagel eingeschlagen ist. Lauft und sagt, daß wir die Sache sogleich bringen.«

Die Boten liefen, waren aber nicht überzeugt – sie glaubten, daß die Meister sie betrügen würden; und deshalb liefen sie zwar so rasch sie konnten, sie schauten sich aber ständig um; die Meister kamen aber hinter ihnen her und eilten so sehr, daß sie sich sogar nicht völlig angekleidet hatten, wie es sich gehört, um vor einer wichtigen Persönlichkeit zu erscheinen, sie schlossen vielmehr noch im Gehen die Haken an ihren Röcken. Zwei von ihnen trugen überhaupt nichts in Händen, der dritte aber, der Linkser, hielt im grünen Futteral die zarische Schatulle mit dem englischen stählernen Floh.

10.

Die Boten laufen zu Platow und sprechen:
»Da sind sie jetzt selber hier!«

Platow spricht sogleich zu den Meistern:
»Ist es fertig?«
»Alles«, antworten sie, »ist fertig!«
»Gebt her!«
Sie gaben es.
Die Equipage war aber bereits angespannt, und Fuhrmann und Vorreiter an ihrem Platz. Die Kosaken setzten sich sogleich schon neben den Fuhrmann und erhoben die Nagaiken über ihn, und so ausholend halten sie sie auch.
Platow riß das grüne Futteral ab, öffnete die Schatulle, nahm aus der Watte die goldene Tabaksdose heraus, aus der Tabaksdose die brillantene Nuß – und sieht: der englische Floh liegt dort wie er war, aber außer ihm ist nichts weiter da.
Platow spricht:
»Was ist denn das? Wo ist denn eure Arbeit, mit der ihr den Kaiser erfreuen wolltet?«
Die Waffenschmiede antworten:
»Da ist auch unsere Arbeit!«
Platow spricht:
»Worin ist sie denn beschlossen?«
Die Waffenschmiede antworten:
»Wozu das erklären? Alles ist hier vor Eurem Blick – schaut nur selber zu!«
Platow zuckt die Achseln und schreit:
»Wo ist aber der Schlüssel zum Floh?«
»Aber da«, antworten sie, »wo der Floh ist, da ist auch der Schlüssel, in derselben Nuß!«
Platow wollte den Schlüssel fassen, die Finger waren aber bei ihm zu kurz und zu dick; er bemühte sich lange Zeit – konnte aber auf keine Weise weder den Floh erfassen, noch das Schlüsselchen zu dem Uhrwerk in seinem Bauch. Plötzlich erzürnte er sich und begann zu schimpfen auf kosakische Art.
Er schrie:
»Was habt ihr denn, ihr Halunken, gar nichts getan, ja dazu noch am Ende gar die ganze Sache verdorben! Ich werde euch den Kopf abreißen!«
Die Tulaer geben ihm zur Antwort:

»Ganz umsonst beleidigen Sie uns so – wir müssen von Ihnen, als dem Abgesandten des Kaisers, alle Beleidigungen erdulden. Deswegen aber, weil Sie an uns zweifelten und glaubten, daß wir sogar den kaiserlichen Namen zu betrügen fähig seien – werden wir Ihnen jetzt das Geheimnis unserer Arbeit nicht eröffnen. Geruhen Sie doch dieses Ding zum Kaiser zu bringen – er wird erkennen, was für Leute er an uns hat, und ob er sich unserer zu schämen braucht!«

Platow schrie:

»Nun, so lügt ihr denn, ihr Schufte! Ich werde mich aber von euch nicht so trennen, vielmehr wird einer von euch mit mir nach Petersburg fahren, und ich werde schon von ihm herausbekommen, was eure Schlauheiten sind!«

Damit streckte er die Hand aus, faßte mit seinen kurzen Fingern den schieläugigen Linkser am Kragen, so daß bei ihm alle Haken vom Rock abflogen, und stieß ihn zu sich in den Wagen, zu seinen Füßen.

»Sitze hier«, spricht er, »bis nach Petersburg, wie ein Pudel. Du wirst mir alle verantworten. Ihr aber«, spricht er zu den Boten, »jetzt heida! Sperrt nicht das Maul auf, damit ich übermorgen in Petersburg beim Zaren bin!«

Die Meister wagten nur für ihren Kameraden einzutreten: »Wie denn, Sie werden ihn von uns so ohne ein ›Tugament‹ wegführen? Ihm wird es unmöglich sein, zurückzukommen!« Platow aber zeigte ihnen statt der Antwort nur die Faust, eine so furchtbare – sie ist rotbraun, ganz mit Narben bedeckt, und irgendwie zusammengewachsen – und drohend spricht er: »Da habt ihr das ›Tugament‹!« Den Kosaken aber schrie er zu:

»Heida, Kinder!«

Die Kosaken, die Fuhrleute und die Pferde – alles begann gleichzeitig zu arbeiten, und man entführte den Linkser ohne Dokument; und einen Tag später, wie Platow befohlen hatte, fuhr man auch schon beim Palast des Zaren vor, und sogar galoppierend, wie es sich gehörte, fuhren sie bei den Säulen vorbei.

Platow stand auf, hing die Orden an und ging zum Kaiser, befahl aber den ihn begleitenden Kosaken, den schieläugigen Linkser beim Eingang zu bewachen.

11.

Platow fürchtete sich, dem Kaiser vor Augen zu treten, weil Nikolai Pawlowitsch alles bemerkte und im Gedächtnis behielt; nichts pflegte er zu vergessen. Platow wußte, daß er ihn unbedingt nach dem Floh fragen werde. Und wenn er auch keinen Feind auf der ganzen Welt fürchtete, so fürchtete er sich in diesem Falle doch: er ging ins Schloß mit der kleinen Schatulle und stellte sie ganz leise im Saal hinter den Ofen.

Nachdem er die Schatulle verborgen hatte, ging Platow zum Kaiser ins Kabinett und begann rasch zu berichten, was die Kosaken am stillen Don für Gespräche unter einander führen. Er beschloß so: hiermit den Kaiser zu beschäftigen und dann, wenn der Kaiser sich selber entsinnen und von dem Floh beginnen werde, werde es nötig sein, ihn herzugeben und Rede zu stehen; wenn er aber davon nicht anfange, dann zu schweigen, die Schatulle dem Kammerdiener zu verstecken befehlen und den Tulaer Linkser auf unbestimmte Zeit in eine Festungskasematte zu stecken, damit er dort sitze bis zu der Zeit, daß man seiner bedürfen werde.

Kaiser Nikolai Pawlowitsch hatte aber gar nichts vergessen, und kaum hatte Platow seinen Bericht über die Gespräche der Kosaken untereinander geendet, so fragte er ihn auch schon sogleich:

»Aber wie denn, wie haben meine Tulaer Meister sich gerechtfertigt gegenüber dem englischen ›Nymphusorium‹?«

Platow antwortete in der Weise, wie ihm die Sache zu sein schien.

»Das ›Nymphusorium‹«, spricht er, »Eure Majestät, ist immer noch auf der Welt, und ich habe es zurückgebracht, die Tulaer Meister haben aber nichts Erstaunliches zu tun vermocht.«

Der Kaiser antwortet:

»Du bist ein tapferer Greis, doch das, was du mir da vorbringst, kann nicht so sein.«

Platow begann ihn zu überzeugen und erzählte, wie die ganze Sache verlief, und als er bis dahin gelangt war, daß die Tulaer ihn baten, den Floh dem Kaiser zu zeigen, da klopfte ihm Nikolai Pawlowitsch auf die Schulter und sagte:

»Bring her. Ich weiß, daß die Meinigen mich nicht betrügen können. Da ist irgend etwas über das Verstehen hinaus geschehen!«

12.

Man brachte die Schatulle hinter dem Ofen hervor, nahm von ihr die Decke, enthüllte die goldene Tabaksdose und die brillantene Nuß – in ihr aber liegt der Floh, wie er vordem gewesen war und wie er früher gelegen hatte.

Der Kaiser schaute hin und sprach:

»Das ist eine List!« Aber von seinem Glauben an die russischen Meister verlor er gar nichts. Er befahl, seine Lieblingstochter Alexandra Nikolajewna zu rufen und sagte ihr:

»An deinen Händen hast du feine Finger! Nimm das kleine Schlüsselchen und ziehe rasch in diesem ›Nymphusorium‹ die Bauchmaschine auf!«

Die Prinzessin begann mit dem Schlüsselchen zu drehen, und der Floh bewegte sogleich seinen Schnurrbart, aber mit den Füßen rührte er sich nicht. Alexandra Nikolajewna zog das ganze Uhrwerk auf, aber das »Nymphusorium« tanzte trotzdem kein »Dansé« und ließ keine einzige »Variation« los wie vordem.

Platow ward ganz grün und schrie:

»Ach, das sind hündische Schelme! Jetzt verstehe ich, weshalb sie mir dort nichts sagen wollten. Es ist noch gut, daß ich einen Dummkopf von ihnen mit mir nahm!«

Mit diesen Worten lief er zur Auffahrt, packte den Linkser an den Haaren und begann ihn dahin und dorthin zu zausen, so, daß die Haarbüschel nur so flogen. Jener aber, als Platow aufhörte, ihn zu schlagen, machte sich nur zurecht und spricht:

»Man hat mir so schon in der Lehre alle Schopfhaare ausgerissen, ich weiß nur nicht wegen welcher Notwendigkeit man eine solche Wiederholung vornimmt?«

»Das ist deshalb«, spricht Platow, »weil ich auf euch hoffte und mich verpflichtete. Ihr aber habt diese seltene Sache verdorben!«

Der Linkser antwortet:

»Gar sehr sind wir zufrieden, daß du dich für uns verpflichtetest, verdorben haben wir aber gar nichts: Nehmt und schaut durch das allerstärkste ›Winzigglas‹.«

Platow lief zurück, um von dem ›Winzigschauer‹ zu erzählen, dem Linkser aber drohte er nur:

»Ich werde dir«, spricht er, »du ... so und so ... noch etwas geben ...«

Und er befiehlt seinen Leuten, dem Linkser noch stärker die Ellenbogen zurückzubinden, selber aber steigt er die Stufen hinauf, keucht und spricht sein Gebet: »Gesegnete Mutter des gesegneten Königs, Allerreinste und Reine ...« usw., wie es sich gehört. Die zarischen Hofdiener, die auf den Stufen stehen, wenden sich alle von ihm ab und denken: Platow ist hineingefallen, und sogleich wird man ihn aus dem Schloß wegjagen – denn sie konnten ihn nicht ausstehen wegen seiner Tapferkeit.

13.

Als Platow dem Kaiser die Worte des Linksers hinterbrachte, spricht der sogleich mit Freuden:

»Ich weiß, daß meine Russen mich nicht betrügen werden«, und befahl, den »Winzigschauer« auf einem Kissen zu reichen.

In einem Augenblick ward der ›Winzigschauer‹ gebracht, und der Kaiser nahm den Floh und legte ihn unter das Glas: zuerst mit dem Rücken nach oben, dann mit der Seite, dann mit dem Bäuchelchen – mit einem Worte, man drehte ihn nach allen Seiten, sah aber garnichts. Der Kaiser verlor aber auch da nicht seinen Glauben, er sagte nur:

»Man führe jenen Waffenschmied, der sich unten befindet, sogleich hierher zu mir.«

Platow berichtet:

»Man müßte ihn umkleiden – er ward genommen wie er war und ist jetzt gar sehr in schlechtem Aussehen.«

Der Kaiser aber antwortet:

»Das tut nichts, man bringe ihn so, wie er ist.«

Platow spricht:

»Nun gehe jetzt selber, du, so und so, vor den Augen des Kaisers zu antworten.«

Der Linkser aber sagt:

»Was ist denn dabei, ich werde gehen, und werde auch antworten!«

Er kommt so, wie er war: in abgetretenen Stiefeln, ein Hosenbein im Stiefel, das andere baumelt herum, sein breiter Rock ist ältlich, die

Haken schließen nicht, sie fehlen sogar, und der Kragen ist zerrissen; er geniert sich aber garnicht.

»Wie denn«, denkt er, »wenn es dem Zaren gefällig ist, mich zu sehen – so muß ich eben kommen; wenn ich aber kein ›Tugament‹ habe – so bin ich daran unschuldig und werde erzählen, wie sich die Sache zutrug.«

Als der Linkser eintrat und sich verneigte, spricht der Kaiser sogleich schon zu ihm:

»Was bedeutet das denn, Brüderchen, daß wir so und so zuschauten und den Floh unter den ›Winzigschauer‹ legten, aber nichts Bemerkenswertes erschauten.«

Der Linkser aber antwortet:

»Haben Sie, Euer Majestät, denn richtig zu schauen geruht?«

Die Höflinge geben ihm ein Zeichen: »Du sprichst nicht so, wie 's sich gehört!« Er aber versteht nicht, wie es nötig ist auf Höflingsart mit Schmeichelei oder mit List, er antwortet vielmehr ganz einfach. Der Kaiser spricht:

»Hört doch auf, ihn zu schulmeistern – er soll antworten, wie er es versteht.«

Und sogleich erklärte er ihm:

»Wir«, spricht er, »haben ihn so hingelegt«, und er legte den Floh unter den Winzigschauer. »Schau nur selber«, spricht er, »es ist nichts zu sehen.«

Der Linkser antwortet:

»Euer Majestät, so ist es auch gar nicht möglich, irgend etwas zu sehen, weil nämlich unsere Arbeit gegenüber einem solchen Maßstab bei weitem geheimnisvoller ist.«

Der Kaiser fragte:

»Wie soll man dann aber?«

»Man muß«, spricht er, »nur sein einzelnes Füßchen unter den ganzen ›Winzigschauer‹ führen und im einzelnen auf jedes Ferschen schauen, womit er auftritt.«

»Erbarme dich, sag' einmal«, spricht der Kaiser, »dies ist schon allzufein.«

»Aber was soll man denn machen«, antwortet der Linkser, »wenn man nur so unsere Arbeit bemerken kann: dann wird sich auch das ganze Staunen offenbaren.«

Sie legten den Floh so hin, wie der Linkser gesagt hatte, und als der Kaiser nur eben in das obere Glas schaute, so strahlte er auch nur so – er nahm den Linkser, so wie er war, unfrisiert und ungewaschen, voll Staub – umarmte ihn und küßte ihn, darauf aber wandte er sich an alle Hofleute und sagte:

»Seht ihr, ich wußte besser als ihr alle, daß meine Russen nicht versagen werden. Schaut bitte hin, die Schelme haben dem englischen Floh Hufeisen angeschmiedet!«

14.

Alle begannen heranzutreten und zu schauen: der Floh trug tatsächlich an allen seinen Füßen wirkliche Hufeisen, der Linkser aber bemerkte, daß auch dies nicht das ganze Erstaunliche sei.

»Wenn«, spricht er, »ein besserer ›Winzigschauer‹ da wäre, der fünfmillionenmal vergrößert, so würden Sie«, spricht er, »geruhen zu erschauen, daß auf jedem Hufeisenchen der Name steht: welcher russische Meister dieses Hufeisen schmiedete.«

»Ist auch dein Name dabei?«

»Keineswegs«, antwortet der Linkser, »eben mein Name fehlt nur.«

»Weshalb denn?«

»Aber deshalb«, spricht er, »weil ich noch feinere Arbeit leistete: Ich schmiedete die Nägelchen, mit denen die Hufeisen angeschlagen sind – die vermag schon kein ›Winzigschauer‹ zu erfassen.«

Der Kaiser fragte:

»Wo ist dann aber euer ›Winzigschauer‹, mit dem ihr dieses Wunder vollbringen konntet?«

Der Linkser antwortet:

»Wir sind arme Leute und haben wegen unserer Armut keinen ›Winzigschauer‹, bei uns ist vielmehr unser Auge so gewöhnt.«

Da begannen auch die übrigen Höflinge, sehend, daß die Sache des Linksers gewonnen war, ihn zu küssen. Platow aber gab ihm hundert Rubel und sprach:

»Verzeih' mir, Brüderchen, daß ich dich an den Haaren zog!«

Der Linkser antwortet:

»Gott wird dir verzeihen – da ist uns nicht zum ersten Male ein solcher Schnee auf den Kopf gefallen!«

Mehr aber sprach er nicht, und er hatte auch keine Zeit mit irgendwem zu sprechen, weil der Kaiser befahl, schon sogleich dieses behufte »Nymphusorium« einzupacken und nach England zurückzuschicken – in der Art eines Geschenkes, damit man dort verstehe, daß uns dies nicht erstaunlich sei. Und es befahl der Kaiser, daß ein besonderer Kurier, der alle Sprachen versteht, den Floh bringen, und daß sich der Linkser bei ihm befinden solle, damit er selber den Engländern die Arbeit zeigen könne, und was es für Meister bei uns in Tula gibt.

Platow bekreuzte ihn:

»Möge«, spricht er, »über dir Segen sein, auf den Weg aber werde ich dir meinen eigenen Bittern senden. Trinke nicht viel und nicht wenig, trinke vielmehr mittelmäßig!«

So tat er auch – er schickte ihm seinen Bittern.

Graf Kiselwrode aber befahl, daß man den Linkser in den Tuljakowschen öffentlichen Bädern bade, ihm beim Barbier die Haare schneide und ihm einen Paradekaftan von einem Hofsänger anziehe, damit es so aussehe, als habe er irgend einen besondern Rang.

Als sie ihn auf diese Weise umgebildet und zur Reise mit Tee und Platowschem Bittern getränkt hatten, zogen sie ihm den Gürtelriemen möglichst eng, damit die Därme nicht schlotterten, und führten ihn nach London. Von daher bekam der Linkser auch ausländische »Ansichten« zu schauen.

15.

Die Kuriere mit dem Linkser reisten sehr rasch, so daß sie von Petersburg bis London nirgends Rast machten, vielmehr zogen sie auf jeder Station den Gürtel noch um ein Loch enger, damit sich die Gedärme nicht mit den Lungen vermengen sollten. Da aber dem Linkser nach der Vorstellung beim Kaiser auf Befehl Platows auf Kronskosten eine Schnapsportion nach Gutdünken bewilligt war, so hielt er sich ohne zu essen damit allein aufrecht und sang durch ganz Europa hindurch russische Lieder, nur den Kehrreim sang er auf ausländische Weise: »Ai – ljuli – ssee tree schuli.«

Der Kurier brachte ihn nach London, zeigte sich, bei wem es nötig war, gab die Schatulle ab, führte den Linkser in ein Gasthaus und mietete für ihn ein Zimmer. Dem aber ward es dort bald langweilig, und ihn verlangte es zu essen. Er pochte an die Türe und deutete sich vor dem Aufwartenden auf den Mund. Der aber führte ihn sogleich schon in das Speisenempfangszimmer.

Der Linkser setzt sich dort an den Tisch und sitzt da. Irgend etwas auf englisch zu fragen – versteht er aber nicht. Darauf erriet er es: wiederum pocht er einfach mit dem Finger auf den Tisch und zeigt sich auf den Mund – die Engländer erraten und tragen auf, nur nicht immer das, was nötig ist. Er nimmt aber das nicht an, was ihm nicht paßt. Man gab nach ihrer Zubereitung heißen Pudding »im Feuer«. Er spricht: »Ich weiß nicht, daß man so etwas essen kann«, und aß auch nicht. Sie tauschten es ihm um und gaben ihm ein anderes Gericht. Ebenso wollte er nicht ihren Schnaps trinken, weil er grün war – als sei er mit Grünspan angesetzt. Er wählte vielmehr das Allernatürlichste und erwartete den Kurier gemütlich hinter einem Fläschchen.

Die Leute aber, denen der Kurier das »Nymphusorium« gegeben hatte, beschauten es alsogleich durch den allerstärksten »Winzigschauer« und sogleich schickten sie auch eine Beschreibung in die öffentlichen Nachrichten, damit morgen schon zur allgemeinen Kunde ein »Kleveton« erscheine.

»Diesen Meister aber«, sagen sie, »wollen wir sogleich sehen.«

Der Kurier geleitete sie in das Gasthauszimmer und von dort in den »Speisenempfangsraum«, wo sich unser Linkser bereits gehörig gerötet hatte und spricht: »Da ist er!«

Die Engländer schlagen sogleich den Linkser auf die Schulter und wie einem ihnen Gleichen reichen sie ihm die Hand: »Kamerad«, sprechen sie, »du bist ein guter Meister, sprechen werden wir mit dir erst später, jetzt aber laßt uns auf dein Wohl trinken!«

Sie bestellten viel Wein und dem Linkser den ersten Becher. Er aber wollte aus »Höflichkeit« nicht zuerst trinken. Er dachte: vielleicht wollt ihr mich aus Verdruß vergiften.

»Nein«, spricht er, »das ist nicht in Ordnung; auch in Polen geht der Herr voran – trinkt selber zuerst!«

Die Engländer kosteten alle Weine vor ihm und dann begannen sie ihm einzuschütten. Er stand auf, bekreuzte sich mit der linken Hand und trank auf ihrer aller Gesundheit.

Sie bemerken, daß er sich mit der linken Hand bekreuzte und fragen den Kurier:

»Was ist er denn: Lutheraner oder Protestantist?«

Der Kurier antwortet:

»Nein, er ist kein Lutheraner und kein Protestantist, vielmehr von russischem Glauben.«

»Aber weshalb bekreuzt er sich denn mit der linken Hand?«

Der Kurier spricht:

»Er ist – ein Linkser und macht alles mit der linken Hand.«

Die Engländer verwunderten sich noch mehr und begannen dem Linkser und dem Kurier Wein einzupumpen, und so taten sie volle drei Tage nacheinander, und dann sprachen sie: »Jetzt ist es genug!« Jeder trank einen »Symphon« Wasser mit »Jerphiks«, sie wurden danach völlig frisch und begannen den Linkser auszufragen: Wo und was er gelernt habe und wie weit er die Arithmetik verstehe?

Der Linkser antwortet:

»Unsere Wissenschaft ist eine einfache: der Psalter ja und der Traumdeuter; von der Arithmetik wissen wir aber ganz und gar nichts.«

Die Engländer schauen einander an und sprechen:

»Das ist erstaunlich!«

Der Linkser antwortet:

»Bei uns ist das überall so.«

»Was ist das aber«, fragen sie, »für ein Buch in Rußland ›der Traumdeuter‹?«

»Das«, spricht er, »ist ein Buch, das sich darauf bezieht, daß, wenn König David im Psalter irgend etwas hinsichtlich des Wahrsagens nicht deutlich genug erklärte, dann erraten sie im Traumdeuter die Ergänzung.«

»Das ist schade, besser wäre es, ihr wüßtet etwas aus der Arithmetik, wenn auch nur die vier Spezies, – das wäre euch bei weitem nützlicher als den ganzen Traumdeuter zu kennen. Dann könntet ihr euch vorstellen, daß in jeder Maschine die Kraft berechnet ist, aber sonst, wenn ihr auch sehr kunstvoll mit den Händen seid, habt ihr nicht wissen können, daß ein so kleines Maschinchen, wie in dem ›Nymphusorium‹, auf die allergenaueste Genauigkeit berechnet ist und eure Hufeisen nicht tragen kann. Deshalb springt auch jetzt das ›Nymphusorium‹ nicht und tanzt kein ›Dansé‹.«

Der Linkser stimmte bei.

»Darüber«, spricht er, »gibt es keinen Streit, daß wir in den Wissenschaften nicht kundig sind, nur sind wir unserm Vaterlande treu ergeben.«

Die Engländer aber sagen ihm:

»Bleibt bei uns; wir werden Euch eine große Gebildetheit beibringen, und aus Euch wird ein erstaunlicher Meister werden.«

Damit war aber der Linkser nicht einverstanden.

»Ich«, spricht er, »habe zu Hause Eltern.«

Die Engländer erklärten sich bereit, seinen Eltern Geld zu schicken, der Linkser nahm aber nicht an.

»Wir«, spricht er, »hängen an unserer Heimat, und mein Väterchen oben ist schon ein alter Mann, meine Mutter ein altes Frauchen und gewohnt in ihrer Gemeinde zur Kirche zu gehen; und auch mir wird es hier in der Einsamkeit langweilig sein, weil ich noch unverheiratet bin.«

»Ihr«, sprechen sie, »werdet Euch gewöhnen. Ihr werdet unsern Glauben annehmen, und wir werden Euch verheiraten.«

»Dies«, antwortet der Linkser, »wird niemals sein können.«

»Weshalb denn?«

»Weil«, antwortet er, »unser russischer Glaube der allerrichtigste ist, und wie unsere Vorväter glaubten, genau so sollen auch die Nachkommen glauben.«

»Ihr«, sprechen die Engländer, »kennt nicht unsern Glauben: wir sind von demselben christlichen Gesetz und haben dasselbe Evangelium.«

»Das Evangelium«, antwortet der Linkser, »ist tatsächlich bei allen eines, nur sind unsere Bücher dicker als eure, und auch der Glaube ist bei uns ›voller‹.«

»Weshalb könnt Ihr das so beurteilen?«

»Wir haben dafür«, antwortet er, »alle augenscheinlichen Beweise.«

»Welche?«

»Aber solche«, antwortet er, »bei uns gibt es sowohl wundertätige Heiligenbilder, öltropfende Schädel und Reliquien, bei euch aber gibt es gar nichts, und sogar außer dem einen Sonntag keinerlei außerordentliche Feiertage; aber auch aus einer zweiten Ursache wird es mir mit einer Engländerin zu leben, mögen wir auch nach dem Gesetze getraut sein, konfus sein.«

»Weshalb denn das?« fragen sie. »Ihr braucht die unsrigen nicht gering zu schätzen – sie kleiden sich gleichfalls sehr sauber und sind wirtschaftlich.«

Der Linkser aber spricht:

»Ich kenne sie nicht!«

Die Engländer antworten:

»Das ist nicht wichtig – Ihr werdet sie kennen lernen können. Wir werden euch ein ›Grandewu‹ bereiten.«

Der Linkser ward verschämt.

»Weshalb«, spricht er, »umsonst die Mädchen irreführen«, und er bedankte sich. »Ein ›Grandewu‹«, spricht er, »das ist eine Sache für Herrschaften, uns aber ziemt es nicht, und wenn man davon zu Hause, in Tula, erfahren wird, wird man über mich ein großes Gelächter anstimmen.«

Die Engländer wurden neugierig.

»Wenn aber«, sprechen sie, »ohne ›Grandewu‹, wie verfährt man dann bei euch in solchen Fällen, um eine angenehme Wahl zu treffen?«

Der Linkser erklärte ihnen unsere Lage:

»Bei uns«, spricht er, »wenn ein Mann hinsichtlich eines Mädchens eine ernsthafte Absicht eröffnen will, so sendet er ein ›redsames‹ Weib, und nachdem sie den Vorschlag machte, kommt man höflich ins Haus, und das Mädchen schaut man an, nicht sich heimlich versteckend, vielmehr in Gegenwart der ganzen Verwandtschaft.«

Sie verstanden, antworteten aber, bei ihnen gäbe es keine »redsamen« Weiber, und eine solche Gewohnheit sei nicht eingeführt.

Der Linkser aber spricht:

»Desto angenehmer ist es auch. Wenn man sich mit solchen Dingen befaßt, so muß man das mit wirklicher Absicht tun; da ich aber dies zu einer fremden Nation nicht empfinde, weshalb soll man dann die Mädchen irreführen?«

Er gefiel den Engländern auch in diesen seinen Urteilen, so daß sie wiederum anfingen, ihm freundschaftlich auf Schulter und Knie mit der Hand zu schlagen, selber aber fragen sie:

»Wir«, sprechen sie, »wünschten einzig und allein aus Neugierde zu wissen: welche fehlerhaften Kennzeichen Ihr bei unsern Mädchen bemerkt habt, und weshalb Ihr sie meidet?«

Da antwortete ihnen der Linkser schon ganz offen:

»Ich tadle sie nicht, mir gefällt nur nicht, daß die Kleidung um sie herumschlottert, und man nicht herausbekommt, was da eigentlich angezogen ist und für welche Notwendigkeit; da ist irgend etwas, und weiter unten ist noch irgend etwas anderes angesteckt, an den Händen aber so eine Art Strümpfe. Ganz genau wie ein Affe – ›sapajou‹ – ›Plüschtalma‹!«

Die Engländer brachen in Lachen aus und sprechen:

»Was für ein Hindernis liegt denn für Euch darin?«

»Ein Hindernis«, antwortet der Linkser, »ist das nicht, ich fürchte nur, daß es schamvoll sein wird, zuzuschauen und zu erwarten, wie sie sich aus dem allen herausschälen wird!«

»Ist denn wirklich«, sprechen sie, »euere ›Fasson‹ besser?«

»Unsere Fasson«, antwortet er, »ist in Tula einfach: jede geht in ihren selbstgefertigten Spitzen, und unsere Spitzen tragen sogar auch die großen Damen!«

Sie stellten ihn auch ihren Damen vor, und dort goß man ihm Tee ein und fragte:

»Weshalb verzieht Ihr Euer Gesicht?«

»Weil wir«, spricht er, »nicht gewohnt sind süß zu trinken!« Darauf gaben sie ihm auf russische Weise Zucker zum Zubeißen. Ihnen scheint es, daß es so schlechter sei, er aber spricht: »Nach unserm Geschmack ist es so wohlschmeckender.«

Durch gar nichts vermochten die Engländer ihn zu bestimmen, daß er sich an ihr Leben fessele; sie überredeten ihn nur, kurze Zeit bei ihnen als Gast zu bleiben, sie würden ihn in dieser Zeit durch verschiedene Werkstätten führen und ihm ihre Kunst zeigen.

»Darauf aber«, sprechen sie, »werden wir ihn auf unserm eigenem Schiff fahren und lebendig nach Petersburg bringen.«

Damit war er einverstanden.

16.

Die Engländer nahmen den Linkser bei sich auf, den russischen Kurier aber schafften sie zurück nach Rußland. Obgleich der Kurier einen Rang hatte und mehrere Sprachen verstand, interessierten sie sich nicht für ihn, für den Linkser interessierten sie sich aber; und sie begannen ihn zu führen und ihm alles zu zeigen. Er beschaute ihre ganze Produktion, sowohl die Metallfabriken wie die Seifen- und Sägewerke, und alle ihre wirtschaftlichen Einrichtungen gefielen ihm sehr, besonders hinsichtlich der Lage der Arbeiter. Jeder Arbeiter ist bei ihnen ständig satt und nicht in Lumpen angezogen, vielmehr jeder trägt geeignete Kleidung und ist beschuht mit dicken benagelten Stiefeln, damit man sich nirgends den Fuß verletzen kann, er arbeitet nicht mit irgend einem Brecheisen, vielmehr mit einem Werkzeug, und er hat Verständnis. Jedem hängt eine Rechentabelle vor Augen, und unter der Hand hat er eine Abwischtafel: bei allem, was nur ein Meister macht – schaut er auf die Tabelle und vergleicht mit Verständnis, darauf aber schreibt er etwas auf dem Täfelchen, anderes streicht er aus und führt es akkurat aus: Was mit Zahlen geschrieben steht, das kommt auch in der Tat heraus. Ist es aber Feiertag, so nimmt jeder sein Liebchen und in die Hand ein Stöckchen, und dann gehen sie spazieren, ehrsam, wohlanständig, wie es sich gehört.

Der Linkser schaut auf ihr ganzes Leben, und auf alle ihre Arbeiten, aber am allermeisten Aufmerksamkeit verwandte er auf einen solchen Gegenstand, daß die Engländer sehr staunten. Nicht so sehr interessiert es ihn, wie man neue Gewehre macht, als in welchem Zustand sich die alten befinden. Überall geht er umher, lobt und spricht:

»Das können auch wir so.«

Wenn er aber zu einem alten Gewehr kommt – steckt er den Finger in den Lauf, fährt mit ihm an der Innenwand herum und seufzt:

»Das«, spricht er, »ist unvergleichlich besser als bei uns.«

Die Engländer vermochten durchaus nicht zu erraten, was da der Linkser bemerkt, er aber fragt:

»Kann ich nicht«, spricht er, »wissen, ob unsere Generäle dies irgendwann anschauten oder nicht?«

Man sagte ihm:

»Die hier waren, die müssen es wohl gesehen haben.«

»Wie aber«, spricht er, »waren sie: in Handschuhen oder ohne?«

»Eure Generäle«, sprechen sie, »sind ausgeputzt, sie gehen immer in Handschuhen, so sind sie wohl auch hier so gewesen.«

Der Linkser sagte gar nichts. Plötzlich aber begann er unruhig zu werden und sich zu grämen und spricht zu den Engländern:

»Ergebenst danke ich euch für alle Bewirtung, und ich bin mit allem bei euch sehr zufrieden, und alles, was mir nötig war zu schauen, habe ich schon erschaut, jetzt aber möchte ich möglichst rasch nach Hause!«

Auf keine Weise vermochten sie ihn weiter zurückzuhalten. Zu Lande konnte man ihn nicht ziehen lassen, weil er keine Sprache kannte, auf dem Wasser zu schwimmen war aber nicht gut, weil es

Herbstzeit war und stürmisch; er aber bestand darauf: »Laßt mich ziehen!«

»Wir«, sprechen sie, »haben auf den Sturmmesser geschaut: es wird Sturm geben, du kannst ertrinken: das ist ja nicht das, was bei euch der finnische Meerbusen ist, vielmehr ist da das wirkliche ›festländische‹ Meer.«

»Dies ist alles einerlei«, antwortete er, »weshalb sterben – alles ist der Wille Gottes, ich aber wünsche möglichst rasch nach der Heimat zurückzukehren, weil ich mir sonst eine Art Geistesstörung holen kann.«

Man hielt ihn nicht mit Gewalt zurück: man fütterte ihn, belohnte ihn mit Geld, schenkte ihm zum Andenken eine goldene Uhr mit »Trepetir«, gegen die Frische des Meeres einen Friesmantel mit »Windkapuze« auf den Kopf. Sehr warm kleideten sie den Linkser und führten ihn auf das Schiff, das nach Rußland fuhr. Dort brachten sie den Linkser am besten Platz unter, wie einen wirklichen Herrn; er aber liebte es nicht, mit den übrigen Herrschaften in der Kajüte zu sitzen, und es war ihm peinlich. Er ging vielmehr auf das Deck, setzte sich unter das »Present« und fragte:

»Wo ist unser Rußland?«

Der Engländer, den er fragt, deutet ihm mit der Hand oder zeigt ihm mit dem Kopf, er aber wendet sich mit dem Gesicht dahin und schaut ungeduldig nach der heimatlichen Seite.

Als sie aus der Bucht ins »festländische« Meer kamen, da überkam ihn eine solche Sehnsucht nach Rußland, daß man ihn auf keine Weise beruhigen konnte. Die Wasserströmung war furchtbar, aber der Linkser geht immer nicht hinunter in die Kajüte – er sitzt unter dem ›Present‹, hat die Kapuze vorgerückt und schaut nach dem Vaterland.

Oftmals kamen die Engländer, um ihn in den warmen Raum nach unten zu rufen, er aber, damit sie ihn nicht langweilen, begann sogar drauflos zu schimpfen.

»Nein«, antwortet er, »mir ist es besser hier draußen, sonst wird aus mir unter dem Dach von dem Schwanken noch ein Meerschweinchen werden.«

So ging er denn die ganze Zeit bis zu einem ganz besonderen Fall nicht hinunter, und dadurch gefiel er sehr einem Bootsmann, der zum Unglück unseres Linksers russisch zu sprechen verstand. Dieser

Bootsmann konnte nicht genug darüber staunen, daß ein russischer Landmensch auch so alle Unwetter aushalte.

»Ein forscher Kerl«, spricht er, »der Russe. Laßt uns trinken!«

Der Linkser trank.

Der Bootsmann sagt:

»Noch!«

Der Linkser trank noch, und sie betranken sich.

Der Bootsmann fragt ihn auch:

»Was für ein Geheimnis bringst du von unserm Reich nach Rußland?«

Der Linkser antwortet: »Das ist meine Sache!«

»Aber wenn so«, antwortet der Bootsmann, »so laß uns eine englische Wette eingehen.«

Der Linkser fragt:

»Was für eine?«

»Eine solche: nichts allein zu trinken, vielmehr alles in gleicher Weise – was der eine, das unbedingt auch der andere, und wer den andern übertrinkt, der ist auch obenauf.«

Der Linkser denkt: »Der Himmel bewölkt sich, den Bauch treibt es auf – die Langeweile ist groß, der Weg ist lang, und die Heimat hinter der Welle nicht sichtbar – die Wette zu halten wird gleichwohl lustiger sein.«

»Schön«, spricht er, »es gilt!«

»Nur, daß es ehrlich zugehe!«

»Ja, schon darüber«, spricht er, »beunruhigt Euch nicht!«

Sie wurden einig und gaben einander die Hand.

17.

Die Wette begann noch im »festländischen« Meere, und sie tranken bis zur Rigaschen Dünamünde, aber sie tranken immer gleich und gaben einer dem andern nicht nach, und bis dahin tat es einer dem andern gleich, daß, wenn der eine ins Meer blickte und sah, wie aus dem Wasser der Teufel hervorkriecht, sich sogleich auch dem andern ganz dasselbe offenbarte. Nur, daß der Bootsmann einen rothaarigen Teufel sieht, während der Linkser sagt, er sei dunkelhaarig, wie ein Mohr.

Der Linkser spricht:

»Bekreuze dich und drehe dich weg – das ist der Teufel aus der Meerestiefe.«

Der Engländer aber streitet:

»Das ist ein Taucher.«

»Willst du«, spricht er, »so will ich dich ins Meer schleudern, aber fürchte dich nur nicht, er wird dich mir sogleich zurückgeben.«

Der Linkser aber antwortet:

»Wenn das so ist, so wirf mich nur ins Wasser.«

Der Bootsmann nahm ihn auf den Rücken und trug ihn zum Bord.

Die Matrosen sahen dies, hielten sie an und teilten das dem Kapitän mit; der aber befahl, sie beide unten einzuschließen und ihnen Rum und Wein zu geben und kalte Speisen, damit sie essen und trinken und ihre Wette ausrichten könnten. Aber den heißen »Studing« ihnen brennend zu geben verbot er, damit bei ihnen im Innern der Spiritus sich nicht entzünden könne.

So brachten sie sie eingesperrt bis nach Petersburg, und jene Wette hatte keiner an den andern verloren, dort aber legte man sie auf gleiche Tragbahren und brachte den Engländer ins Gesandtenhaus auf dem »Englischen Quai«, den Linkser aber ins Polizeirevier.

Von da an begann ihr Schicksal sich gar sehr zu unterscheiden.

18.

Als man den Engländer ins Gesandtenhaus gebracht hatte, rief man sogleich einen Arzt und einen Apotheker zu ihm. – Der Arzt befahl, ihn in seiner Gegenwart in eine warme Wanne zu setzen, der Apotheker aber drehte sogleich eine Guttaperchapille und steckte sie ihm in den Mund, darauf aber legten sie ihn beide zusammen auf ein Federbett, bedeckten ihn mit einem Pelz und ließen ihn schwitzen, damit ihn aber niemand störe, ward in der ganzen Gesandtschaft der Befehl gegeben, daß niemand zu niesen wage. Es warteten der Arzt und der Apotheker, bis der Bootsmann eingeschlafen war, und dann bereiteten sie ihm eine zweite Guttaperchapille, legten sie neben das Kopfende auf ein Tischchen und gingen hinaus.

Den Linkser dagegen legte man im Polizeihaus auf den Fußboden und man fragte ihn: Wer er ist, und von woher, und ob er einen Paß, oder ein anderes »Tugament« besitze?

Er aber war von der Krankheit, vom Trinken und vom langen Schwanken so schwach geworden, daß er kein Wort antwortet, vielmehr nur stöhnt.

Darauf suchten sie ihn sogleich aus, nahmen ihm sein Kleid ab, nahmen ihm auch die Trepetiruhr und das Geld, und ihn selber befahl der Polizeimeister in der ersten besten Droschke kostenlos ins Krankenhaus abzuliefern.

Der Schutzmann führte den Linkser hinaus, um ihn auf einen Schlitten zu setzen, lange konnte er aber keinen einzigen Kutscher festkriegen, weil sie alle vor dem Polizisten davonlaufen. Der Linkser aber lag diese ganze Zeit über auf dem kalten Boden der Auffahrt; alsdann erwischte der Schutzmann einen Fuhrmann, nur ohne die warme Pelzdecke, weil sie sie in solchem Falle unter sich zu verstecken pflegen, damit dem Polizisten möglichst rasch die Füße kalt werden sollen. Man fuhr den Linkser so, unbedeckt; wie sie ihn von einer Droschke auf die andere übersetzen, lassen sie ihn immer fallen, wenn sie ihn aber aufheben, dann reißen sie ihn an den Ohren, damit er zur Besinnung komme. Man brachte ihn in ein Krankenhaus, man nimmt ihn nicht an ohne Tugament; man bringt ihn in ein anderes – auch dort nimmt man ihn nicht auf, und so in ein drittes und in ein viertes – bis ganz zum Morgen schleppten sie ihn über alle entfernten Krummwege und setzten ihn immer so von einem Schlitten auf einen andern, daß er sich völlig zerschlug. Da sagte ein Unterarzt dem Schutzmann, man solle ihn in das Obuchowsche Armenkrankenhaus bringen – wo man alle von unbekanntem Stande zum Sterben aufnimmt.

Dort befahl man eine Quittung zu geben, den Linkser aber bis zur Aufnahme auf den Boden im Korridor hinzulegen.

Der englische Bootsmann stand aber um diese selbe Zeit am andern Tage auf, verschluckte die andere Guttaperchapille, aß zum leichten Frühstück ein Huhn mit Reis, trank Schnaps und sprach:

»Wo ist mein russischer Kamerad? Ich werde ihn suchen gehen!«

Er zog sich an und lief davon.

19.

Wunderbarerweise fand der Bootsmann sehr rasch den Linkser, man hatte ihn nur noch nicht ins Bett gelegt, er lag vielmehr im Korridor auf dem Fußboden und beklagte sich vor dem Engländer:

»Ich müßte«, spricht er, »unbedingt zwei Worte dem Kaiser sagen.«

Der Engländer lief zum Grafen Kleinmichel und machte Lärm.

»Kann man denn so! Wenn er auch einen Schafpelz trägt, so hat er doch eine Menschenseele.«

Den Engländer jagte man sogleich wegen dieser Bemerkung fort – damit er nur nicht wage, an die Menschenseele zu erinnern. Darauf aber sagte ihm irgend jemand:

»Geh' du lieber zum Kosak Platow – er hat einfache Gefühle.«

Der Engländer traf Platow an, der jetzt wiederum auf der Kouschette lag. Platow hörte ihm zu und erinnerte sich des Linksers.

»Wie denn, Brüderchen«, spricht er, »ich bin sehr nahe mit ihm bekannt; ich habe ihn sogar an den Haaren gezogen; ich weiß nur nicht, wie ich ihm in einer so unglücklichen Lage helfen kann, weil ich schon ausgedient habe und völlige Entlassung erhielt. Jetzt achtet man nicht mehr auf mich. Du aber laufe möglichst rasch zum Kommandanten Skobelew, er ist in der Macht und gleichfalls auf diesem Gebiet erfahren – er wird irgend etwas tun.«

Der Bootsmann ging auch zu Skobelew und erzählte alles: was für eine Krankheit der Linkser hat und woher sie stammt. Skobelew spricht:

»Ich verstehe diese Krankheit, nur können sie die Deutschen nicht heilen, da braucht man vielmehr einen Arzt aus dem geistlichen Stande, weil die in diesen Sachen heranwachsen und zu helfen vermögen; ich werde sogleich den russischen Arzt Martyn-Solskij dahin schicken.«

Als aber Martyn-Solskij nur eben ankam, war der Linkser schon am Sterben, weil sein Nacken an der Eingangstreppe zerschlagen worden war. Und er vermochte nur eines vernehmlich zu sprechen:

»Sagt dem Kaiser, daß man bei den Engländern die Gewehre nicht mit Ziegel reinigt. Mögen sie auch bei uns sie nicht so reinigen, sonst, behüte Gott, sollte ein Krieg werden, so taugen sie nicht zum Schießen.«

Und mit dieser Wahrheit bekreuzte sich der Linkser und starb.

Martyn-Solskij ging sogleich, dies dem Grafen Tschernyschow zu berichten, damit der es dem Kaiser hinterbringe. Graf Tschernyschow aber schrie ihn an:

»Wisse«, spricht er, »deine Brech- und Abführmittel, mische dich aber nicht in das, was nicht deine Sache ist – in Rußland gibt es dafür Generäle.«

Dem Kaiser hat man es so auch nicht gesagt, und diese Reinigung der Gewehre ward fortgesetzt bis zum Krimkriege. Als man damals die Gewehre lud, wackelten die Kugeln in ihnen hin und her, weil die Läufe mit Ziegel gereinigt waren. Da erinnerte Martyn-Solskij den Tschernyschow an den Linkser. Graf Tschernyschow aber spricht:

»Geh zum Teufel, ›Plesirspitze‹, mische dich nicht in das, was nicht deine Sache ist, sonst werde ich ableugnen, daß ich von dir hierüber hörte – dann wirst du selber hereinfallen.«

Martyn-Solskij dachte nach: in der Tat wird er ableugnen, und so schwieg er auch.

Hätte man aber die Worte des Linksers zu seiner Zeit dem Kaiser hinterbracht, so hätte der Kampf mit dem Feinde in der Krim eine ganz andere Wendung genommen.

Biographie

1831 *4./16. Februar:* Nikolai Semjonowitsch Leskow wird in Gorochowo im Gouvernement Orjol als Sohn eines geadelten Beamten geboren.

1846 Er verlässt das Gymnasium in Orjol ohne einen Abschluss.

1847 Nach dem finanziellen Ruin der Familie beginnt er als Kanzleibeamter beim Kriminalgericht von Orjol zu arbeiten.

1850 Er wechselt zur Verwaltungsbehörde nach Kiew. Dort erweitert er durch die Unterstützung eines Onkels seine Kenntnisse in den Wissenschaften und Künsten.

1853 Ehe mit Olga Smirnowa, daraus gehen ein Sohn und eine Tochter hervor.

1857 Er scheidet bei der Behörde aus und tritt in den Dienst einer englischen Handelsfirma, in deren Auftrag er große Teile Russlands bereist. Die vielfältigen Eindrücke dieser Reisen finden Niederschlag in seinen späteren Werken.

1860 Leskow kündigt seine Stellung, verlässt seine Frau und lässt sich als Journalist in St. Petersburg nieder. Erst dort beginnt er seine schriftstellerische Tätigkeit.

1862 Er ist aufgrund eines missverstandenen Zeitungsartikels, in dem er sich zu den gehäuften Brandstiftungen in St. Petersburg äußert, heftigen Anfeindungen ausgesetzt. Über mehrere Jahre wird er als Reaktionär abgestempelt, wodurch ihm die künstlerische Anerkennung seiner Werke lange Zeit versagt bleibt.
Reisen durch Osteuropa und Frankreich.

1863 »Amur v lapoto Úkach« (»Liebe in Bastschuhen«).
»Ovcebyk« (»Der Schafochs«, München 1926).

1865 »Ledi Makbet Mcenskogo Uezda« (»Die Lady Macbeth des Mzensker Landkreises«, München 1921).

1866 »Voitel'nica« (»Die Kampfnatur«, München 1925).

1872 In seiner Romanchronik »Soborjane« stellt er als erster russischer Schriftsteller Geistliche als Hauptfiguren in einer größeren Prosadichtung dar.

1873 »Zapečatlennyj Angel« (»Der versiegelte Engel und andere Geschichten«, München 1922).

1874 Er erhält eine Stellung im Kultusministerium.
»Pavlin« (»Pawlin«, München 1922).

1879 »Čertogon« (»Eine Teufelsaustreibung und andere Geschichten«, München 1921).

1881 »Der stählerne Floh« (»Levša«, München 1921).

1883 Er wird aus seiner Stellung wegen kritischer Äußerungen über Kirche und Staat entlassen. Danach widmet er sich ganz der Schriftstellerei.

1895 *21. Februar/5. März:* Er stirbt in St. Petersburg an einem chronischen Herzleiden, nach andere Quellen an einer Krebserkrankung, und wird auf dem Petersburger Wolkowo-Friedhof beigesetzt.

Erzählungen der Frühromantik

1799 schreibt Novalis seinen Heinrich von Ofterdingen und schafft mit der blauen Blume, nach der der Jüngling sich sehnt, das Symbol einer der wirkungsmächtigsten Epochen unseres Kulturkreises. Ricarda Huch wird dazu viel später bemerken: »Die blaue Blume ist aber das, was jeder sucht, ohne es selbst zu wissen, nenne man es nun Gott, Ewigkeit oder Liebe.«

Tieck Peter Lebrecht **Günderrode** Geschichte eines Braminen **Novalis** Heinrich von Ofterdingen **Schlegel** Lucinde **Jean Paul** Des Luftschiffers Giannozzo Seebuch **Novalis** Die Lehrlinge zu Sais
ISBN 978-3-8430-1878-4, 416 Seiten, 29,80 €

Erzählungen der Hochromantik

Zwischen 1804 und 1815 ist Heidelberg das intellektuelle Zentrum einer Bewegung, die sich von dort aus in der Welt verbreitet. Individuelles Erleben von Idylle und Harmonie, die Innerlichkeit der Seele sind die zentralen Themen der Hochromantik als Gegenbewegung zur von der Antike inspirierten Klassik und der vernunftgetriebenen Aufklärung.

Chamisso Adelberts Fabel **Jean Paul** Des Feldpredigers Schmelzle Reise nach Flätz **Brentano** Aus der Chronika eines fahrenden Schülers **Motte Fouqué** Undine **Arnim** Isabella von Ägypten **Chamisso** Peter Schlemihls wundersame Geschichte **Hoffmann** Der Sandmann **Hoffmann** Der goldne Topf
ISBN 978-3-8430-1879-1, 408 Seiten, 29,80 €

Erzählungen der Spätromantik

Im nach dem Wiener Kongress neugeordneten Europa entsteht seit 1815 große Literatur der Sehnsucht und der Melancholie. Die Schattenseiten der menschlichen Seele, Leidenschaft und die Hinwendung zum Religiösen sind die Themen der Spätromantik.

Brentano Die drei Nüsse **Brentano** Geschichte vom braven Kasperl und dem schönen Annerl **Hoffmann** Das steinerne Herz **Eichendorff** Das Marmorbild **Arnim** Die Majoratsherren **Hoffmann** Das Fräulein von Scuderi **Tieck** Die Gemälde **Hauff** Phantasien im Bremer Ratskeller **Hauff** Jud Süss **Eichendorff** Viel Lärmen um Nichts **Eichendorff** Die Glücksritter
ISBN 978-3-8430-1880-7, 440 Seiten, 29,80 €

Erzählungen aus dem Biedermeier

Biedermeier - das klingt in heutigen Ohren nach langweiligem Spießertum, nach geschmacklosen rosa Teetässchen in Wohnzimmern, die aussehen wie Puppenstuben und in denen es irgendwie nach »Omma« riecht.

Zu Recht. Aber nicht nur.

Biedermeier ist auch die Zeit einer zarten Literatur der Flucht ins Idyll, des Rückzuges ins private Glück und der Tugenden. Die Menschen im Europa nach Napoleon hatten die Nase voll von großen neuen Ideen, das aufstrebende Bürgertum forderte und entwickelte eine eigene Kunst und Kultur für sich, die unabhängig von feudaler Großmannssucht bestehen sollte.

Georg Büchner Lenz **Karl Gutzkow** Wally, die Zweiflerin **Annette von Droste-Hülshoff** Die Judenbuche **Friedrich Hebbel** Matteo **Jeremias Gotthelf** Elsi, die seltsame Magd **Georg Weerth** Fragment eines Romans **Franz Grillparzer** Der arme Spielmann **Eduard Mörike** Mozart auf der Reise nach Prag **Berthold Auerbach** Der Viereckig oder die amerikanische Kiste

ISBN 978-3-8430-1884-5, 444 Seiten, 29,80 €

Erzählungen aus dem Biedermeier II

Annette von Droste-Hülshoff Ledwina **Franz Grillparzer** Das Kloster bei Sendomir **Friedrich Hebbel** Schnock **Eduard Mörike** Der Schatz **Georg Weerth** Leben und Taten des berühmten Ritters Schnapphahnski **Jeremias Gotthelf** Das Erdbeerimareili **Berthold Auerbach** Lucifer

ISBN 978-3-8430-1885-2, 440 Seiten, 29,80 €

Erzählungen aus dem Biedermeier III

Eduard Mörike Lucie Gelmeroth **Annette von Droste-Hülshoff** Westfälische Schilderungen **Annette von Droste-Hülshoff** Bei uns zulande auf dem Lande **Berthold Auerbach** Brosi und Moni **Jeremias Gotthelf** Die schwarze Spinne **Friedrich Hebbel** Anna **Friedrich Hebbel** Die Kuh **Jeremias Gotthelf** Barthli der Korber **Berthold Auerbach** Barfüßele

ISBN 978-3-8430-1886-9, 452 Seiten, 29,80 €